KB046558

지구 행성에서 너와 내가

지구 행성에서 너와 내가

김민경 장편소설

사□계절

이 세상은 항해에 나선 배다.
항해는 아직 끝나지 않았다.

_『모비 딕』 중에서

차례

1장.
이슈메일을 만나다

무슨 책이 이따위야. 「어원」은 그렇다고 쳐. 한 장밖에 안
되니까. 그런데 이 「발췌록」은 뭐야. 무려 아홉 장이야, 아홉
장! 세상에, 어떤 작가가 작품을 이렇게 시작해! 도대체 소설
에 발췌록이 왜 필요한 거야? 작가가 첫 문장을 시작하기까지
너무 자신이 없었던 거 아냐?

　나는 고작 어원 한 장을 읽고 책을 덮어 표지를 다시 봤다.
굵은 주름들이 겹겹으로 둘러싼 커다랗고 검은 눈동자. 그림
속의 눈동자인데도 한참 보고 있으니 나를 보는 것만 같다.
이 눈이 사람 눈이 아니라는 건 대번에 알겠다. 처음엔 코끼
리 눈인가 했다. 솔직히 말해, 책 제목을 보고도 몰랐다. 눈 주
위로 작은 물고기도 몇 마리 있고 작살을 놓치며 두 팔을 쳐
든 사람도 있지만 압도하는 흑색의 동공에 시선이 쏠려 눈에

잘 띄지도 않았다. 말의 족보라 할 수 있는 어원을 읽고 나서야 고래의 눈이라는 걸 알았다.

그건 그렇고, 이렇게 두꺼운 책을 어떻게 읽는단 말인가!

새봄이가 줬으니까, 처음으로 새봄이한테서 받은 선물이니까 읽는다. 이걸 다 읽어야 만날 수 있다. 빨리 읽어야 새봄이를 최대한 많이 볼 수 있다. 못해도 오늘 발췌록까지만이라도 읽자.

발췌록은 필요한 부분을 골라 모아 놓은 거다. 언뜻 보니 고래에 관해 무엇이든 닥치는 대로* 모아 놓았다. 그런데 발췌록 첫 문장의 뜻이 한번에 들어오지 않았다.

제기랄, 이래 봬도 일곱 살에 한글을 깨쳤으니 한글과 벗 삼아 10년을 살았는데 한글을 읽고도 이해가 안 되다니. 이 표현 봐라. 부지런한 두더지나 굼벵이. 두더지는 그렇다 치고, 굼벵이 앞에 '부지런한'이 어울리나. 보통 그 뒤에 동물을 붙인다면 개미나 꿀벌을 쓰지 않나. 이 작가, 참 독특한 감각 지니셨네. 작가가 왜 하필 '부지런한' 뒤에 두더지와 굼벵이를 붙였는지 모르겠지만, 이 정도는 그냥 넘어가자.

그런데 바로 뒤에 또 이런 말이 나온다. 가련한 이 사서 보조의 조수.

아, 아, 아一!! 나는 소리 지르고 싶은 걸 꾹 참고 벌떡 일어

---

* 이하 다른 작품에서 인용한 부분은 고딕체로 표시한다.

10

섰다가 다시 앉았다. 여기는 도서관이기 때문이다. 보조의 조수는 또 뭔가. 이렇게까지 정확하게 써야 하나. 이 사람도 언젠가는 사서가 될 거니까 그냥 사서라고 하면 안 되나. 계급을 심하게 올렸다면 '사서 보조'라고 하면 안 되나.

그러다가 문득 '가련한'이라는 낱말에 눈길이 갔다.

왜 가련할까……?

이 발췌록은 어느 사서 보조의 조수한테서 얻었다고 제목 밑에 적혀 있다. 어원도 얼마 전 폐병으로 숨진 어느 중등학교 보조 교사한테 얻었다고 한다. 나는 그제야 왜 부지런한, 뒤에 두더지나 굼벵이가 붙었는지, 왜 가련한 사서 보조의 조수인지 깨달았다. 요즘에야 인터넷 검색을 통해 쉽게 자료를 모으고 정리할 수 있다. 하지만 160여 년 전인 그 당시에는 직접 발품을 팔아야만 가능했다. 어두침침한 도서관이나 퀴퀴한 냄새가 나는 오래된 서점을 일일이 방문해서, 구석진 자리에 종일 붙어 앉아 책을 한 장 한 장 넘기다가 '고래'에 관한 문장이 나오면 진심으로 기뻐하며 종이에 한 글자씩 옮겨 적었을 것이다. 수집하는 데 걸린 시간과 정성이 좀처럼 가늠되지 않아 나도 모르게 입이 벌어졌다. 이 사람들, 그야말로 고래 덕후들이구나……. 나는 물을 한 모금 마셨다. 고래가 뭐라고 이 사람들은 이따위 삽질을 기꺼이, 스스로 했을까. 궁금하다. 도대체 고래가 뭐라고……. 나는 계속 읽어 내려갔다.

그리고 하느님이 커다란 고래를 창조하셨다. ― 창세기

첫 발췌 문장이다. 정말 창세기에 이 말이 나오겠지, 생각하며 아래를 보니 죄다 욥기, 요나서, 시편, 이사야서…… 성경 말씀이다.

믿어야지, 성경 말씀인데, 아무렴 믿어야지. 나는 계속 읽는다.

정녕 고래와 같도다.

이 문장은 셰익스피어의 『햄릿』에서 수집했다. 피식 웃음이 나왔다. 뭐 이런 것까지 적으셨나, 혹 셰익스피어를 좋아하셨나.

도대체 이 세상의 그 무엇이 그것에 견줄 수 있겠습니까?

이 말은 '낸터컷 포경업에 관한 에드먼드 버크의 의회 연설'의 한 부분이라는데, 물론 여기서 '그것'은 고래다. 세상에, 고래가 세상의 전부, 세계 최고이던 시절이 있었다니! 정말 그런 시절이 있었을까, 의심이 들어서 계속 읽는다.

고래의 동맥은 런던 브리지의 수도관보다 안지름이 크고, 그 수도관을 통해 흐르는 물의 세기와 속력도 고래 심장에서 세차게 쏟아져 나오는 피와는 비교가 되지 않는다.

아니, 이건 하드보일드잖아. 그런데 이런 문장이 윌리엄 페일리라는 사람이 쓴 『신학』에 나온단다. 그래, 하느님은 객관적이시지. 또 책이란 건 끝까지 읽어 봐야 알 수 있어, 아무렴.

… 그대는 끝없는 바다의 왕이로다 ― 고래의 노래

마지막 문장이다. 무려 아홉 장에 걸쳐 발췌록의 모든 문장이 위엄하고 영원한 고래를 찬양하고 있다. 지구의 역사에서 고래가 이토록 추앙받는 존재였다니! 앞에서 고래 덕질을 삽질이라고 한 것에 대해 사서 보조의 조수께 진심으로 사과하고 싶어졌다.

책장을 한 장 넘겨 보니 발췌록 뒤로 본문이 바로 이어진다. 드디어 작가의 진짜 첫 문장을 만날 수 있다. 왠지 모르게 나는 책의 첫 문장에 굉장히 관심이 많고 예민하다. 첫 문장만 보고 읽지 않은 책도 수두룩하고, 반대로 끝까지 읽은 책도 제법 된다. 그런데 이 책은, 그 설렘과 궁금증이 주춤해지더니…… 감히 책장을 넘길 수가 없다. 여러분도 이 책의 두께를 본다면 내가 왜 주춤거리는지 십분 이해할 것이다. 책 맨 뒤를 펼쳤다. 무려 718쪽이다. 발췌록까지만이라도 읽자던 오늘의 목표는 달성했으니까 본문은 내일부터 봐야겠다.

나는 자리에서 일어나기 전에 새봄이한테 톡을 보냈다. 만나지는 못해도 톡이나 문자는 가능하다고 했다.

─너는 이 책 다 읽었겠지?

바로 답톡이 떴다.

─그럼, 두 번 읽었어.

허걱. 잠깐 숨이 막혔다. 내가 정말 독특한 친구를 뒀구나……. 나는 바로 답톡을 보내지 못했다. 이 책 말고 다른 책 읽으면 안 되는지 물어보고 싶었는데 꾹 참았다. 새봄이가 다시 톡을 보내왔다.

- 몇 장까지 읽었어?

나는 천천히 자판을 눌렀다.

- 그저께 줬잖아…… 어원하고 발췌록만 읽었어.

새봄이가 바로 답했다.

- 본문 들어가면 속도가 붙을 거야.

후유……, 짜증이 날락 말락 했는데 새봄이의 말에 울타리 밖으로 달아났던 온순한 양 한 마리가 내 속에 다시 들어앉는 것 같았다.

- 다 읽으면 전화해.

새봄이의 톡에 나는 아무 멘트 없이 눈물 펑펑 흘리는 아이콘을 보냈다. 새봄이는 '파이팅!' 옆에 엄지 척 이모티콘을 붙여 보내왔다.

읽어야 하는구나…… 으흠, 그래, 읽자! 고래는 나한테 아무것도 아니지만 이새봄은 중요한 사람……, 정확히 말하면 내가 최초로 좋아하는 여자니까.

웃지 마시길. 내가 글은 생각나는 대로 마구 써 대지만, 이성에게 말 한마디 붙이는 건 외국인과 영어로 대화하는 것보다 훨씬 더 어려운 쑥스럼쟁이니까. 더구나 새봄이는 엄청나게 두꺼운 이 책을 두 번이나 읽었고, 이런 책은 빌려 보는 게 아니기 때문에 나한테 줄 책을 사기 위해 한 달 동안 용돈을 아꼈다고 했으니까.

그나저나 고래에 관한 책이란 건 알겠는데 책 제목인 『모비

14

딕』은 뭘까. 도대체 이 책은 어원을 읽고, 무려 아홉 장이나 되는 발췌록까지 읽어도 모비 딕이 뭔지 나와 있지 않다. 뭐, 본문을 읽다 보면 알게 되겠지.

나는 책을 덮고는 뒤표지를 보았다. 독자들이 이 책을 읽게끔, 더 정확히 말하면, 사게끔 출판사 편집자가 골랐을 책 속 문장들과 소개글을 읽다가 깨달았다. '모비 딕'은 '피쿼드호' 라는 배의 선원들이 복수하려고 찾아 헤맨 흰 고래의 이름이었다. 거대한 흰색의 공포, 아름답고도 무서운 항해라는 구절이 한동안 눈길을 끌었다.

나는 궁금해졌다. 어원을 적어 놓고 폐병으로 죽은 중등학교 보조 교사나, 수많은 문장을 발췌해 놓은 가련한 사서 보조의 조수나, 이렇게 방대한 책을 정신없이 써 내려갔을 작가나 모두 영혼까지 고래에 빠진 사람들이다. 피쿼드호의 선장과 선원들은 무슨 생각을 하며 너른 하늘과 수평선밖에 보이지 않는 바다를 항해했을까? 도대체 모비 딕이 무엇이기에 그 시간을 버텼을까?

나는 결심했다. 첫 문장이 어지간만 해도 읽을 것이다. 아니, 첫 문장이 마음에 들지 않아도 읽어 낼 것이다.

결국 그날 밤, 궁금함을 참지 못하고 책을 펼쳤다.

내 이름을 이슈메일이라고 해 두자.

『모비 딕』의 진짜 첫 문장이다. 나는 첫 문장을 뚫어져라 보았다. 작가는 자신의 주인공이자 분신을 좀 삐딱하게 소개하고 있다. 나는 주인공 이름을 이슈메일이라고 하고 싶어. 이 이름이 독자들 마음에 들든 말든 내 알 바 아니야, 내 맘이니까. 작가는 이런 속마음을 내비치며 첫 문장을 무심히 던져 놓았다. 얼마나 자신 있기에 이런 식으로 첫 문장을 쓰나. 작가의 자신감과 거만함이 느껴졌지만, 솔직히 말해 내가 읽은 책의 첫 문장 중 최고였다. 첫 문장에서 마음이 이렇게 확 끌리는 건 처음이다. 곧이어 다음 문장들을 읽었다. 그런데……이슈메일, 이 주인공, 정말 마음에 든다.

이슈메일은 지갑은 거의 바닥이 났고 또 뭍에는 딱히 흥미를 끄는 것이 없어서 당분간 배를 타고 나가서 세계의 바다를 두루 돌아보면 좋겠다고 생각한다. 물론 나는 배를 타고 세계의 바다를 돌아볼 수 없는 처지다. 지금도 못 하지만 아마도…… 평생 못 할 가능성이 크다. 배 타고 수학여행을 갈 리도 없고, 크루즈 여행을 다닐 일도 없을 테고 말이다. 대한민국 청소년에게 배를 탄다는 건 온갖 결심을 하고 나서도 실행할 가능성이 적은 일이 되어 버렸다. 정말 심약한 아이들은 목숨을 걸어야 배를 탈 수 있다고 생각한다. 소심한 나 또한 크게 다르지 않다. 하지만 분명 미치도록 멋있고 짜릿하고 때론 고독한 경험일 것이다. 마음속에 찰랑찰랑 물이 조금씩 차오르는 것만 같다. 바다를 떠도는 방랑자 이슈메일을 계속 따라가 보자.

1장을 다 읽고 2장 '여행 가방'을 읽기 전에 날짜를 계산해 보았다. 새봄이가 전학 가기 전까지 3주도 채 남지 않았다. 새봄이는 2학기를 제주도 서귀포에서 시작한다. 방학식 하루 전인 그저께 새봄이는 선물이라며 이 책을 주었다. 포장이 되어 있지 않아서 처음엔 선물인지도 몰랐다. 너무 두꺼운 책이라 난감했지만, 새봄이한테서 처음 받은 선물이라 입이 헤벌쭉 벌어졌다. 그리고 바로 전학 간다는 얘기를 들었다. 6월이 다 돼서야 겨우 새봄이 눈을 똑바로 보며 말할 수 있었는데 전학이라니! 나도 모르게 다리에 힘이 풀렸다. 하마터면 주저앉을 뻔했다. 서 있기가 힘들 정도였는데 새봄이의 다음 말에 간신히 버틸 수 있었다.

"이 책 다 읽으면 연락해. 그날부터 이사 가기 전까지 날마다 만나자."

나는 무릎에 힘을 주고 꼿꼿이 서서 새봄이를 똑바로 쳐다보며 물었다.

"날마다?"

웬일인지, 무뚝뚝한 새봄이가 수줍은 듯 웃으며 고개를 끄덕였다. 나는 약속하자며 새끼손가락을 내밀었고, 새봄이도 머뭇거리지 않고 바로 손가락을 걸어 약속했다. 어휴, 어린애도 아닌데 새끼손가락까지 걸자고 하다니, 유치했구나. 여하튼 이 책을 빨리 읽으면 읽을수록 새봄이를 만날 수 있는 날이 늘어난다. 총 135장이니까 하루에 열 장 정도 읽으면 보름 가까이 걸린다. 그러면 방학의 3분의 2가 날아간다. 안 되겠다. 열다섯 장씩 읽으면 9일이 걸린다. 그래, 이렇게만 읽으면 열흘 정도는 새봄이를 만날 수 있을 거다. 속도가 붙으면 더 빨리 끝낼지도 모른다. 나는 서둘러 이슈메일이 여행 가방 싸는 걸 지켜보았다.

이슈메일은 추운 12월에 셔츠 한두 장만 낡은 가방에 담고 집을 나선다. 뉴베드퍼드에서 바로 항해를 떠나도 될 걸, 낸터컷섬에서 출발하기로 한다. 낸터컷섬은 미국에서 최초로 고래 시체가 떠밀려 온 곳이고 미국 포경업의 발상지이지만 당시는 뉴베드퍼드에 한참 밀려 있었다고 한다. 뉴베드퍼드나 낸터컷섬은 어디일까? 책 맨 앞에 붙여 놓은 피쿼드호의 항해 경로 지도를 보니 모두 미국 동부 해안가였다. 낸터컷섬으로 가는 배는 이틀 뒤에나 있어서 이슈메일은 뉴베드퍼드에서 이틀을 자야 한다. 가진 돈이 거의 없어 이슈메일은 무너지기 일보 직전인 '물보라 여인숙'에 몸을 누인다. 나는 다부진 체격에 시골에서 학교 선생님으로 일할 때 가장 덩치 큰 학생들까지도 벌벌 떨게 만든 이슈메일이 자신감 넘치고 아주 호기로운 청년인 줄 알았다. 하지만 저렴하고 조금이라도 깨끗한 숙소를 찾아 밤거리를 헤매면서 염려하고, 여인숙에서 한 침대를 쓸 '작살잡이'라는 사람에 대해 온갖 상상을 하며 겁먹고 걱정하는 걸 보면서 나처럼 지극히 소심한 사람이라는 걸 알아차렸다.

이 책, 갈수록 재미있네! 화자가 평범한 듯하면서도 예측할 수 없는 인물이잖아! 이슈메일의 처지가 안돼 보였지만 특이한 등장인물들과 상황에 자꾸 키득키득 웃음이 나왔다.

18

작살잡이는 불그레한 대머리에 거무튀튀한 거구의 사내였는데, 팔다 남은 원주민 머리를 주머니에 넣는 것을 보고도 이슈메일은 그가 식인종이라고 짐작하지 못했다. 물론 나도 그랬다. 식인종인 걸 알고 기겁한 이슈메일은 결국 이 사람도 나와 똑같은 인간이야. 내가 이 사람을 두려워했다면, 같은 이유로 이 사람도 나를 두려워했을 거 아닌가. 술에 취한 기독교도보다는 취하지 않은 식인종과 함께 자는 게 나을지도 모른다고 생각하면서 동침한다.

나는 이 문장에서 놀라 입이 벌어졌다. 물론 '술'이 전제되어 있지만 기독교도와 식인종을 한 문장에 놓고 비교하다니! 요즘에도 누가 이런 문장을 쓴다면 어느 한편에서 난리 칠 게 뻔한데, 이 책이 출간된 1851년에는 어땠을까. 노예제로 곪아터지기 직전의 미국이었을 텐데, 이 작가, 정말 용감하다!

서로 발가락 하나도 건드리지 않겠다는 듯이 침대 이쪽 끝과 저쪽 끝에서 잠을 잔 이슈메일과 퀴퀘그. 다음 날 아침 깨어나 보니 크레타의 미궁 같은 형상의 문신이 가득한 퀴퀘그의 팔이 더없이 다정하게 이슈메일의 몸 위에 올라와 있다. 이슈메일은 누가 보았다면 내가 그의 마누라인 줄 알았을 것이라고 생각한다. 하하하, 나는 웃으며 책을 읽어 나가다가 또다시 입이 쩍 벌어졌다. 몸치장을 하고 재킷까지 차려입은 퀴퀘그가 선원들 틈에 앉아 아주 사교적인 태도로 식사를 한 것이다. 그 순간, 내가 식인종에 대해 편견을 가지고 있다는 걸 깨달았다. 더욱 놀란 것은 4년 만에 뭍에 나와 간밤에 여인숙이 터질 듯 시끄럽게 떠들고 날뛰던 선원들이 아침 식탁 앞에서는 목장을 한 번도 떠나 본 적이 없는 양들처럼 얌전하게 앉아 있는 장면이었다. 물론 그들은 이런 고요함이 어색해서 어쩔 줄 모르고 있는 거다. 고래잡이에 대한 무용담을 기대한 이슈메일은 놀라서 두리번거리고 있다. 먹을거리 사이에 앉아 있는 식인종 퀴퀘그, 발바닥이 땅에 닿는 게 신기할 정도인 선원들, 아, 이 책은 흥미로운 인물투성이구나, 진짜 기대된다.

그때 갑자기 어떤 여인의 목소리가 들렸다.

"뭐가 그렇게 재미있어?"

돌아보니…… 엄마였다. 엄마는 여름마다 애용하는, 아메바 무늬가 잔뜩 그려진 냉장고 바지를 입고 있었다. 나는 금서라도 읽다가 들킨 것처럼 책이 보이지 않게 몸으로 막았다.

"왜 그렇게 가려? 엄마가 알면 안 되는 책이야?"

나는 왠지 당황스러웠다.

"아니야, 나쁜 책 아니야. 얼른 나가, 엄마."

"나쁜 책 아니라면서 왜 감춰?"

나는 좀 더 큰 목소리로 말했다.

"중요한 부분 읽고 있단 말이야. 얼른 나가."

엄마가 뒤돌아서며 말했다.

"뭐, 그 정도로 두꺼운 책이 무슨 나쁜 책이겠어."

나는 엄마가 방을 나간 뒤 방문을 잠갔다. 혹시 여동생이 들어올지도 모르기 때문이다. 동생은 이제 겨우 초등학교 5학년이라 뭘 몰라도 너무 모른다. 한번 내 방에 들어오면 나갈 생각을 하지 않는다.

나는 얼른 이슈메일을 따라 아침 햇살에 찬란히 빛나는 뉴베드퍼드의 길거리로 나섰다. 이슈메일은 인간을 위해 자신의 모든 것을 바친 고래 덕에 풍요로워진 뉴베드퍼드의 이곳저곳을 누비고 다닌다.

좀 졸리기도 해서 그만 읽으려다가 10장 제목 '진정한 친구'를 보고 마저 읽기로 했다. 퀴퀘그에 대한 이야기가 나올 것 같아서였다. 이슈메일이 여인숙으로 돌아오자 퀴퀘그는 칼로 검은 나무 우상을 깎던 것을 멈추고 커다란 책을 펼친다. 천천히 책장을 넘기면서 50쪽까지 세고, 그 이상은 모르는 듯 다시 1부터 50까지 세기를 반복한다. 퀴퀘그는 문신을 두르고 있고 얼굴도 흉하게 손상되어 있다. 하지만 이슈메일은 사람은 영혼을 감출 수 없다며 어딘지 모르게 고결한 데가 있는 퀴퀘그에게서 순박하고 정직한 마음의 그림자와 수많은 악귀와도 맞설 수 있는 기백을 발견한다. 문명의 위선과 간사한 허위 따위는 전혀 숨어 있지 않고 완전한 평정을 유지하고 있는 퀴퀘그의 무심한 태도에 이슈메일은 자신의 마음을 오랫동안 좀먹고 있었을 탐욕스럽고 잔인한 세상에 대한 혐오감을 누그러뜨리게 된다. 선량한 야만인인 퀴퀘그가 이슈메일에게 이 세상을 되찾아 준 것이다. 마침내 이슈메일은 기독교적 우애란 허울뿐인 예의에 불과하다는 것이 입증되었으니까, 어디 한번 이교도와 우정을 나누어 보자고 생각하기에

이른다. 둘은 책장을 함께 넘기며 대화의 범위를 조금씩 넓혀 나가고 담배를 나눠 피운다. 그들 옆에는 난롯불이 부드럽고 낮은 불길로 타고 있다.

사람은 영혼을 감출 수 없다.

나는 이 문장을 뚫어져라 보았다. 새봄이를 처음 본 날이 떠올랐다. 올 3월, 고등학교 1학년 첫날. 특목고나 자사고가 아닌 동네 고등학교에 입학했기에 모르는 아이들마저도 어디선가 한 번쯤은 본 얼굴들이었다. 커트 머리를 하고 교실 맨 앞에 앉아 있는 아이가 있었는데 뒷모습만 봤을 때는 남학생인 줄 알았다. 그 아이가 맨 처음 자기소개를 하려고 일어섰는데, 허걱, 여학생이었다. 교실 벽 뒤를 무심히 바라보면서 "이새봄이라고 해. 오랜만에 학교에 왔어."라고 말했다. 목소리가 고즈넉하고 건조했다. 말을 마치고 시선을 돌릴 때 나와 눈길이 마주쳤다. 아무것도 없는, 얼음판 같은 눈빛. 무슨 생각을 하는지 알 수 없는, 그래서 계속 쳐다보고 싶게 만드는 눈빛과 표정. 하지만 거짓이나 꾸밈이 없는 아이일 거라는 생각이 들었다. 처음 본 아이였는데 그런 느낌이 들어서 나 스스로도 놀랐다. 한 학기를 돌이켜 봤을 때 새봄이에 대한 나의 첫 느낌이 맞았다. 그래, 사람은 영혼을 감출 수 없다. 아름답고도 무서운 말이다.

그날 밤, 이슈메일과 퀴퀘그는 자석처럼 마음이 통한다. 퀴퀘그는 자기 이마를 이슈메일 이마에 비비며 허리를 끌어안고는, 이제부터 우리는 결혼한 사이라고 말한다. 퀴퀘그의 고향에서는 이 말이 진정한 친구라는 뜻이고 필요하다면 친구를 위해 기꺼이 죽겠다는 뜻이라고 한다. 퀴퀘그는 이슈메일에게 두개골을 선물하고, 이슈메일이 극구 사양하는데도 자신의 은화 30달러 중 절반을 이슈메일의 바지 주머니에 넣는다. 그리고…… 침대에 누워서 마음의 밀월을 나눈다. 마음의 밀월이라…… 작가는 이렇게 쓰고 있다.

친구끼리 속내를 털어놓기에 침대만큼 좋은 곳은 없다. 남편과 아내는 침대에서 서로에게 제 영혼의 밑바닥까지 드러내 보이고, 나이 든 부부는 종종 침대에 누워서 과거의 이야기로 밤을 새운다.

더는 읽을 수가 없었다. 읽으면서 왠지 몸이 조금씩 더워졌는데 마음이, 바로 내 마음이 예측하지 못한 방향으로 흘러간 것이다. '사람은 영혼을 감출 수 없다'라는 문장에서부터 새봄이를 처음 본 날이 떠오르면서 기분이 이상해지더니, '마음의 밀월'에서 울컥해져 버렸다. 아, 허먼 멜빌이라는 작가, 독자의 마음을 쥐락펴락하는구나.

여러분 모두가 예상하듯이…… 새봄이와 나를 주인공으로 한, 온몸이 찌릿해지는 장면들을 조금씩 상상하다가 마음의 밀월에서 커튼이 확 걷혔다. 이 대목에서 그런 상상을 한 나를 수준 낮은 고등학생으로 여길지 모르겠지만, 이건 정말 내 나이다운 상상이라고 자신 있게 말할 수 있다! 그 장 끝에서 마음의 밀월이라는 문구가 나올 거라고 어찌 예상했겠는가.

식인종 퀴퀘그와 백인 이슈메일 사이에서 말이다.

고백하건대, 나는 지금까지 어느 누구하고도 마음의 밀월을 나눠 본 적이 없다. 한집에서 16년을 산 부모님과도, 11년을 산 여동생과는 더더욱, 초등학생부터 작년 중학생 때까지 만난 수많은 선생님과 아이들 중에서도 마음을 나눠 본 사람이 없다. 안 지 4개월 남짓한 새봄이하고도 마찬가지다. 나도…… 마음의 밀월을 나눌 수 있는 누군가를 만나고 싶다. 그 누군가가 새봄이라면 정말 날아갈 듯 좋겠지만 그건 누구도, 하느님도, 한때 세상을 지배했다는 고래도 모를 일이다.

2장.
이새봄……과 이새봄!

무슨 말부터 적어야 할까…….

지난주, 문득 일기장을 찾아봐야겠다는 생각이 들었다. 초등학교 때 숙제로 일기를 썼을 텐데 찾을 수가 없었다. 중학교 입학하고 나서 한 달여 다녔으니 뭐라도 적었을 것 같은데 아무것도 없었다. 내 방 말고 다른 곳을 더 찾아볼까 하다가 그만두었다.

그러자 갑자기 이런 생각이 들었다. 그동안 나는 무엇이었나. 어떤 모습으로, 무슨 생각을 하며 이곳에 존재하고 있었나…….

천천히 쓸 수밖에 없다. 키보드로 한글을 입력하는 게 서툴고 무엇보다 내 마음을 읽거나 머릿속의 생각을 끄집어내는 것이 어렵기 때문이다. 힘들면 잠시 쉴 것이다. 하지만 쓰는 일을 멈추지는 않을 것이다.

나만이 나 자신을 알 수 있고, 나만이 나 자신에 대해 쓸 수 있다. 이제 나는, 나 자신이 어떤 사람인지 궁금해졌다.

2월 20일 화요일

오늘 열흘 뒤면 입학할 고등학교에 다녀왔다. 4년 만에 가는 학교다. 2월 초부터 아빠는 학교에 다녀오자고 했지만 나는 계속 미뤘다. 아빠도 나만큼 긴장한 듯했다. 교과서가 얼마나 많고 무거웠는지 모른다. 걸어오는 내내 어깨에 멘 가방이 나를 짓눌렀다.

집에 와서 방바닥에 교과서들을 늘어놓고 멍하니 바라보았다. 공부는 둘째치고, 날마다 등교할 수 있을까. 수천 번을 되풀이한 걱정이 또다시 밀려왔다. 아빠는 복직을 해야 해서 나 혼자 집에 있어서는 안 된다고 했다. 처음엔 혼자 있을 수 있다고 생각했는데, 이젠 나도 인정한다. 혼자 있는 건 자신이 없다. 그러면 학교를 다닐 수밖에 없다. 결론은 늘 똑같다.

아빠가 말없이 교과서 뒷면에 학교 이름과 학년, 내 이름을 적었다. 보고만 있다가 아빠 손에서 펜을 가져왔다. 출렁이는 내 마음처럼 펜 끝이 떨렸다. 그래서 한 글자 한 글자 더욱 천천히 적었다. 이새봄, 이름을 적는데 어디선가 엄마 목소리가 들리는 것 같았다.

'우리 새봄이가 이 새봄에 고등학교에 가는구나.'

나는 손을 멈추고 내 이름을 뚫어져라 보았다. 눈시울이 뜨거워졌다. 울지 않으려고 아랫입술을 꼭 깨물었다. 엄마가 살아 있다면 함박웃음을 터뜨리며 분명 그렇게 말했을 거다. 초등학교, 중학교 입학을 앞두고 말했던 것처럼. 그리고 덧붙였을 거다.

'이렇게 멋진 이름을 내가 지었잖아. 너 낳고 병실에 왔는데 창밖으로 하얀 목련이 보이는 거야. 그해 처음 본 봄꽃이었지. 그래서 네 이름을 '새봄'으로 지었잖아.'

그럼 나는 '이목련이 아니라서 정말 다행이야, 엄마.' 하고 깔깔깔 웃었을 거다. 이름 얘기가 나오면 늘 그랬듯이.

엄마는 조산기가 있어서 출산 예정일을 두 달 앞둔 1월 말부터 병원에 입원해 있었다고 한다. 그래서 그해는 흔하디흔한 개나리와 진달래도 못 보고 하루가 빨리 지나가기만 기다렸다고 한다. 다른 꽃나무들은 찬란한 봄 햇살을 받으며 피어날 때, 병실 창가의 목련은 그늘 속에서 묵묵히 서 있었을 거다. 언젠가 자기한테도 햇살이 비추리라 기다리면서…… . 그래서인지 엄마는 다른 꽃나무보다 늦게 피는 나무들이 있으면 한동안 바라보곤 했다고 한다. 그때 엄마는 무슨 생각을 했을까. 건성으로 흘려듣지 말고 물어보면 좋았을걸. 엄마가 돌아가신 지 몇 년이 지났지만, 여전히 후회되는 일들이 떠오른다…… .

집과 병원을 오간 지난 4년 동안 나는 이새봄이라는 내 이름을 주로 약봉지에서만 보았다. 내 이름을 직접 적은 것은 지난해 중학교 졸업학력 검정고시를 치르기 위해 OMR 카드를 작성할 때뿐이었다. 나는 다시 교과서에 학교 이름과 학년, 이름을 썼다. 잠시 후 마지막 교과서에 내 이름을 적고 나서 물끄러미 보았다. 약봉지의 내 이름을 볼 때와는 왠지 느낌이 달랐다. 약봉지의 내 이름 뒤에는 말줄임표가 숨어 있는 것 같고, 교과서에 적은 내 이름 뒤에는 느낌표가 숨어 있는 것 같다. 엄마는 이 봄, 이 환하고 새로운 봄에 감탄해서 내 이름을 지었지만, 정작 봄에는 안 좋은 일이 많았다. 나에게도, 아빠에게도, 그리고 우리 사회 전체에도. 그래서 봄이 오는 게 늘 조마조마했다. 그래도 이제는 알 것 같다. 엄마가 내 이름을 지을 때 느낌표를 붙여 놓았다는 것을. 무슨 일이 일어나도 기운 내라는 뜻으로 말이다.

그러니까 이새봄……. 아니 이새봄! 괜찮아, 괜찮을 거야! 고등학교라고 해서 뭐 특별히 다르겠어! 중학교하고 별 차이 없을 거야. 아는 애들이 한 명도 없어도 괜찮아. 다 한 살 어린 동생들이잖아. 혹 무슨 일이 생기면 그냥 철이 없으려니, 하고 넘어가. 그리고…… 달리면 되잖아. 숨이 차게 뛰다 보면 힘든 것들이 마음속에서, 머릿속에서 조금씩 희미해질 거야. 떨쳐 버릴 수 있을 거야. 그렇게 되도록 바라자. 그래도 걱정되는 건 어쩔 수 없지만…….

3월 2일 금요일

입학식.

예상보다 부모님들이 많았다. 아빠는 회사에 복직했기 때문에 입학식에 올 수 없었다. 엄마의 빈자리가 느껴져서 서운할 줄 알았는데 그럴 겨를이 없었다. 왜냐하면…… 정신이 없었다. 운동장과 강당, 학교 건물. 이게 전부인데 왜 복잡하게 느껴진 걸까. 학교 건물이 기역 자로 꺾여 있어서? 잘 모르겠다.

나는 1학년 5반. 입학식 내내 교실을 찾을 수 있을까 걱정했다. 길지 않은 식이 끝나고 자기 반으로 가라는데 어디가 어디인지 몰라서 앞에 서 있던 아이들 꽁무니를 졸졸 따라갔다. 교실은 1층 오른쪽 맨 끝이었다. 나는 교실로 들어서자마자 보이는 빈자리에 앉았다. 앉고 보니 맨 앞줄이었고 교실 앞문 바로 근처였다. 교실 문이 계속 열려 있기를 바랐는데 담임 선생님이 들어오시면서 닫아 버렸다.

담임 선생님은 남자다. 말랐고 키가 작지도 크지도 않다. 머리칼이 아주 짧고 은테 안경을 꼈다. 돌쟁이 아들이 있다고 했다. 육아가 이렇게 힘든 줄 몰랐다며, 이만큼 키워 주신 부모님께 감사의 박수를 보내자고 하면서 박수를 세게 쳤다. 아이들도 얼떨결에 박수를 치며 뒤를 돌아보았다. 엄마들이 네다섯 명 정도 서 있었다.

선생님이 이어 말했다.

"자, 이제 박수도 받으셨으니 집으로 가실까요? 마음 푹 놓

고 가세요. 부모님들이 가셔야 애들이 편안해합니다. 아시
죠?"

박수도 뜬금없었지만, 엄마들에게 집으로 가라고 말한 것도
갑작스러웠다. 얼굴이 발개지는 엄마도 있었지만 대체로 표정
이 괜찮았다. 엄마들이 고개를 숙여 인사하고 교실을 나갔다.

"자, 반갑다. 우리 뭐 하면서 시간 보낼까. 오늘은 공부 안
한다. 오전 시간 보내고 집으로 가는 게 전부. 급식도 없어.
참, 숙제는 내줄 거야. 너무 일찍 가면 부모님이 당황하시니까
학교에 좀 있자. 식상하지만 우리, 각자 자기소개 하자. 너희
들, 머리에 든 게 너무 많아서 반 친구들 이름, 한 번에 못 외
울 거 아냐. 그래서 오늘 숙제가 반 친구들 얼굴 떠올리면서
이름 한 번씩 쓰는 거야. 너희들 다 똑같은 교복 입고 있지만
저마다 다르잖아. 다른 아이들이 자기소개 할 때 꼭 눈여겨봐.
특징들이 보일 거야. 기억 안 나서 스물한 명 다 못 써 오는
건 괜찮아. 하지만 숙제를 아예 안 하는 건 안 돼. 만약 한 명
이라도 숙제를 안 해 오면 자기소개 다시 한다. 설마, 그럴까
싶지? 내가, 작년에도 1학년 담임 했는데 네 번이나 자기소개
하게 했어. 숙제 안 해 온 애가 어떻게 됐겠어? 짐작 가지? 그
러니까 다른 애들이 자기소개 할 때 귀 쫑긋하고 잘 들어. 자
신 없으면 공책에 적든가. 참, 그리고 낼부터 아침마다 5분씩
반 친구 이름 맞히기 게임 할 거야. 못 맞히는 아이가 안 나올
때까지 계속한다. 작년 1학년들은 딱 사흘 하니까 다 외우더

라. 너희는 얼마나 똑똑한지 보자, 하하. 자기소개는 자기 마음대로. 한 문장 말해도 좋고 열 문장 말해도 좋고. 참, 숙제할 때 내 이름도 적어야 돼. 맨 꼴찌라도 내 이름 넣어 줘, 알았지? 나도 1학년 5반이잖아. 자기소개 맨 먼저 할 사람? 없지? 그럴 줄 알았어. 그럼 나부터 한다. 나는 이진헌이야. 내년에 마흔이 돼. 너희들 나이 두 배도 더 되니까 까불지 말고. 담당 과목은 과학. 모든 일에 스트레스가 있듯이 나도 그래. 학생들, 선생님들, 부모님들한테서 스트레스를 엄청 받아. 하지만 너희가 잘 있어 주면, 서로에게 귀를 열고 마음을 열어 주면, 세상 모든 스트레스를 날려 버릴 수 있어. 너희 담임 내년에 멀쩡하게 마흔 살 되도록 올 한 해 잘 지내 보자. 자, 누가 먼저 할래? 그냥 알아서 인사해. 귀찮게 출석부 이름 부르게 하지 말고."

후유…… 집중해서 선생님 말을 적느라 나도 모르게 숨을 참았나 보다. 다시 읽으면서 빠진 말을 보충했다. 내가 담임 선생님의 말을 최대한 기억해 내려고 애쓰면서 적은 이유는, 쉬지 않고 머뭇거리지 않고 웃으면서 이렇게 길게 말하는 사람은 처음 봤기 때문이다. 또 담임 선생님이 한 말의 내용, 말투, 목소리, 손짓, 웃음이 다 마음에 들기 때문이다. 그래, 마음에 든다. 누군가를, 무엇인가를 마음에 들어 하는 게 얼마 만인지 모르겠다. 나도 좋아하는 게 많았을 텐데…… 기억에 남아 있는 게 없다.

아이들은 멀뚱히 천장을 보거나 손을 만지작거리기만 했다. 내가 맨 처음 자기소개를 했다. 정적이 오래 지속되면 못 견디고 교실을 뛰쳐나갈까 봐 그냥 일어섰다. 나는 딱 두 문장을 말했다. 내 이름을 먼저 말하고 오랜만에 학교에 나왔다고 덧붙였다. 목소리가 작았는데 다 알아들었을까. 아이들은 나를 모른다. '오랜만에'라는 게 얼마나 오래인지, 무얼 뜻하는지 모르니까 당연히 아무도 질문하지 않았다.

자기소개 시간이 끝나자 담임 선생님이 학교를 구경하자고 했다. 초등학교 1학년 때 해 보고 처음이다. 나뿐만 아니라 다른 아이들도 다 의아해하는 것 같았다. 선생님은 발소리가 조금도 나지 않아야 다른 반에 피해를 주지 않고 끝까지 학교 구경을 할 수 있다고 했다. 우리는 복도로 나가 선생님 뒤를 따라 걸었다. 선생님은 정말 아무 말도 하지 않았다. 그저 손으로 음악실, 과학실, 급식실, 보건실, 도서실, 교무실, 교장실, 상담실, 탈의실 등이 적힌 팻말을 가리켰다. 우리도 조용히 고개만 끄덕였다. 좀 따분해하는 아이들도 있었지만 대체로 관심 있게 선생님의 얼굴과 손짓을 지켜보았다.

다시 교실로 돌아오자 선생님이 콸콸콸 쏟아지는 수돗물처럼 시원스럽게 말하기 시작했다.

"내가 왜 너희들 데리고 다리 아프게 학교 구경시켰는지 알아? 어차피 대답 안 할 거니까 내가 말할게. 학교 어때? 중학교하고 비슷하지만 좀 더 크고 좋지? 그러니까, 학교 나오는 날은 꼭 등교하는 거야. 교실에 있기 싫으면 있지 않아도 돼. 그렇다고 아무 말도 없이 다른 데 가 있으면 안 되고. 내 허락을 받는 법은 이따가 설명할게. 너희가 학교에 안 나오는 날이 점점 늘면, 나는 서류를 작성해야 해. 왜 안 나오는지, 무슨 문제가 있는지 너희 얘기를 듣고 보호자도 만나야 해. 보호자는 집이나 직장에 가서 만나면 돼. 그런데 학교에도 안 나오는 너희를 어디 가서 만나냐. 부모님한테라도 어디 있는지 말해 놓으면 괜찮지만 그렇게 배려심 깊은 아이는 없더라고. 바쁜 경찰한테 학생 찾아 달라고 부탁하는 거 진짜 죄송하더라. 그냥 대놓고 학교 싫어요, 안 다닐래요, 퇴학시켜 주세요, 말한 뒤에 안 나오면 선생으로서 마음은 불편해도 일거리는 안 늘어. 하지만 이런 애도 없더라고. 왜 이런 얘기를 하나 싶지? 당장 일주일도 못 가서 1학년 중에 서너 명은 학교에 안 나오기 시작해. 나는 너희도 가르쳐야 하고, 학교 일도 해야 하고, 간혹 일찍 퇴근하는 날은 애도 봐야 해. 너희 중에 학교 안 나오는 애가 있으면 나는 다른 걸 못 해. 내가 너희를 너무 사랑해서가 아니라, 나는 한 명이라서 그래. 퇴근하고 너희들 찾아다니는 것까지 하면 다음 날 학교생활이 엉망이 돼. 나 봐라. 말랐지? 체력 약해 보여, 강해 보여? 그러니까 학교 나와야 하는 날은 그냥 나와. 우리 학교 급식 맛있다는 소문 들었지? 학교에 오면 점심값도 아낄 수 있잖아. 교실에 앉아 있기 싫으면 이 종이 보이지? 이걸 나는 '순간 이동서'라고 불러. 여기

칠판 앞 책꽂이 위에 둘 테니까 이거 꺼내서 그날 하루 중 몇 교시부터 몇 교시까지 학교 내 어디에 있을 건지 적어. 도서실에 있겠다, 상담실에 있겠다, 음악실에서 기타 치고 있겠다, 이렇게 말이야. 학교에서 학생을 못 찾는 일이 생기면 나 잡혀 간다, 진짜야. 대신 아침 조회, 급식, 종례 때는 꼭 교실로 와야 해. 그리고 이거 적어서 교무실로 가져와. 1교시 시작하기 전까지는 가져와야 다른 과목 선생님들한테 양해를 구할 수 있겠지? 나는 일곱 시 반쯤 출근하니까 만날 시간은 충분해."

목소리 굵은 남학생이 물었다.

"횟수 제한 있어요? 일주일에 몇 번까지 돼요?"

"아, 그래. 그걸 얘기 안 했구나. 제한 없어. 하지만 그때마다 이걸 적어서 나한테 가져와야 해. 이렇게 좋은 담임이 어디 있냐? 안 그래?"

몇몇 아이들이 웅성거렸다. 선생님 표정이 자못 진지했다. 정말 말없이 학교에 나오지 않는 애들이 있는 모양이다.

"자, 오늘 일과는 끝. 숙제는 반 친구들 이름 한 번씩 쓰기. 벌써 잊은 건 아니지? 그리고 지금 종이 세 장 나눠 줄 테니까, 월요일까지 써 와. 너희 자신에 대해 나한테 알려 줘. 한 장은 부모님이 쓰는 거고, 다른 한 장은 너희들 스스로 쓰는 거야. 웬만하면 다 써 와. 이거 써 온 아이들하고는 금세 친해지더라. 차차 알아 가면 안 되냐고 묻고 싶지? 응, 차차 알아 가

34

기엔 우린 자주 못 만나. 나는 과학 선생이고 아침 조회, 종례 때 잠깐 보잖아. 내가 3년 내내 너희 담임이면 차차 알아 가도 돼. 하지만 고작 1학기도, 2학기도 4개월 남짓이야. 토, 일 빼고 공휴일 빼면 한 달에 20일 정도밖에 안 돼. 그러니까 꼭 써 오기. 그리고 마지막 장은 선생님 편지. 부모님이나 보호자께 드려. 읽고 싶으면 너희도 봐도 돼. 거기에 선생님 전화번호, 이메일 적혀 있다. 자, 주말 잘 보내고 월요일에 보자."

선생님도 숨이 차는지 말을 끝내고는 길게 숨을 내쉬었다.

집에 와서 반 친구들 이름을 적었다. 연습장에 적어 놨기 때문에 옮겨 적기만 하면 되었다. 하지만 이름과 얼굴이 연결되지 않는 아이들이 많았다. 분명 아이들 이름을 받아 적으며 한 명 한 명 쳐다보았는데도 말이다. 다른 아이들도 마찬가지일까? 월요일에 좀 일찍 등교해서 아이들 이름이 맞는지 물어봐야겠다.

이제 선생님이 나눠 준 종이를 채우려고 한다. 나 자신에 대해 쓰려니 막막했다. '좋아하는 것, 하고 싶은 것, 장단점, 선생님한테 하고 싶은 말', 이 네 가지인데도 무슨 말을 써야 할지 모르겠다, 후유…….

3장.
도대체 왜 이 책을

아침에 도서관 책상에 앉자마자 바로 책을 펼쳤다. 11장이
다. 이제 뉴베드퍼드에서 떠나는 장면이 나오겠거니 했는데
이슈메일과 퀴퀘그는 침대에서 계속 마음의 밀월을 나누고
있다. 첫 구절인 우리는 그렇게 침대에 누운 채를 읽자마자 부러
움과 부끄러움을 동시에 느꼈던 어젯밤이 떠올라 잠깐 숨이
막혔다.

둘은 차가운 어둠 속에서 네 무릎을 붙인 채 이야기를 나눈
다. 그 과정에서 이슈메일은 농밀하고 내밀한 편안함만을 생생하게
느낀다. 근사하다……. 한번 상상해 보시라. 160년 전 어느 밤
에 피부색이 검은 사람과 흰 사람이 파이프 하나로 담배를 나
누어 피우면서 한 침대에 한 담요를 덮고 누웠다 앉았다 하며
밤새 이야기를 나누다니……. 근사하다는 말 외에는 어떤 말

도 떠오르지 않는다.

밤새 퀴퀘그는 자신의 이야기를 들려준다. 어떤 지도에도 나와 있지 않은 코코보코섬 왕의 아들인 퀴퀘그는 동족을 지금보다 … 훨씬 선량하게 만드는 방법을 기독교도한테 배우고 싶은 열망에 목숨을 걸고 고래잡이배에 올랐지만, 세계는 자오선과 관계없이 어디나 사악하다는 걸 깨닫고 절망에 빠지고 말았다고 한다. 하지만 그간의 세월 동안 기독교도들과의 접촉으로 … 순수하고 순결한 왕위에 오를 자격을 잃은 것 같아 다시 깨끗해졌다고 느껴지면 당장 고향으로 돌아갈 거라고 했다. 포경선에 오르는 것이 각자의 계획이라는 걸 확인한 뒤 둘은 말 그대로 운명의 배를 같이 타기로 한다. 식인종과 백인이 허물없이 지내는 걸 이상하게 바라보는 사람들의 시선에도 아랑곳하지 않고 이슈메일과 퀴퀘그는 이틀 뒤 낸터컷섬에 도착한다.

낸터컷섬은 지구상에 존재하지 않는, 어떤 이상향인 것만 같다. 낸터컷 사람들은 자신들이 대서양과 태평양과 인도양을 나누어 가졌다고 생각한다. 지구의 3분의 2를 가졌다고 생각하는 사람들에게 부족할 게 뭐 있겠는가. 그들의 정신은 늘 넉넉하고 여유로울 수밖에 없다. 우리처럼 더 가지기 위해, 더 올라가기 위해 조바심치고 불안에 떨며 아등바등할 필요가 없는 것이다.

이슈메일과 퀴퀘그는 '트라이포츠'라는 여관에 묵는다. 퀴퀘그는 라마단처럼 금식과 참회의 고행을 시작하며 고래잡이배를 알아보는 일을 전적으로 이슈메일에게 맡긴다. 그런데 이들이 낸터컷에 온 뒤로 불길한 암시가 여러 번 나오는데 나는 이게 마음에 걸렸다. 그 암시가 뭐냐 하면, 그들이 묵는 여관에서 어떤 선원이 자살했다는 것, 이 여관을 추천한 물보라 여인숙 주인의 성 '코핀'의 뜻이 '관'이라는 것, 마지막으로 이슈메일이 선택한 배의 이름 '피쿼드'가 백인과 항쟁하여 전멸한 최초의 인디언 부족의 이름이라는 것이다. 그리고 아직 본격적으로 등장하지 않은 에이해브 선장도 예사롭지 않았다. 구약성서 「열왕기」에 나오는 이스라엘의 포악한 군주 '아합'에서 유래한 '에이해브'라는 이름이 그의 운명을 예언해 준다고 어떤 인디언 노파가 말한 것만도 찜찜한데, 한쪽 다리가 향유고래에게 잘려 나가고, 신앙심은 없지만 신 같은 사람이라는 등등의 평가도 불길했다. 하지만 이슈메일은 선장에 대해 막연한 아픔을 느끼며 야릇한 경외감마저 가진다. 결국 출항 하루 전날 이슈메일은 배의 절대적 독재자인 선장을 한 번도 보지 않고 결정한 자신이 경솔했음을 깨닫지만, 더는 생각하지 않으려고 애쓴다.

어휴, 작가는 왜 이렇게 불길한 암시를 많이 넣었을까. 이 모든 것에도 불구하고 이슈메일이 피쿼드호를 탈 수밖에 없다는 걸 강조하고 싶었을까.

돌이킬 수 없는 두 인물의 승선을 앞두고 나는 점심을 먹고 왔다. 내가 요즘 매일 오는 이 도서관은 동네에 새로 생긴 복지관 내에 있다. 전부 다 새 책이고, 식당과 카페도 있고, 멍 때리기 좋은 구석진 곳도 많다. 이 책을 다 읽으면 이곳에서 새봄이와 나란히 앉아 있고 싶다. 책을 읽어도 좋고 이어폰을 끼고 음악을 들어도 좋고…… 책상 밑으로 몰래 손을 잡을 수 있을지도 모른다.

기분 좋은 상상을 하며 다시 책을 읽었다. 드디어 이슈메일과 퀴퀘그가 승선했다. 에이해브 선장은 코빼기도 보이지 않고 선주 두 명의 지휘 아래 승선 준비가 이뤄졌다. 이슈메일은 처음으로 한 선주에게 발길질을 당한다. 상선에서는 그런 식으로 닻을 감아 올리나? 빨리 움직여, 이 머저리 같은 녀석아. 이런 말을 들으면서 3년이나 배에서 일해야 한다니 나도 모르게 아찔해졌다.

피쿼드호가 항해를 시작하자 작가는 육지 사람들이 고상한 직업으로 생각하지 않는 포경업에 대해 다양하게 설명한다. 선원으로 상선과 포경선을 탄 경험이 있는 작가로서 그 당시 사람들이 고래의 몸에서 나오는 모든 것으로 생활하면서도 포경업을 하찮게 여기는 것이 이해되지 않고 화날 수도 있겠다는 생각이 들었다. 그러다가 그 장 끝에서 유언이나 다름없는 문장이 나와 나도 모르게 숨을 죽였다. 이건 이슈메일의 목소리가 아니라 작가의 직접적인 목소리였다.

… 내가 죽을 때, 내 유언 집행인들, 아니 좀 더 정확히 말하면 내 빚쟁이들이 내 책상 속에서 귀중한 원고를 발견한다면, 나는 모든 명예와

영광을 포경업에 돌린다고 여기서 미리 밝혀 두겠다. 포경선은 나의 예일대학이며 하버드대학이기 때문이다.

작가 허먼 멜빌에게 고래잡이는 단순한 돈벌이나 호기심에 이끌려 하는 일이 아니라 세상을 배우고 느끼는 학교였던 것이다. 이슈메일이 선주의 물음에 세상을 보고 싶어서 배를 탄다고 말했을 때, 그냥 하는 말로 흘려 읽었다. 그런데 포경업에 대해 이보다 더 잘 표현할 수는 없겠다는 생각이 뒤늦게 들었다.

이어서 승선자들이 등장한다. 어떻게 이렇게 다른 사람들을 모았을까 싶을 정도로 개성이 뚜렷한 일등, 이등, 삼등 항해사와 그들에게 속한 작살잡이도 소개한다. 고래와의 숱한 싸움에 길든 자기만의 작살을 가지고 다니는 퀴퀘그는 일등 항해사 스타벅 소속의 작살잡이다. 아, 이름이 스타벅? 혹시 커피 파는 스타벅스와 무슨 관련이 있으려나. 나는 이리저리 검색해 보았다. 정말, 스타벅스는 일등 항해사 스타벅에서 따온 이름이었다. 『모비 딕』 팬이었던 세 명의 창업자가 스타벅을 복수형으로 만들어 '스타벅스'가 된 거였다.

이슈메일은 이제야 조금씩 포경선 생활을 실감하는 듯하다. 아직 고래의 꼬리조차 나타나지 않았고, 정체를 알 수 없는 에이해브 선장의 발끝조차 본 적 없지만 이슈메일은 오, 신이여, 나를 지켜 주소서! 하고 바란다. 그 바람이 꽤 간절하게 느껴져서 나도 같이 기도해 주고 싶을 정도였다.

포경선 또한 하나의 사회였다. 직급의 높낮이가 있고 그에 따라 할 일이 나뉘어 있다. 무엇보다 현재의 미국을 예견하듯 인종이 다양했다. 한창 나라를 넓혀 가고 키워 가던 당시 미국의 모든 분야에서와 마찬가지로 두뇌를 제공하는 건 미국인이고 일할 근육을 공급하는 건 세계의 나머지 지역 사람들이다. 그건 지금의 미국도 마찬가지 아닐까. 미국이 그걸 인정할지는 모르겠지만. 생각해 보면, 자본주의에서는 좀 더 힘센 놈과 좀 더 약한 놈이 늘 있어 왔다. 그 기준은 '돈'이다. 자본주의는 인간들에게 많이 가지면 가질수록 더 많이 누릴 수 있다고 세뇌시켜 왔다.

아직 나는 직접 돈을 벌어 먹고살지는 않는다. 그래서 모르는 걸까. 솔직히 나는 많이 가지면 무엇을 더 누릴 수 있는지 궁금하다. 설마, 집, 차, 옷, 음식, 이런 것만을 말하는 건 아니겠지……. 나이가 들고 직업을 가지면 알게 될까. 아마도 나는 자본주의 세계에서 태어나 자본주의 세계에서 죽을 것이기에, 어쩌면 확실히 깨닫지 못한 채 평생을 살지도 모른다. 아니다. 세상은 변해 왔다니까, 언젠가 알 수 있을지도 모른다. 내가 이 궁금증을 잊지 않는 한 말이다. 그래, 내가 이걸 궁금해한다는 걸 잊지 말자. 얼른 다시 책을 읽자.

드디어 28장에서 당당하고 압도적인 위엄을 가진, 그러나 강력한 슬픔이 느껴지는 노인 에이해브 선장이 등장했다. 그의 첫인상은 아주 강렬하다. 머리털 사이에서 시작해 얼굴과 목덜

미를 지나 옷 속으로 사라지는 가느다란 막대기 같은 납빛 흉터. 이슈메일조차 이 기다란 납빛 흉터에서 받은 충격이 너무 커서 그가 외다리라는 사실도 알아차리지 못했다. 배가 열대 지방으로 접어들면서 에이해브는 무덤 같은 지하의 선실에서 나와 갑판에서 보내는 시간이 많아졌다. 하지만 아직 그의 정체는 명확히 드러나지 않는다. 작가는 에이해브를 확 내놓지 않고 조금씩 조금씩 연기만 피워 올리고 있다.

이 책을 읽으며 항해에 대한 동경과 더불어 담배에 대해서도 호기심이 생겼다. 친구들 중에 담배를 피우는 아이들이 꽤 있지만, 나는 그닥 관심이 없었다. 하지만 이슈메일에게 담배는 영혼을 달래 주는 것이고, 줄담배를 피워서 담배가 코처럼 얼굴의 한 부분으로 여겨지는 이등 항해사 스터브에게 담배는 정신적 시련을 없애 주는 일종의 소독약이었다. 참나, 담배에 대해 이렇게 멋진 문장들로 표현해 놓으면 어떡하란 말인가.

그나저나 엉덩이가 아픈 걸 보니 의자에 너무 오래 앉아 있었나 보다. 도서관에서 스무 장이나 읽었다. 새봄이 말대로 본문에 들어서자 속도가 붙었다. 그러게, 어원이나 발췌록 생략하고 그냥 처음부터 "내 이름을 이슈메일이라고 해 두자"로 시작했으면 얼마나 좋아.

창밖을 보니 오늘도 어김없이 지구의 모든 것을 태워 버릴 듯 태양이 맹렬했다. 하지만 더는 앉아 있을 수가 없어서 도서관을 나왔다. 한낮의 태양 아래를 걸으니 낮은 그렇게 매력적이고 밤은 그렇게 유혹적이어서, 잠을 언제 자는 게 좋을지 선택하기가 어려웠다는 문장이 떠올랐다. 피쿼드호가 일 년 내내 뜨거운 여름인 열대 해역으로 들어섰을 때 이슈메일은 자신을 둘러싼 시공간을 그렇게 느꼈다. 낮과 밤에다가 매력과 유혹이 한 문장에 있으니 기분이 묘했다. 열대 지방을 지나는 배 위에 있으면 누구나 다 그렇게 느낄까.

사실, 배를 타고 바다를 누비는 상상을 해 본 적도 없다. 내가 경험한 바다는 물놀이하는 바다, 물끄러미 바라보는 바다가 전부다. 배를 타고 바다로 직접 들어가 파도를 넘고 물살을 헤치며 떠도는 게 어떤 느낌인지 잘 그려지지도 않는다. 그럼에도, 내가 여태껏 지구의 3분의 1인 대륙 중에 손톱만큼도 안 되는 대한민국에서만 살아왔다는 사실과 나머지 3분의 2인 바다에는 발 한 번 적신 정도밖에 안 된다는 사실이 마음을 흔들기 시작했다. 언젠가 꼭 한 번은 배를 타 보고 싶다……. 몇 날 며칠, 아니 몇 개월 내내 하늘과 바다와 수평선만 바라보면 어떤 생각이 들까. 큰 배를 타고 항해하면 어떤 기분이 들까. 고래를 직접 보면 무슨 생각이 들까…… 집에 가는 내내 머릿속에 물음들만 번져 갔다.

밤늦게 기타를 들고 집 앞 공원으로 갔다. 나지막한 언덕 위에 있는 이 공원에는 벤치 외에 작은 정자도 있고 평상도 있다. 혼자 평상에 앉아 기타를 치면 잡생각을 떨쳐 버릴 수 있다. 나는 외우고 있는 곡들을 생각나는 대로 연주했다. 한참을 치다가 기타를 내려놓고 평상에 누웠다.

『모비 딕』을 끝까지 다 읽을 수 있을까. 드디어 마음속에 뭔가 피비린내 나는 계획을 갖고 있는 에이해브의 광기가 조금씩 드러나고 있다. 대다수의 선원들이 그 광기에 물들기 시작했는데, 나는 이해가 되지 않았다. 미치광이 에이해브는 본능에 따르며 살 뿐인 흰 향유고래가 마치 모든 악의 총체인 듯 증오한다. 천벌 운운하는 일등 항해사 스타벅에게 자신을 모욕하면 태양이라도 공격하겠다고 단언한다. 내 마음속에서 조금씩 반기가 올라왔다. 그 뒤로 작가는 흰색이 주는 원시적인 공포에 대해 수많은 예를 들며 설명하고는 42장 맨 끝에서 그래도 여러분은 이 광적인 추적을 의아하게 생각하겠는가 묻는데, 나는 고개를 저을 수 없었다.

에이해브는 처음으로 선원들을 모두 불러 모아 놓고는 돛대에 스페인 금화를 박은 뒤에 외쳤다.

나는 … 지옥의 불길을 돌아서라도 놈을 추적하겠다. … 그놈이 검은 피를 내뿜고 지느러미를 맥없이 늘어뜨릴 때까지 추적하는 것, 그것이 우리가 항해하는 목적이다. 어떠냐? 나를 도와주겠는가? 다들 용감해 보이는데.

선장의 선동에 스타벅을 제외한 모든 선원들이 열광하며 바로 동의했다. 선원들이 물러가고 에이해브는 혼잣말로 나는 악마가 붙은 미치광이다. 나는 미쳐 버린 광기라고 한다. 이 광기에 이슈메일도 어김없이 도취되었다. 이제 선원들에게 모비 딕은 세상 모든 악의 근원이나 다름없다.

그래도 이슈메일은 모든 선원들이 어떻게 모비 딕을 자신의 원수로 생각하게 되었을까 자문해 보았다. 그러고는 선원들에게 모비 딕이 인생의 바다를 헤엄치는 거대한 악마처럼 보여서 이에 대해 전혀 의심하지 않는 것이라고 생각했다. 이슈메일은 항해를 하며 보내는 시간과 몸담은 공간을 탐닉하는 데 전념했지만, 그 고래를 만나려고 돌진하는 동안은 그 짐승에게서 지독한 악밖에는 볼 수 없었다고 미리 고백했다. 결국 내가 이 책의 결말에서 보게 될 장면이, 괴물이자 악 그 자체라고 여겨지는 흰 고래와 선원들의 싸움, 바로 죽음의 향연이란 말인가.

섬뜩했다. 도대체 새봄이는 왜 나한테 이 책을 선물했을까. 하고많은 책 중에서 하필, 바다와 배와 죽음이 뒤섞인 인간들의 이야기란 말인가! 2014년 봄, 그해 4월에 우리나라에서 일어난 일을 새봄이도 모르지 않을 텐데!

나는 검푸른 밤하늘을 뚫어져라 쳐다보다가 "아아아아악!" 하고 소리를 질렀다.

4장.
달릴 수밖에 없다

3월 16일 금요일

방금 16이라는 숫자를 적으면서 놀랐고, 동시에 기뻤다. 하루하루를 별일 없이 지냈다는 게 믿기지 않는다.

늘 3월이 되면 한층 더 무기력해졌다. 3월이 지나면 4월이고, 4월이면 엄마의 기일이 다가오니까. 예전에는 대부분의 시간을 창밖을 보며 지냈다. 신기하게도 설날이 지나면 해가 조금 더 늦게 진다. 그래서 저녁 여섯 시여도 어둡지 않다. 나지막한 밝음. 그걸 깨닫는 순간, 어김없이 봄이 오고 있구나 하는 생각이 먼저 든다. 그러면 다시 우울한 시기가 찾아왔다. 의사는 이 시기를 '우울 삽화'(depressive episode)라고 했다.

엄마가 돌아가시고 나서 이 시기에는 늘 병원에 있었다. 작년에 처음으로 집에서 견뎠고, 아빠 몰래 약도 먹지 않았다.

46

날마다 무기력한 나 자신이 바보 같고, 밑동이 잘려 쓰러진 마른 나무 같았지만 약 없이 버텼다. 세수도 하고, 밥도 몇 순 갈 먹고, 조금 앉아 있기도 했다. 또 두세 시간이라도 잠을 잘 수 있었다.

그러던 어느 깊은 밤, 어김없이 눈이 떠졌다. 웬일인지 그날은 불안과 두려움을 견뎌 봐야겠다는 생각이 들었다.

'이새봄, 밤이 지나면 아침이 와. 이건 틀림없는 사실이야.'

그날 밤, 다시 아침이 온다고 얼마나 되뇌었는지 모른다. 그러다가 방 안이 희부예지고 있다는 걸 알았을 때, 나도 모르게 눈물이 나왔다. 그날 이후 조금씩 잠을 더 잘 수 있게 되었다.

다행스럽게도 그 시기를 지나고 나서도 약을 먹지 않았다. 하루가 지나면 그 전날 약을 상자에 넣어 두었고 약봉지의 약이 떨어질 즈음 아빠가 병원에 가서 약을 받아 왔다. 의사 선생님은 나도 같이 오라고 했다지만 가기 싫었다. 다음에 가겠다고 매번 미뤘고 아빠는 죄인처럼 혼자 병원에 다녀왔다. 약 없이 세 계절을 보내고 12월 초에 아빠에게 말했다. 왜 아빠에게 처음부터 말하지 않았을까…….

나 스스로도 내가 약 없이 버틸 수 있다는 걸 시험해 보고 싶었던 것 같다. 아빠가 복직해야 하니, 뭘 하든 나대로 시간을 보내야 하니까. 약이 서랍에 있으니 안심되기도 했다. 너무 너무 힘들면 먹을 생각이었다. 정말 아슬아슬한 날도 여러 번 있었지만 버텼다. 이제 약을 먹지 않은 지 1년쯤 되었다. 그것만으로도 아빠는 정말 기뻐했다. 나도 다행이라고 생각한다. 늪에서 조금 올라왔다는 느낌이 든다.

그래도 계속 달리고 있다. 달리다 보면 여전히 눈물이 난다. 숨이 벅차면 속도를 늦춰서 달린다. 달리고 나서 기분이 좋아지거나 힘이 솟는 건 아니다. 하지만 구름에 대한 두려움은 사라졌다. 달리면 달릴수록 회색 구름 덩이들과 가까워져서 그것들이 나를 덮칠 것만 같은 공포. 그럴 때마다 도망치듯 갑자기 방향을 바꾸어서 종종 자전거나 사람, 벽 등에 부딪쳤다. 이제 그런 일은 없으니, 아빠도 더는 내 뒤를 따라 뛰지 못해도 덜 걱정하며 나를 기다릴 수 있게 되었다. 하지만 여전히 그 도서관 쪽으로는 가지 않는다.

나도 잘 알고 있다. 자꾸 뛰쳐나가 달리는 것이 정상적인 행동은 아니라는 걸. 학교에 다니면서 단 하나 불안한 것이, 언제 뛰쳐나가게 될지 나 자신도 알 수 없다는 점이다. 그래서 수업 중에 달려 나가지 않기 위해 쉬는 시간이면 건물 밖으로 나갔다. 그래도 불안해서 점심 먹고 난 뒤 운동장에 나가 뛰었다. 그렇게 며칠 해 보니 마음이 좀 편안해졌다. 그래서 이젠 점심 먹고 날마다 운동장을 달린다.

아이들이 수군거린다는 걸 안다. 하지만 어쩔 수 없다. 수업 중에 뛰쳐나가는 것보다는 낫다고 생각한다. 담임 선생님은 나의 증상을 알고 있다. 그래서 과학 시간에는 괜찮으니까 그냥 있어 보라고 했다. 하지만 두렵다. 내가 수업 중에 달려 나갈 경우, 다른 아이들이 보일 반응과 그걸 마주해야 하는 내 모습이 전혀 그려지지 않는다. 여하튼 학교에 다닌 지 2주가 지난 지금까지는 괜찮다. 지낼 만하다고 믿고 싶다. 후유…….

오랫동안 달린 덕분일까. 오늘 체육 시간에 내가 체육 선생님과 반 아이들 모두를 깜짝 놀라게 했다. 일주일에 체육 시간은 두 번인데, 한 번은 스트레칭을 하고 한 번은 근력 운동이나 지구력 운동을 한다. 오늘은 왕복 달리기를 했다. 컬러콘 두 개를 멀찍이 놓고 초시계 소리에 맞춰 그 사이를 오가는 것이다. 처음엔 천천히 걸어도 될 정도였지만, 점점 소리가 잦아지더니 나중엔 시계 초침처럼, 심장 박동처럼 빨라졌다. 다행히 달성 목표는 없다. 최대한 할 수 있는 데까지 하면 된다. 선생님은 아이들을 독려하면서 몇 번 오갔는지 기록했다. 국가 대표 축구 선수들이나 스케이트 선수들은 종아리에 몇십 킬로그램 주머니까지 달고 뛴다며 너무 약해 빠졌다고 소리치기도 했다. 대체로 남자아이들은 60회 이상은 하는 것 같고 여자아이들은 40회 넘기기가 힘들었다.

그런데 내가 우리 반에서 제일 많이 했다. 사실 나는 어느 순간부터 횟수를 세지 않았고, 90 이후부터는 아이들이 소리 내어 세기 시작했다. 그리고 100이라는 소리를 듣고 나서도 몇 차례 오간 뒤 멈추었다. 순간 정적이 흘렀다. 나는 숨이 찼지만 주저앉을 정도는 아니어서 주변을 둘러보았다. 선생님도 아이들도 놀라서 나를 멍하니 바라보고 있었다. 나도 믿기지가 않았다. 갑자기 선생님이 박수를 쳤고 아이들도 덩달아 박수를 쳤다. 휘파람을 부는 아이도 있었다.

체육 선생님이 눈을 커다랗게 뜨고 물었다.

"이 반에 체육 특기생은 없는데…… 너 운동하는 거 있냐?"

"아뇨, 그냥…… 달려요."

말하는 중에 자꾸 고개가 숙여졌다. 누가 말했다.

"쟤는 점심시간마다 달려요."

선생님이 활짝 웃으며 말했다.

"너 운동하자. 내가 진짜, 좋은 대학 보내 줄 수 있어."

나는 조금씩 웃고 있었는데, 선생님 말에 얼굴이 확 굳어져서 고개를 설레설레 저었다.

"그래, 지금은 수업 시간이니까 그만 얘기하자. 오늘 점심 먹고 교무실로 올래?"

가고 싶지 않았지만 "생각해 볼게요."라고 대답하고 내 자리로 갔다.

선생님이 흥분한 목소리로 말했다.

"체육 선생 25년 동안 여학생이 100회 넘는 경우는 이새봄이 처음이다. 정말 대단한 학생이야!"

용암이 흘러내리는 것처럼 얼굴이 뜨거웠다. 고개를 들 수가 없었다. 선생님이 그만 말하면 좋겠다는 생각밖에 나지 않았다.

체육 시간이 끝나고 나서 아이들이 나를 보는 눈이 달라졌다는 걸 느꼈다. 그동안 나한테 말을 거는 애는 별로 없었다. 몇몇 아이들이 나를 두고 이러쿵저러쿵했지만 무슨 말인지 이해가 되지 않았다. 한국말인데도 말이다. 그래서 나도 쉽사리 다른 애들한테 말을 붙이지 못했다. 그런데 아이들이 말을 걸어왔다. 안 힘들어?, 너, 정말 매일 달려?, 따로 훈련받는 거 진짜 없어?, 체대 갈 생각도 있어? 등등 모든 물음이 달리기와 관련된 것이었지만, 얼떨떨하면서도 기분 나쁘지 않았다. 잠깐 동안이지만, 누군가의 목소리를 가까이서 듣는다는 게, 누군가와 눈을 마주하고 내 목소리를 낸다는 게 신기했다. 내가 정말로 학교에 다니고 있다는 실감이 들었다.

종례 때 담임 선생님이 말했다.

"우리 반에서 전교 일등이 나오다니 정말 기분 좋다. 새봄이 취미가 달리기라는 건 알고 있었지만 이렇게 지구력이 좋을 줄은 몰랐네. 체육 선생님이 우리 반 체육 수업을 더 각별히 챙기실 것 같던데, 그것도 잘된 일이고. 뭐니 뭐니 해도 튼튼한 게 최고잖아, 하하하."

아이들이 "아아 죽었다, 진짜 힘들겠다."라고 아우성을 쳤지만 기분 나쁜 말투는 아니었다.

나는 살기 위해 달릴 수밖에 없다. 보통 아이들처럼 지내려면 달려야 한다. 내 강박 때문에 주목을 받다니 그저 놀랍고 신기하기만 하다. 체육 선생님이 또 체육대학 얘기를 할까 봐 걱정도 된다. 하지만 아무려면 어때, 타인에게 피해 주는 것도 아닌데. 아무려면 어때…… 그래, 이렇게 생각하자. 아무려면 어때! 하고 말이다.

아이들이 하는 말을 내가 자주 못 알아듣는 건, 오랫동안 집에만 있었기 때문인 것 같다. 아이들이 주고받는 일반적인 말들, 이를테면 밥 먹었어?, 그거 어디서 샀어?, 나도 같이 듣자, 어제 티브이 봤어? 이런 말들 외에는 알아듣지 못하는 말이 많다. 얼른 수준을 높여야 한다. 아, 어쩌면, 오랫동안 책을 읽지 않아서 그런지도 모르겠다…….

3월 20일 화요일

오늘은 3월 20일.

4년 전, 엄마가 사고를 당한 날이다.

엄마가 돌아가시고 이 날짜를 처음 적어 본다.

평일이고 학교에 가야 하기 때문에 나는 며칠 전부터 애써 이 날짜를 생각하지 않으려고 갖은 애를 썼다. 하지만…… 오늘 하루 종일 힘들었다. 점심시간에 운동장을 달리고 나서 교실에 앉아 있는데, 무서웠다. 시계가 서서히 엄마의 사고 시각인 오후 두 시 반을 향해 가고 있었기 때문이다. 교실 시계에는 초침이 없는데도 어디선가 재깍재깍 초침 소리가 들리면서 나를 죄어 오는 것만 같았다.

5교시가 끝나자마자 순간 이동서를 들고 교무실로 갔다. 선생님께 교실에 못 있겠다고 말하면서 엄마의 사고에 대해 주섬주섬 말했다. 선생님은 이야기해 줘서 고맙다고 하면서 조퇴해도 된다고 말했다. 나는 혼자 집에 있을 자신이 없어서 보건실에 있겠다고 했다. 선생님이, 원하면 7교시까지 쭉 있으라고 했다. 나는 바로 보건실로 갔다. 보건실 문을 열자 침대가 보였다. 커튼을 내리고 저 안에 누워 있어야 한다는 생각이 들자, 나도 모르게 고개가 저어졌다. 그길로 밖으로 나가 운동장을 달렸다.

나는 어떤 생각도 하지 않으려고 애썼다. 달리기 위해 태어난 것처럼, 하염없이 운동장을 달리는 게 운명인 것처럼, 내가 받은 벌인 것처럼 달리고 또 달렸다. 운동장은 텅 비었고, 구름 한 점 없었고, 나 자신 외에 나를 두렵게 하는 건 아무것도 없었다. 계속 눈물이 났다. 어느 순간 벨 소리가 들렸다. 계단 위에 서 있는 담임 선생님이 언뜻 보였고 농구대 뒤에 누가 서 있는 것도 같았다. 나를 내려다보는 눈길들과 웅성거림도 느꼈지만 나는 정말 아무렇지도 않았다. 어느 순간 또다시 벨 소리가 들렸다. 7교시가 시작되었다. 나는 속도를 늦춰 달렸다. 조용한 가운데 내 뜀박질 소리와 가쁜 숨소리만 들렸다. 그 소리들은 내가 살아 있다는 신호이고 증거였다. 나는 천천히 멈추어 섰다. 나를 단단히 받치고 있는 땅이 고마웠다. 천천히 걸었다. 땀과 눈물이 뒤섞여 눈이 따가웠다. 실내화 밑바닥이 찢어졌는지 발바닥이 따끔거렸다.

나는 보건실로 가다가 옆에 있는 도서실 팻말을 보았다. 나도 모르게 발걸음이 도서실 쪽으로 향했다. 하지만 문을 열지는 않았다. 엄마가 돌아가시고 나서 책 따위는 읽지 않겠다고 다짐했었다. 문 옆 벽에 포스트잇이 많이 붙어 있었다. 모두 학생들이 써 놓은 것이었다. 몇 장만 읽고 교실로 갔다. 교실 앞에 이르자 잠시 뒤 7교시를 마치는 벨소리가 들렸다.

담임 선생님이 종례 끝나고 잠깐 이야기하자고 해서 교실에 남았다.

선생님이 낮은 목소리로 물었다.

"혼자 집에 갈 수 있겠어? 걸을 수 있겠어? 아버지한테 전화하는 게 어때?"

나는 잠시 생각하고 말했다.

"혼자 갈 수 있어요. 순간 이동서 감사합니다."

나는 선생님을 보고 웃고 싶었는데 잘되지 않았다.

선생님이 말없이 창밖을 바라보다가 다시 말했다.

"우리 악수할까?"

선생님 말에 어리둥절해서 고개를 들고 선생님을 보았다. 선생님이 내 오른손을 끌어다가 악수하듯 잡았다. 다른 한 손을 내 손등 위에 놓더니 두 손으로 내 손을 힘주어 꽉 잡았다.

"여학생 손잡고 응원해 주고 싶은 것도 마음 편하게 못 하다니…… 오늘 하루 진짜 고생 많았다. 무사히 넘겼어. 정말 장하다."

나도 모르게 눈물이 주르륵 흘렀다. 선생님이 휴지를 뽑아

주었다. 선생님 앞에 있으면 계속 눈물이 날 것 같아서 서둘러 인사하고 교실을 나왔다. 복도를 지나 신발을 갈아 신고 걸음을 옮기다가 다시 뛰기 시작했다. 집에 도착할 때까지 계속 달렸다.

나는 지금…… 그날을, 2014년 3월 20일을 적기 위해 컴퓨터 앞에 앉아 있다.

어젯밤 잠들기 전에, 오늘 아침에 잠자리에서 일어날 수만 있기를 바랐다. 나는 확실히 좋아지고 있다. 일어나 세수하고 밥 먹고 학교에 갔다 왔다. 그 시간에 달릴 수 있어서 다행이었다. 믿고 싶다. 좋아지고 있다고, 내가 건강해지고 있다고.

신이 내 인생에서 단 하루만 기억을 지울 수 있게 해 준다면, 0.1초의 망설임도 없이 그날을 말할 것이다. 나에게 그날은, 처음 경험해 본 지옥이었다. 가장 끔찍한 날이었고 영영 사라지길, 내 머릿속에서 깨끗이 없어져 버리길 수없이 바라던 날이었다. 하지만 이젠 용기를 내려고 한다. 용기를 내고 싶다. 피하지 말고 소화해야만 하는 기억이라는 걸 알기 때문이다. ……용기를 내자.

나는 그날 학교에 있었다.

엄마는 반납할 책들이 든 천가방을 자전거 바구니에 싣고 도서관에 가는 중이었다.

갑자기 자동차 한 대가 튀어 나온다.

그 자동차를 피하기 위해 엄마가 방향을 틀었다.

그쪽 편에서 또 다른 자동차가 달려오고 있었다.

좁은 길이었는데 그 차는 속도를 내고 있었고 미처 엄마를 보지 못했다.

자동차와 부딪힌 엄마.

자전거는 심하게 찌그러지고

엄마는 날아오르다가…… 땅에 떨어졌다.

왜 그 차는 미처 엄마를 보지 못했을까.

왜 그 차는 빨리 달리고 있었을까.

수술을 마쳤지만 엄마인지 알아보지 못했다.

엄마는, 그 뒤로 한 달을 버티지 못했다.

깨끗이 염을 한 뒤에도 엄마인지 알아보기 힘들었다.

장례식에 온 사람들이 모두 검은 그림자 같았다.

아빠는 상대해야 할 사람이 많았다.

친척들, 회사 동료들, 엄마 아빠의 친구들, 경찰들 그리고 그 자동차 운전자까지.

아빠는 정신을 차리려고, 침착해지려고, 화내지 않으려고 무척이나 애를 썼다. 그래서 나는 굳이 애쓰지 않았다.

엄마의 발인 날 세월호 참사가 일어났다.

그다음 날 아침, 아빠는 국과 밥을 식탁에 올려놓고 나를 여러 번 불렀다.

아빠가 텔레비전을 켰다. 원래 우리는 밥 먹을 때 텔레비전을 켜지 않는다.

이제는 안다. 그날 아침 아빠는 나와 식탁에 마주앉을 자신이 없었다는 것을. 그때는 몰랐다. 그래서 이해되지 않았고, 이해할 수 없어서 화가 났다.

하지만 텔레비전에서 흘러나오는 뉴스 소리에 화를 낼 수가 없었다. 배가 바다 밑으로 절반쯤 기울어져 있었다. 너무나 많은 사람들이 그 속에 있었고, 어쩌면 그 시각에도 그 안에서 죽어 가고 있을지도 몰랐다. 그런데 나는, 멍하니 보고 있을 수밖에 없었다.

깨닫는 순간, 무서웠다.

죽음이 항상 나를 둘러싸고 있구나.

죽는다는 게 이렇게도 흔하다니.

그럼에도 나는 아무것도 할 수가 없다니.

무서웠다.

잠시 뒤 아빠가 급하게 텔레비전을 껐다. 그러고는 바로 나를 안아 주었다. 많이 울었다. 아빠도 울고, 나도 울었다. 울고 또 울어도 계속 눈물이 나왔다.

나는…… 그 뒤로 계속 집에 있었다.

어디에도 갈 수가 없었다.

집 밖을 나서면 자전거와 자동차가 보였다. 그리고 사람들을 보면 언제 어디서 죽을지 모른다는 생각부터 들었다.

나는 집에 있었다. 견딜 수 없을 때마다 마구 소리를 질렀다. 손에 닿는 대로 물건을 집어 던졌다. 그러다가…… 어느 날부터 소리를 지르지 않게 되었다. 물건을 던지지 않게 되었다.

그리고 어느 날부터 밖으로 뛰쳐나가 달리기 시작했다.

그리고…… 그해 10월에 생리를 시작했다. 그리고, 그리고, 그리고…….

나는 열네 살에서 열여덟 살이 되었다. 4년이 흘렀다는 게 믿기지 않는다.

5장.
거대한 농담

아침에 눈을 뜨자마자 손으로 머리맡을 더듬었다. 흰 고래 책은 그 자리에 잘 있었다. 식구들 누구도 내가 『모비 딕』을 읽는 걸 모르면 좋겠다 싶어서, 또 새봄이가 준 선물이니까 늘 가까이 두고 있다. 하지만…… 공원 평상에서 소리 질렀던 어젯밤이 떠오르면서 여전히 이 책이 내 마음을 닻처럼 꾹 누르고 있는 것 같았다.

동생이 갑자기 방문을 휙 열더니 큰 소리로 말했다.

"오빠, 아침 먹어."

나는 노크를 하지 않는 동생에게 벌컥 화를 냈다. 새삼스러운 일도 아닌데 말이다.

"너, 노크하라고 내가 얼마나 많이 얘기했어! 머리에 똥이 들었냐, 된장이 들었냐?"

"아침부터 난리야. 똥도 들었고 된장도 들었다, 어쩔래?"

동생이 큰소리치고는 냉큼 나갔다. 사춘기가 시작된 건가, 5학년이 되고부터는 사사건건 말대꾸를 한다.

예상대로 곧이어 엄마가 들어와서 심드렁하게 말했다.

"우리 먼저 아침 먹는다. 일어나면 네가 차려 먹어. 참, 오늘은 도서관 안 가?"

나는 아무 말 않고 발밑에 엉켜 있는 이불을 당겨서 머리 위로 덮어썼다. 방문 닫히는 소리를 듣고는 새봄이에게 톡을 보냈다.

－이새봄, 왜 하필 이 책이야?

잠시 뒤 톡이 왔다.

－음…… 너하고 얘기하고 싶어서.

－무슨 얘기?

－이것저것…… 내 얘기도 하고 책 얘기도 하고. 읽는 거 많이 힘들어?

새봄이는 말이 별로 없는 아이다. 반에서 유일하게 화장을 안 하고 머리칼도 짧다. 여자아이들은 그런 새봄이에 대해 이러쿵저러쿵 말이 많았다. 새봄이 앞에서 대놓고 씹는 아이도 있었다. 하지만 새봄이는 아무렇지 않은 척했다. 아니, 아무렇지 않아 보였다. 화도 내지 않았다. 도 닦는 사람처럼 무심해 보였다. 심지어 어떤 날은 애매하게 웃기도 했다. 저런 욕을 듣고도 어떻게 멀쩡한 얼굴일 수 있을까, 나는 궁금했다. 그러다가 나중에야 알았다. 새봄이는 아이들이 하는 욕을 못 알 아들었다. 대체 고등학생이 어떻게 그럴 수 있을까 싶겠지만, 정말이다. 무슨 뜻이냐고 나한테 물어보는 게 거의 다 욕이었 다. 나는 어이없었지만, 새봄이의 지난 생활을 알고 나서는 이 해가 되었다. 차라리 그 욕들을 몰라서 다행이다 싶기도 했다. 더 다행인 건 흥보는 아이들이 차차 줄었다는 거다.

내가 새봄이에게 다가간 건 처음으로 같이 운동장을 달린 날이었다. 아니다, 새봄이 앞에 직접 나선 게 그날이고, 실은 학기 초부터 내 시선은 항상 그 아이에게 닿아 있었다. 새봄 이는 늘 점심시간에 혼자 달렸다. 3월 어느 오후에는 순간 이 동서를 들고 나가더니 6교시 내내 운동장을 달렸다. 나는 쉬 는 시간에 운동장 한구석에서 그 아이를 지켜보았다. 새봄이 는 고르게 숨을 내쉬며 규칙적으로 뛰고 있었고, 한 시간 가 까이 지났는데도 힘들어 보이지 않았다. 하지만 무척이나 안 쓰러웠다. 왜 저 애는 저렇게 달려야만 하나, 궁금했다.

다시 수업이 시작됐는데도 내 신경은 온통 창밖 운동장으 로 뻗어 있었다. 수업에 집중할 수가 없었다. 잠깐 화장실에 간다고 말하고 일어섰을 때 새봄이가 운동장을 걷고 있는 걸 보았다. 나도 모르게 안도의 한숨을 내쉬었다. 7교시를 마치 고 교실로 들어서는 새봄이를 봤을 때는 반갑기도 했지만 마 음이 아프기도 했다. 얼굴도 엉망이고 실내화도 더러웠다. 눈 빛을 확인하고 싶었지만, 새봄이는 고개를 숙이고 있었다. 차분해 보였다. 아이들의 수군거림에도 전혀 아랑곳하지 않고 천천히 걸어가 자리에 앉았다. 그날, 학교 마치고 새봄이가 아파트 현관으로 들어가는 걸 확인하고서야 나는 마음을 놓을 수 있었다.

새봄이와 처음 운동장을 달린 날은 4월 16일 월요일 점심시간이었다. 이제 나에게 그날은 이미 사회적으로도 그렇지만 개인적으로도 잊을 수 없는 날이 되었다. 새봄이와 같이 달리고 싶다는 생각은 여러 번 했어도 선뜻 나서지 못했다. 하지만 그날은 주저하지 않고 바로 운동장으로 달려 나갔다. 이틀 전 토요일 광화문에서 세월호 참사 추모제가 있던 날, 지하철역에서 새봄이가 나에게 말을 걸어온 걸로 봐서 최소한 나를 알고 있는 건 확실하기 때문이었다. 앞서 말하지 않았는가, 내가 여학생에게 말 거는 걸 외국인하고 영어로 대화하는 것보다 더 쑥스럽고 어려워한다고.

나는 빨리 달려서 새봄이 옆으로 갔다. 제법 빠른 속도로 달리고 있던 새봄이가 얼굴을 돌려 흘낏 나를 보았다. 새봄이는 눈이 주먹만 하게 커졌고 얼굴은 더욱 빨개졌다. 그런데 커다래진 눈동자에 어린 느낌이 '놀람'이 아니라 '두려움'이어서 깜짝 놀랐다. 왜 이렇게 무서워하지? 내가 실수했나? 같이 달리면 안 되는 거였나? 어떡하지, 지금이라도 멈출까? 머릿속이 더 복잡해지려는 찰나, 새봄이가 숨을 내쉬며 말했다.

"고마워."

가쁜 숨과 벌건 얼굴과 선명한 눈빛에서 '진심'이 느껴졌다. 진심. 진짜 마음. 마음속 깊이, 아주 깊이 있는 진실한 마음 말이다.

나는 지금까지 살면서 고맙다, 고마워, 고맙습니다, 이런 말을 숱하게 했다. 그리고 고맙다는 말을 들은 적도 많다. 하지만 내가 그 말을 입 밖으로 낼 때도 이런 진심이었을까. 아니다. 고맙다는 말은 이런 진심을 가지고 하는 말이구나, 그날 새봄이의 눈빛과 목소리에서 처음 깨달았다. 그 순간 가슴이 두근거리기 시작했다.

달리기를 끝내고 우리는 나란히 계단을 올라갔다. 그 애도, 나도 꽤나 숨이 찼다. 그 애의 들숨과 날숨, 나의 들숨과 날숨이 나란히 이어졌다. 소매로 얼굴에 흐르는 땀을 닦는데 기분이 무척 상쾌했다. 친구와 여러 번 같이 달려 봤지만 이렇게 기분 좋은 적은 처음이었다. 새봄이가 나를 보고 무슨 말을 할 듯하다가 그냥 말없이 웃었다. 1, 2초 정도 아주 짧은 순간이었지만 나는 보았다. 내가, 세상에서 본, 가장 맑게 웃는 얼굴이었다. 사람의 웃는 모습이 그렇게 맑을 수 있다는 것도 처음 알았다.

그때 가슴속에서 가볍게 뛰고 있던 무언가가 더 힘차게 요동치기 시작했다. 앞서서 복도를 걸어가는 새봄이의 뒷모습을 보며 왼쪽 가슴께에 손을 대 보았다. 대체 이게 뭐지……? 가만히 집중해 보니, 심장 옆에 무언가가 벌렁벌렁하고 있었다.

그 순간 나는 알았다. 내 가슴속에 이새봄 심실이 생겼다는 것을. 그렇다…… 나는 새봄이를 좋아하게 된 것이다. 나도 모르는 사이, 새봄이가 내 속으로 들어와 버렸다. 심방보다 심실이 하나 더 많아서일까, 늘 콩닥콩닥 뛰는 이새봄 심실의 펌프질이 느껴진다. 그 뒤로 동아리에서 기타를 치지 않는 점심 시간에는 새봄이와 같이 운동장을 뛰었다. 일주일에 두세 번은 함께 달렸다. 한 달이 지나서야 왜 이렇게 달리느냐고 조심스레 물어볼 수 있었다. 새봄이는 우울증과 강박에 대해 말해 주었다. 무심한 목소리로. 그제야 나는 내가 본 그 아이의 행동들이 이해되었다. 그리고…… 그 아이의 손을 잡아 주고 싶다는 생각이 들었다.

나는 새봄이에게 답톡을 보냈다.
- 아냐, 안 힘들어. 다 읽고 연락할게. 기다려.
나는 침대에서 천천히 몸을 일으켰다. 빨리 책을 읽고 새봄이를 만나야겠다는 생각이 다시 들었다.
오전 열 시인데도 더웠다. 일기 예보대로 올여름의 더위는 정말 무지막지하다. 도서관에 도착해서 에어컨의 찬 공기에 땀을 식히면서 책을 읽어 나갔다. 향유고래에 대한 작가의 복잡다단한 서술들을 지나니 처음으로 바다에 진짜 향유고래가 등장했다. 이슈메일과 퀴퀘그가 밧줄로 쓸 거적을 느긋하게 짜고 있던 조용하고 평화로운 순간 '고래가 물을 뿜는다!'

라는 외침이 들렸다. 처음으로 추적이 시작되었다. 마치 적진에 침투하는 병사들처럼 선원들이 뱃전에 한 줄로 서 있다가 추적 보트로 뛰어내리는 장면에서부터 입이 조금씩 벌어졌다. 파도의 칼날 같은 물마루 위와 파도 사이로 곤두박질치는 급강하 속에서 선원들이 마구 고함을 치는 장면, 그리고 달아나는 새끼들을 쫓아가는 성난 암탉처럼 본선이 보트들에 바싹 다가가는 장면 등 추적 내내 책에서 눈을 뗄 수 없었다.

가장 놀라운 일 두 가지를 들자면, 에이해브가 세 대의 추적 보트 맨 앞에서 보트를 탔고, 난데없이 검은 피부의 다섯 유령이 등장해 노를 저으며 추적했다는 것이다. 이 유령들은 에이해브가 선주들 몰래 고용한 아시아 출신의 선원들이었다. 또 하나는 퀴퀘그와 이슈메일이 탄 스타벅의 보트가 뒤집혀서 하룻밤을 바다에 떠 있다가 본선에 구출된 것이다. 거대한 우윳빛 덩어리 같은 향유고래는 퀴퀘그가 던진 작살에 긁히기만 한 채 유유히 사라졌다. 그 향유고래가 모비 딕은 아니었다.

난생처음 죽을 뻔한 경험을 한 이슈메일은 다음 날 갑판 위로 오르자마자 선원들과 얘기하면서 질풍으로 인한 바다에서의 노숙이 흔한 일이라는 걸 알았다. 그러고는 퀴퀘그를 증인으로 세워 유언 의식을 한 뒤에야 마음을 진정시킬 수 있었다. 이슈메일은 앞으로 살아갈 날들을 거저 얻은 시간이라 여기며 냉정하고 침착하게 죽음과 파멸의 구렁 속으로 뛰어드는 거야. 누구든 올 테면 와 보라고 속으로 외쳤다. 이런 유언 의식이 이슈메일이 선원 생활을 한 이래 네 번째로 한 것이며, 뱃사람들은 유언을 기분 전환용으로 즐긴다는 설명에서 웃음이 나왔지만, 나의 주인공 이슈메일이 운명과 맞서겠다고 다짐한 이상, 독자인 나는 그를 응원할 수밖에 없다. 왜냐하면 이 책의 배경이 어디로 도망칠 데가 없는 바다 한가운데이고, 안타깝게도 이슈메일은 선장이 아니라 일개 선원이다. 미치광이 선장이 삶과 죽음 위를 걷고 있으니 선원도 삶과 죽음 위를 왔다 갔다 할 수밖에 없는 것 아닌가.

우리가 인생이라고 부르는 이 기묘하고도 복잡한 사태에는 우주 전체가 어마어마한 장난이나 농담으로 여겨지는 야릇한 순간이 있다.
이 문장은 49장의 첫 문장이다. 나는 이 문장에 놀라서 한동안 멍하니 있었다. 이슈메일은 바다에 빠져 죽다 살아난 뒤에 이런 생각을 했다. 개인적으로 나는 이런 엄청난 시련을 겪은 적이 없다. 하지만 요 몇 년간 너무나 비상식적인 큰일들이 우리나라에 많이 일어나서 언젠가 이런 비슷한 생각을 한 적이 있다. 세상 모든 신들에게 우리나라가 찍혀서 신들이 모두 모여, 저 나라에 실컷 장난치자, 작정한 게 아닐까 하고. 이 모든 일들이 거대한 농담이라면 얼마나 좋을까 하고…….
엄마한테 이런 얘기를 했다가 "얘가 지금 무슨 소릴 하는 거야?" 꾸중을 듣고는 입을 다물었다. 엄마는 내 말을 곧이곧대로만 해석한다. 그 말 속에 숨은 뜻을 알아차리지 못한다. 답

66

답하고 안타깝기 그지없다.

점심을 먹고 다시 책을 펼쳤다. 그 뒤로도 향유고래는 마치 유령처럼 밤에 나타났다가 사라졌다. 그러기를 몇 차례, 선원들은 고래가 물줄기로 손짓하면서 유혹하는 것처럼 느꼈고 밤마다 고래에게 농락당하는 듯했다. 선원들은 그 백색 유령이 모비 딕이라고 생각했다. 나 또한 선원들처럼 거대한 흰색 유령이 주는 독특한 공포감에 서서히 물들어 가고 있었다.

오후가 되자 유령처럼 졸음이 슬금슬금 다가왔다. 책을 읽는 건지 조는 건지 비몽사몽 중에 있다가 눈이 번쩍 뜨이는 문장을 만났다.

… 과학과 기술이 아무리 진보한다 해도, 바다는 최후의 심판일까지 영원히 인간을 모욕하고 살해하며, 인간이 만들 수 있는 가장 당당하고 견고한 군함도 산산조각으로 부숴 버릴 것이다. 그런데도 … 인간은 바다가 처음부터 갖고 있는 그 최대한의 무서움에 대한 감각을 잃어버렸다.

인간들은 이 아름다운 바다의 이면에 죽음이 도사리고 있다는 걸 모른다. 바다뿐만 아니라 자연 전체가 가진 원초적인 힘을 모른다. 정신이 번쩍 들면서 다시 책에 몰입할 수 있었다.

향유고래가 또 등장했다. 모비 딕일지도 모른다는 예감에 선원들은 일사불란하게 움직였다. 네 대의 보트 중 고래 옆까지 바짝 다가간 건 이등 항해사 스터브의 보트였다. 스터브가 던진 창을 맞고 고래의 몸에서 폭포수처럼 붉은 피가 쏟아졌다. 석양이 피바다를 비추어 선원들 얼굴이 모두 벌겋게 보였다. 스터브는 굽은 작살을 세게 내리쳐서 똑바로 편 다음 다시 고래에게 던졌다. 고래는 몸을 흔들며 분수공을 폈다 오므렸다 하면서 격렬하고 고통스럽게 숨을 내쉬었다. 마침내 빨갛게 엉킨 핏덩어리가 … 연거푸 솟구쳐 오르더니 아래로 떨어졌다. 고래의 심장이 터진 것이다.

내가 읽은 책 중 가장 생생하고 잔인한 장면이었다. 그동안 하드보일드류의 책들을 좀 읽었는데도 숨이 막혀서 몇 번이나 멈췄다. 속이 메슥거리기까지 했다. 이후 선원들은 몇 시간 만에야 겨우 죽은 고래를 본선 가까이에 끌고 왔다. 그러고는 고래의 머리는 배의 뒷부분인 고물에, 꼬리는 앞부분인 이물에 붙들어 맸다. 에이해브 선장은 밤사이 고래를 매어 놓으라고 명령한 다음 선실로 들어가 버렸다. 모비 딕이 아니었던 것이다.

선장이 실망하거나 말거나 스터브는 자정 무렵에 고래 고기 스테이크를 먹었다. 스터브뿐만 아니라 수천 마리의 상어 떼도 고래를 뜯어 먹었다. 선실에서 자던 선원들은 자기 심장에서 몇 센티미터 떨어진 곳에서 상어 떼가 꼬리로 선체를 격렬하게 때리는 소리에 깜짝깜짝 놀라곤 했다. 그러다가 식인종이 아닌 사람이 누구인가?라는 문장에 뒤통수를 얻어맞았다. 나도 모르게 어느새 고래기름으로 켠 등불 밑에서 고래 고기를 먹는 스터브를 야만인

같다고 생각한 것이다. 거위를 땅바닥에 못 박아 놓고 그 간을 비대하게 부풀려 간을 먹는 거나 고래를 먹는 거나 무슨 차이가 있을까. 내가 불고기나 삼겹살, 양념치킨을 먹는 거나 고래고기를 먹는 거나 무슨 차이가 있을까. 인간이 다른 생명체를 먹는다는 점에서는 아무 차이가 없다.

아, 너무 메스껍고 복잡하다. 그만 읽으려고 했는데, 다음 장 제목이 '상어 학살'이었다. 죽인 고래를 여섯 시간 정도 방치하면 해골밖에 남지 않는다고 한다. 상어들은 서로 고래를 먹으려고 구더기처럼 고래에 달라붙어 있고, 선원들은 상어들을 죽이기 위해 고래삽을 급소인 두개골에 찔렀다. 상어는 얌전히 죽지 않았다. 급소를 찔린 상어들은 잔인한 본성을 드러내며 터져 나온 창자를 서로 뜯어 먹었다. 유연한 몸을 활처럼 구부려 자기 내장까지 먹고는 찔린 상처로 그 내장을 토해 냈다. 피쿼드호 선원들은 이렇게 상어들을 처참히 죽이고 이튿날 고래를 해체해 지방층과 고깃덩어리, 가죽을 다 뜯어낸 뒤 장례식을 치렀다. 바다에 내려진 거대한 고래의 시체는 하얀 대리석 무덤처럼 빛났다. 어디선가, 다시 상어 떼가 나타나 고래의 시체로 몰려들었고 바다 독수리들도 날카로운 소리를 내며 그 위를 날아다녔다. 이슈메일은 거의 멈춰 서 있는 배 위에서 몇 시간 동안이나 그 광경을 지켜보며 이렇게 쓸쓸하고 비참한 장례식이 있을까! 한탄했다.

거의 스무 장을 몇 시간 만에 읽었다. 나도 피쿼드호의 선원이 되어 그들과 함께 고래를 잡아 죽이고 해체하고 장례를 치른 것만 같았다. 머릿속이 텅 빈 듯하고 몸에 기운이 하나도 없었다. 허기졌지만 움직일 힘이 없었다. 남아 있는 물을 다 들이켜고 한동안 멍하니 창밖을 바라보았다. 책을 읽는 게 이렇게나 힘들다니…….

늦은 오후가 지나서야 집에 도착하니 벌써 저녁때였다. 현관에 들어서자 고깃국 냄새가 온 집 안에 가득했다. 복날도 아닌데 엄마가 삼계탕을 끓였다. 비린 냄새를 맡으며 허연 국물과 살코기를 뜨려는 순간 헛구역질이 올라왔다.

"너, 꼭 입덧하는 것 같다, 하하하."

엄마가 내 속도 모르고 웃어 댔다. 낮에 읽은, 고래가 피바다 속에서 몸부림치는 장면이 떠올랐다.

"엄마, 나는 그냥 밥만 먹을게."

엄마가 내 표정을 유심히 살피며 물었다.

"왜 그래? 진짜 못 먹겠어?"

나는 내 그릇을 반대편으로 밀었다.

철없는 동생이 살코기를 발라 먹으며 말했다.

"내가 다 먹을게. 진짜 맛있다. 국물도 진하고."

엄마가 그릇을 다시 내 앞으로 밀며 말했다.

"요즘 허해 보여서 끓인 거야. 국물이라도 먹어 봐. 땀 흘려 가며 힘들게 끓인 건데."

"속이 좀 안 좋아. 다음에 먹고 싶을 때 해 줘."

엄마가 잠시 나를 노려보더니 국그릇을 치우며 말했다.

"둘이 식성을 반반 섞으면 딱 좋겠다. 동생은 입맛이 좋아도 너무 좋고, 오빠는 입이 너무 짧고, 어휴."

나는 수천 번도 더 들은 말이라 아무 대꾸도 하지 않았다. 밥을 반 이상 남기고 내 방으로 왔는데도 냄새를 견딜 수가 없었다. 나는 가방을 들고 늦은 밤까지 문을 여는 시립 도서관으로 갔다. 오랜만에 자전거를 타니 기분이 상쾌했다.

이제 배에서는 향유고래의 머리를 해체하는 작업이 한창이다. 이 작업은 상당히 복잡하고 좀 위험하기도 하다. 향유고래는 머리 크기가 몸 전체의 3분의 1인데, 보통 몸통이 20미터가 넘는다고 하니 머리 길이가 6~7미터쯤 된다. 고래기름 가운데 가장 값비싼 경뇌유가 순수하고 투명하고 향기로운 상태로 저장된 곳도 두개골 속이다. 그 와중에 참고래 한 마리까지 잡아서 피쿼드호는 우현에 향유고래 대가리를 매달고 좌현에 참고래 대가리를 매달아 균형을 잡고 항해할 수 있게 되었다.

향유고래는 얼굴이 없는 거나 마찬가지다. 사람의 얼굴과 비교하면 향유고래의 눈은 사람의 귀가 있는 자리에 조그맣게 있고, 코는 분수공이 그 역할을 대신하며, 입은 턱밑에 보일락 말락 하게 있다. 귀도 눈 뒤에 조그맣게 있다. 그럼 그 거대한 머리는 무엇이 차지하고 있단 말인가. 바로 이마다. 곁에서 보기엔 그냥 지방층 같아 보이지만 실제로는 **말굽으로 다져**

진 것처럼 단단한 이마가 너른 들판처럼 자리 잡고 있다. 이슈 메일은 향유고래의 머리 앞면부가 인상학적으로 가장 당당하고 장엄하며 정면에서 바라보면 자연계의 어떤 생물을 볼 때보다 훨씬 강력하게 '신성'과 그 무서운 힘을 느끼게 된다고 평한다. 고래 시체를 배에 매달고 다니면서 자꾸 보다 보면 고래를 인상학이나 골상학적으로 보게 될까? 좌우에 참고래와 향유고래 대가리를 매단 포경선이 머릿속에 그려지면서 나도 향유고래를 물끄러미 바라보고 싶다는 엉뚱한 생각을 했다.

그런데 배가 고팠다. 그냥 꾹 참고 삼계탕을 먹을걸……. 피비린내 나는 고래 살육 과정을 읽은 것이 한참 전의 일인 것만 같았다. 그에 비하면 고래 머리를 해체하고 경뇌유를 짜내는 과정은 햇볕이 내리쬐는 가운데 졸졸졸 흐르는 시냇물을 바라보는 것처럼 가볍고 순조로운 일이었다. 책에 나와 있지는 않지만 이제 선원들은 모든 일을 끝내고 고래기름으로 가득 찬 기름통을 보며 뿌듯한 기분으로 담배를 피우거나 수다를 떨거나 낮잠을 잘 것이다. 고래를 죽이고 해체하고 인간에게 필요한 온갖 것을 뜯어내고 걸러 내는 일련의 과정을 쭉 보고 나니 생명에 대한 감각이 둔해지는 것 같기도 했다. 하지만 한편으로는 나 자신이 자랑스럽기도 하다. 어느새 총 135장 중 80장까지 읽은 것이다. 처음 계산할 때만 해도 열다섯 장씩 9일 동안 읽는 게 목표였는데 사흘 동안 80장이나 읽었다. 지난 사흘 동안 나와 이 책 사이에 생전 경험해 보지 못한 엄청난 일들이 일어났음에도 불구하고, 실제로는 순풍 속에 항해하는 배에 올라탄 것만 같았다.

곧 폐관이라서 가방을 쌌다. 집에 오는 길에 새봄이가 사는 동네에 들렀다. 새봄이가 사는 아파트 동 앞에 자전거를 세우고 새봄이네 집을 물끄러미 올려다보았다. 가슴속에서 이새봄 심실이 좀 더 힘차게 뛰었다. 새봄이한테는 내가 집 앞까지 갔다는 걸 한 번도 말한 적이 없다. 오늘까지 합하면 다섯 번째다. 새봄이 눈을 보면서 말할 수 있게 되기까지 한 달이나 걸렸으면서 집을 안다고 하면 스토커 취급을 받을까 봐 말하지 않았다. 초등학교 때 친구네 집 밖에서 친구 이름을 소리쳐 부른 적은 많았지만, 이렇게 밤에 바라보는 건 새봄이네 집이 처음이다. 새봄이가 저 네모난 집 안에서 부디 편안히 있기를.

조용히 내 마음을 들여다보는 시간……. 그동안 '마음'이 나한테 있기나 한 건지 생각조차 못 하고 지냈다. 누군가를 알고 싶은 마음, 누군가와 가까워지고 싶은 마음이 내 안에 있다. 그 마음이 내 안에 있다는 걸, 마음이 무언가를 느끼고 있다는 걸 처음 안 순간 안도감이 들었고 기쁘기도 했다. 마음이 작동한다는 건 내가 존재한다는 뜻이니까. 다시 자전거를 타기 전에 80장까지 읽었다고 새봄이한테 톡을 보낼까 하다가 그만두었다. 하루빨리 다 읽어서 깜짝 놀래 주고 싶다. 의연한 새봄이가 놀라기나 할지 모르겠지만.

6장.
모비 딕을 발견하다

3월 21일 수요일

놀라운 일이 일어났다.

아침에 학교 가서 자리에 앉으려고 보니, 의자에 하얀 실내
화 한 켤레가 있었다. 누굴까. 고개를 들어 교실을 둘러봤지만
눈이 마주치는 아이는 없었다. 실내화는 조금 컸지만 걸을 때
벗겨질 정도는 아니었다. 누굴까. 고맙다고 말하고 싶은데, 누
구인지 모르겠다. 누굴까, 누구일까…….

3월 30일 금요일

마침내 학교 도서실에 갔다. 도서실에 갈까 말까, 가도 괜
찮을까, 일주일 넘게 이 생각만 했다. 오늘 수업 마치고 운동
화로 갈아 신었다가 다시 실내화를 신고 도서실로 갔다. 가면

안 되는 이유가 떠오르지 않았다.

엄마의 사고 이후 책 따위, 다시는 읽지 않겠다고 다짐했었다. 구급차 대원이 건네준 엄마의 천가방 속에서 찌그러지고 찢긴 책들을 보는 순간, 나는 사고의 원인이 책이라고 생각했다. 도서관에 책을 반납하러 가지 않았다면 사고를 피할 수 있었을 것이다. 그 시각, 그 거리에 있지 않았다면 엄마는 돌아가시지 않았을 것이다. 그 뒤로 나는 어떤 책도 읽지 않았고 학교만큼 자주 가던 도서관에도 들르지 않았다.

그렇게 영영 책을 보지 않게 될 줄 알았는데…… 지난 주에 순간 이동서를 쓴 날, 도서실 문 앞에서 본 노란 포스트잇 몇 장이 마치 나비처럼 마음속에서 파닥거렸다. 포스트잇에 적혀 있는 건 학생들이 직접 쓴, 기억에 남는 책 속 구절이었다. 제각기 다른 아이들의 글씨 모양이 자꾸 떠오르고, 누군가가 내 귀에 대고 재잘재잘 그 문장들을 소곤거리는 것만 같았다.

오늘 그 메모들을 한 장 한 장 읽으며 거기 적혀 있는 책을 한 권씩 빌려서 읽어야겠다고 생각했다.

인간은 목적지에 도착하기 위해서만 걷는 게 아니다. ─『주말엔 숲으로』

이 우주에서 우리에겐 두 가지 선물이 주어진다. 사랑하는 힘과 질문하는 능력. ─『휘파람 부는 사람』

그때였다. 갑자기 머릿속이 환해지면서 벨라스케스의 말뜻을 깨달았다. 개의 힘을 느낀 것이다. ─『바르톨로메는 개가 아니다』

이 외에도 여러 장 더 있었는데, 무슨 책을 빌릴까 궁리하던 중에 가장자리에 붙어 있는 포스트잇이 눈에 띄었다. 정확하게 말하면 '죽음'이라는 낱말이 눈에 띄었다. 심장이 갑자기 불규칙적으로 뛰는 듯 가슴속에서 쿵쿵 울렸다.

인간은 누구나 포경 밧줄에 둘러싸여 살고 있다. 모든 인간은 목에 밧줄을 두른 채 태어났다. 하지만 인간들이 조용하고 포착하기 힘들지만 늘 존재하는 삶의 위험들을 깨닫는 것은 삶이 갑자기 죽음으로 급선회할 때뿐이다. ─『모비 딕』

나는 깜짝 놀랐다. 무서웠다.
'삶이 갑자기 죽음으로 급선회할 때뿐.'
이 문구에서 눈을 뗄 수 없었다. 포스트잇을 떼서 구겨 버리고 싶은 걸 겨우 참았다. 모비 딕? 이건 무슨 책이지? 나는 망설이지 않고 도서실 문을 열었다. 컴퓨터로 책을 검색한 뒤 숫자를 외며 책장을 찾았다. 아주 두꺼워서 쉽게 눈에 띄었다.
나는 『모비 딕』의 앞표지와 뒤표지, 여러 장 되는 차례를 읽어 보았다. 대출할까 말까 망설였다. 이 두꺼운 책에서 왜 하필 저 문장을 적었을까. 이걸 적은 사람도 가까운 이의 죽음을 겪은 걸까. 만약 그렇다면 이 책을 읽고 마음이 어땠을까…… 읽고 싶은 마음과 읽다가 힘들어지면 어떡하나, 걱정되는 마음이 반반이었다. 그러자 온 사방에서 나를 죄는 것만 같았다. 나는 얼른 도서실을 나왔다. 복도를 달려 신발을 갈아 신자마자 뛰기 시작했다. '삶이 갑자기 죽음으로 급선회할 때뿐.' 이 문구가 머릿속에서 지워지지 않았다. 어느새 눈물이 흐르고 있었다. 조금만 달리면 집이다. 그런데 나도 모르게 다시 학교로 뛰고 있었다. 도서실 문이 닫혀 있지 않길 바라는 마음뿐이었다. 교문이 보이자 속도를 더 높였다. 1층 모퉁이를 돌자 형광등이 켜진 도서실이 보였다. 그제야 나는 멈춰서서 숨을 가다듬었다.

나는 『모비 딕』이 꽂혀 있는 책장으로 가서 책을 빼냈다. 가쁜 숨을 내쉬며 책의 앞표지를 뚫어져라 보았다. '삶이 갑자기 죽음으로 급선회할 때뿐.' 누가 내 머릿속에서 이 문장을 읊조리는 것만 같았다. 책을 들고 사서 선생님한테 갔다.

사서 선생님이 나를 한 번 보더니 말했다.

"엄청난 책을 빌렸네?"

나는 어떻게 대답해야 할지 몰라 고개만 끄덕였다.

"2주 안에 읽을 수 있겠어? 아예 연장해서 3주로 해 줄까?"

나는 이번에도 말없이 고개만 끄덕였다. 선생님이 책 표지 위의 바코드를 찍고 내 대출증에도 갖다 댔다. 그러고는 책을 내 앞으로 밀며 말했다.

"반납일은 4월 20일이다."

나는 책을 가방에 넣고 도서실 문을 열다 말고 선생님한테 물었다.

"선생님, 왜 이 책이 엄청난 책이에요?"

선생님이 살짝 웃으며 말했다.

"일단 엄청 두껍잖아. 그리고 죽음에 대한 책이고. 나는 그 책 읽다가 포기했지만, 너는 끝까지 읽으면 좋겠다. 대출 기한 더 연장되니까 신경 쓰지 말고."

"예."

나는 짧게 대답하고 밖으로 나왔다. 그리고 바로 달렸다. 묵직한 책이 책가방 속에서 계속 덜그럭거렸다. 마치 나와 책이 함께 뛰고 있는 것 같았다. 몇 년 만에 처음 빌린 책이 엄청 두껍고 죽음에 대한 책인데 신기하게도 몸이 가볍게 느껴졌다.

3, 4월에는 나한테 일이 많았다. 그동안 나는 그날들 앞에서 자꾸 쓰러졌다. 그날들이 힘들고 버거웠다. 하지만 요즘 나는 아주 많은 일을 하고 있다. 날마다 새로운 일들이 일어나는 것만 같다. 여전히 뛰쳐나가 달리고 있지만, 오늘 집에 오면서 뛸 때는 울지 않았다.

이제, 그 책, 『모비 딕』을 읽을 것이다.

3월 31일 토요일

내 생일이다.

아빠가 미역국도 끓이고 케이크도 준비해 두었다. 식탁 위에 있는 하얀 생크림케이크를 보고 있는데, 아빠가 말했다.

"올해부터는 생일 파티 다시 하자. 이젠 그러고 싶네."

나는 웃으며 고개를 끄덕였다. 아빠가 생일 초에 불을 붙였다. 초가 엄청나게 많았다. 촛불이 수줍게 타올랐다.

아빠가 쑥스러운 듯 웃으며 말했다.

"우리 딸 이새봄, 생일 축하해. 마음속으로 소원 빌고 불 꺼."

나는 눈을 감고 무슨 소원을 빌까 생각하다가 '지금처럼만 지낼 수 있기를······.' 하고 바랐다. 밥과 미역국을 먼저 먹었다. 아빠의 요리 솜씨가 날로 발전하고 있다.

"아빠, 미역국 맛있어."

내 말에 아빠가 멈칫하더니 웃었다. 잠시 뒤 아빠가 다 먹은 그릇들을 싱크대로 옮기며 물었다.

"요즘 읽는 책이 뭔지 물어봐도 돼?"

나는 케이크를 자르며 말했다.

"『모비 딕』. 그 책 알아?"

"그럼, 알기야 알지. 그런데 어떻게 그 책을 골랐어?"

"아, 케이크 진짜 맛있다, 아빠. 케이크가 원래 이렇게 맛있었나?"

나는 대답은 하지 않고 케이크만 먹었다. 정말 달콤하고 부드러웠다. 입안에서 사르르 녹으면서 몸이 살짝 떠오르는 느낌. 한 조각 다 먹고 또 한 조각을 잘랐다.

아빠도 한 조각 더 먹으며 말했다.

"오랜만에 먹어서 그런가, 진짜 맛있네."

나는 잠시 포크를 내려놓고 말했다.

"학교 도서실에, 애들이 기억에 남는 책 속 문장을 포스트 잇에 적어서 붙여 놓았는데, 그중에 하나가 눈에 띄었어. 그게 『모비 딕』 문장이었고."

아빠가 눈을 동그랗게 뜨며 물었다.

"어떤 문장이었는데?"

나는 아빠 물음에 멈칫했다. 그 문장을 말해도 되나 망설여졌다.

"말하기 싫으면 안 해도 돼."

아빠의 말에 결정을 내렸다. 아직 『모비 딕』을 다 읽은 건 아니지만, 문득 이런 생각이 들었다. 진정 『모비 딕』을 아는 사람은 죽음을 배척하지 않는다, 죽음을 두려워하지 않는다고 말이다. 나는 내 방에서 메모지를 가져왔다.

"이 문장이야. 어디쯤 나오는지 아직 발견하지 못했어. '인간은 누구나 포경 밧줄에 둘러싸여 살고 있다. 모든 인간은 목에 밧줄을 두른 채 태어났다. 하지만 인간들이 조용하고 포착하기 힘들지만 늘 존재하는 삶의 위험들을 깨닫는 것은 삶이 갑자기 죽음으로 급선회할 때뿐이다.' 끝에 있는 '삶이 갑자기 죽음으로 급선회할 때뿐'이라는 구절이 계속 머릿속에서 맴돌았어."

나는 말을 끝내자마자 아빠를 쳐다보았다. 아빠의 눈이 동
그래지고 얼굴이 좀 굳은 듯했다. 괜히 말했구나, 후회가 되었
는데, 아빠가 눈물을 글썽이며 말했다.

"나는 요즘처럼 행복한 때가 없는 것 같다."

아빠의 볼 위로 눈물이 주르륵 흘러내렸다. 아빠는 소매로
눈물을 닦고 웃으며 말을 이었다.

"나는, 이런 날이 오리라고 생각도 못 했다. 내가 잠든 사이,
내가 장 보러 나간 사이, 네가 잘못된 선택을 할까 봐 얼마나
가슴 졸이며 살았는지 몰라. 아무것도 안 해도 되니까, 그냥
네가 살아 있기만을 바랐다. 그런 네가, 이제…… 학교도 가
고, 몇 문장을 쭉 이어서 말하고, 책도 읽고, 음식이 맛있다고
말도 하고……."

아빠가 또 눈물을 흘려서, 담임 선생님처럼 휴지를 뽑아서
아빠에게 건넸다.

"너, 기억나? 엄마가 네 이름 어떻게 지었는지?"

나는 말없이 고개를 끄덕였다. 그저 아빠에게 미안하다는
생각만 들었다. 지난 몇 해 동안 나는 한집에서 나를 지켜보
는 이가 있다는 생각을 전혀 하지 못했다. 아빠가 복직 얘기
를 꺼냈을 때도 나만 생각했다. 언제부터였을까, 아빠 머리칼
이 백발이 된 건…….

"그러니까 늦어져도 괜찮아. 제때에 못 해도 괜찮아. 늦게

핀 그 목련 덕에 엄마가 그해 봄꽃을 볼 수 있었잖아. 그 목련이 얼마나 우아하고 화사했는데…….”

어느새 내 눈에도 눈물이 고였다. 하지만 아빠 앞에서 눈물을 보이고 싶지는 않았다.

“목련한테 미안하네. 그동안은 내 이름이 ‘목련’이 아니어서 얼마나 다행이야, 이런 말만 했잖아. 이젠 목련한테 고마워해야겠다, 아빠.”

아빠가 어이없다는 듯한 얼굴로 나를 보더니 껄껄껄 웃었다. 아빠한테 미안하고 감사하다는 말을 하고 싶었는데 이상하게 입이 벌어지지 않았다.

“우리 케이크 한 조각씩만 더 먹을까?”

아빠가 얼룩덜룩해진 얼굴로 싱긋 웃으며 물었다. 우리는 두 조각 남은 케이크를 다 먹어 치웠다.

이런 날이 오다니. 내 생일을 축하하고 아빠와 길게 말하고 웃을 수 있는 날이 오다니. 엄마가 엄청나게 그립고 보고 싶은데도 화가 나지 않다니…… 참을 수 있다니! 다음번에는 꼭 아빠에게 미안하고 감사하다는 말을 할 수 있으면 좋겠다. 그런 생각이 들면 바로 말하자. 오늘처럼 주저하지 말고.

7장.
아름답다는 것

이제 초반부보다 좀 더 자주 고래가 나타났다. 앞에서 고래 살육을 너무나 실감 나게 겪은 탓인지 웬만한 장면에서는 떨리지도 않았다. 고래를 발견한 순간의 희열, 가슴 뛰는 추적, 고래와 벌이는 신경전, 작살과 투창의 시간, 그리고 피바다……. 고래 혈관에는 판막이 없어서 피가 폭포처럼 쏟아진다는 걸 처음 알았다. 옆구리에 궤양 같은 혹이 달린 늙은 수컷 고래를 독일 배와 나란히 추격하다가 피쿼드호가 선점했지만, 육중한 고래 무게에 배가 심하게 기울어서 결국 고래를 매단 쇠사슬을 끊어 버렸다. 선원들 입장에서는 아쉽기 그지없지만 다시 항해를 시작한 지 얼마 되지 않아 흰수염고래가 또 발견되었다.

인간들이 고래를 잡을 수 있는 이유가 뭔지 아는가? 바로 인간처럼 허파를 갖고 있어서 공기를 들이마셔야만 살 수 있기 때문이다. 우리가 다 아는 것처럼, 고래는 입이 바닷물 속에 잠겨 있고 머리 위쪽에 있는 분수공을 통해서 숨을 쉰다. 다만 인간과 달리 고래는 단 한 번의 호흡으로 몸 안의 모든 피에 산소를 공급할 수 있다. 향유고래는 생애의 7분의 1, 말하자면 일주일 동안 일요일에만 호흡을 하는 셈이라고 하는데, 아가미도 없는데 어떻게 이게 가능할까? 바로 갈비뼈 사이와 척추 양쪽에 크레타섬의 미로처럼 얽혀 있는 관들 안에 산소를 머금은 피를 가득 채울 수 있어서라고 한다. 하지만…… 인간들은 늘 고래가 숨을 쉬려고 바다 위로 올라오는 순간을 노린다. 숨을 쉬려면 죽음을 무릅써야 한다니, 세상의 아이러니 중 가장 무서운 아이러니 같다.

그래서 고래에게는 한 번의 호흡이 무척 중요하다. 이슈메일은 분수공을 통해 쏟아지는 물줄기가 날숨의 수증기일까, 물과 날숨이 섞인 걸까 궁금해했는데, 나는 물줄기의 힘이 어느 정도인지 알고 싶었다. 마침 작가가 나 같은 평범한 독자의 마음을 짐작한 듯 물줄기의 힘에 대해 적어 놓았다. 물줄기의 바깥쪽 수증기에 조금만 닿아도 … 피부가 화끈거리고 뺨과 팔의 피부가 벗겨지기도 하고 눈이 먼 사람도 있다고 한다. 그래서 보통 고래잡이들은 가능하면 물줄기를 피하려고 한단다.

이어서 향유고래 예찬론이 펼쳐졌다. 향유고래는 흔해 빠진 고래가 아니며 육중하고 심오한 고래라고 하고는, 이어 꼬리의

84

아름다움에 대해 찬양한다. 초승달의 테두리 같은 이 꼬리의 윤곽보다 더 절묘하고 아름다운 곡선은 어떤 생물한테서도 찾아볼 수 없고 꼬리의 굽이진 선은 언제나 변함없이 우아하다고 적혀 있다.

나는 고래 꼬리의 아름다움은커녕 고래의 아름다움에 대해서도 생각해 본 적이 없다. 정확히 말하면 '고래' 혹은 '고래 꼬리'와 '아름다움'이라는 말을 연결해 본 적도 없다. 도서관의 검색 컴퓨터로 가서 고래에 대한 책을 찾아보았다. 바다 생물에 대한 책을 빌려 와서 고래 부분을 펼쳤다. 물줄기를 뿜으며 공중으로 도약하는 검회색 향유고래의 옆모습을 찍은 사진이 제법 크게 실려 있었다. 나는 고래의 머리와 몸통에 이어 허리쯤에서 시작되는 꼬리의 굴곡을 눈으로 천천히 훑었다. 뭐가 아름답다는 거지? 뭐가 우아하다는 거지? 생각하다가 문득 깨달았다. 작가의 분신인 이슈메일의 말이 맞는지 틀리는지 검사하듯 사진을 뚫어져라 보는 나 자신이 얼마나 한심한지를.

나는 인간 말고는 어떤 살아 있는 동물도 아름답다고 생각해 본 적이 없다. 오직 어떤 잣대, 대체로 보통의 남자들이 생각하는 지극히 일반적인 잣대에 따라 예쁜 여자 인간만을 판단해 왔다. 문득, 그동안 내가 너무나 편협하게도 '아름다움'을 예쁘다는 뜻으로만 생각했으며, 이 지구상에 오직 인간만이 살아 있는 생물이라고 착각했다는 걸 깨달았다. 하아, 후유…… 나도 모르게 길게 숨이 쉬어졌다. 작가가 이 책에서 하고 싶은 이야기는 고래뿐만이 아니라 인간이기도 한 것이다. 오늘이 이 책을 읽은 지 나흘째인데 날마다 뒤통수를 얻어맞는 기분이다. 그런데 이상하게도 기분이 나쁘지 않다. 언젠가부터 세상을 거의 다 안다고 생각했는데, 내가 모르는 세상이 아직도 많고 무한하다는 걸 깨달았다. 이제 작가 허먼 멜빌과 주인공 이슈메일의 말을 믿기로 했다. 고래의 내장이 아름답다고 해도 말이다. 나는 전적으로 이 책의 문장들을 신뢰하기로 했다.

점심을 먹고 자리에 왔는데 아이스커피가 놓여 있었다. 어떤 메모도 없었다. 누가 갖다 놨지? 음…… 딱 세 사람이 떠오른다. 며칠 전 도서관 식당에서 만난, 엄마가 친하게 지내는 동네 아줌마. 엄마가 부탁했을지도 모른다. 슬쩍 갖다 놓으면서 무슨 책을 읽는지, 노트북에 이상한 게 떠 있지는 않은지 살펴보라고 하면서. 두 번째는 엄마. 요즘 내가 밖에 나가서 정말 책만 읽는지 궁금해 죽을 지경인데 애써 외면하고 있는 거 다 안다. 세 번째는 바로…… 이새봄. 내가 어디까지 읽었나 궁금해서, 혹은 어쩌면 내가 보고 싶어서……. 생각만 해도 기분이 좋아지는구나, 하하. 하지만 세 번째가 가장 가능성이 낮다는 거 잘 안다. 아, 혹시? 내 동생이? 내 동생은 확실히 아닐 거다. 여하튼 공짜로 생긴 커피니 시원하게 마셔 주자.

고래가 점점 자주 등장하는 게 신기하다고 생각했는데 이유가 있었다. 당시 인간들이 새로운 바다를 개척하듯이 끊임없이 고래를 쫓고 있었기 때문에 고래들이 무리를 지어 다녔다. 그래서 가장 좋은 어장에서도 몇 주일이나 몇 달 동안 단 하나의 물줄기도 보지 못하다가 갑자기 수천 개의 물줄기를 한꺼번에 보게 되기도 했는데, 피쿼드호도 수마트라섬의 코카투곶 너머 넓은 수역에서 이런 장관을 만나게 되었다. 나 또한 수천 마리의 고래 떼를 처음 만나는 터라 덩달아 마음이 들뜨고 바빠졌다. 고래 떼와의 거리가 차츰 가까워진 데다 바다까지 잔잔해져서 선원들은 추격 보트를 내리고 셔츠와 팬티 바람으로 몇 시간 동안 노를 저었다. 그런데 갑자기 고래 떼 전체가 그 자리에서 뱅뱅 도는 것 같은 동요를 일켰다. 이건 고래들이 식겁해서 기이한 혼란에 빠진 거라고 한다. 그래서 고래들은 어지럽게 흩어져 이리저리 헤매면서 짧고 굵은 물줄기를 내뿜기도 하고 몸이 완전히 마비된 것처럼 물 위에 둥둥 떠 있기도 했다.

이런 경우에 보통 보트들은 흩어져서 무리에서 떨어져 있는 고래를 잡는다고 한다. 퀴퀘그는 자기가 던진 작살에 맞은 고래를 잡기 위해 고래 무리의 중심으로 배를 몰았다. 그러다가 고래 떼의 한복판으로 들어가 수천 마리의 고래들에게 둘러싸이게 되었다.

자칫 짓뭉개질지 모르는 옴짝달싹할 수 없는 상황이지만 이슈메일은 이를 모든 소용돌이의 한복판에 숨어 있다는 그 매혹의 고요 속에 들어와 있다고 적어 놓았다. 이 매혹의 고요 덕에 이슈메일은 평화롭고도 은밀한 황홀경을 볼 수 있었다. 곧 어미가 되는 허리가 불룩한 고래들, 젖을 빨면서 눈을 돌려 다른 곳을 조용히 쳐다보는 새끼 고래들, 그리고 깊은 곳에서 젊은 고래들이 사랑하는 모습들……. 동심원 바깥쪽은 당황하고 겁에 질린 고래들이 말처럼 달리고 있는데 이 한복판의 고래들은 아무런 두려움도 없이 자유롭고 태평스럽게 마음껏 즐기고 있는 것이다. 아, 이 책에 이런 평화롭고 아름다운 장면도 있다니, 나는 여기서 책 읽기를 멈추고 싶었다.

그러다가 작살 밧줄에 얽혀서 고통이 극심해진 고래 한 마리로 인해 다시 파도가 치기 시작했고 물속의 신부 방과 육아실도 사라졌다. 매혹의 고요가 점점 거친 소리들로 잠식되어 갔다. 눈 깜짝할 새 보트는 고래들 사이에 끼어 버렸지만, 아슬아슬하게 탈출할 수 있었다.

이번 추격에서 피쿼드호는 얼마나 많은 고래들을 잡았을까? 포경업계의 명언 중에 고래가 많을수록 수확은 적다는 말이 있다는데, 이 명언처럼 피쿼드호가 본선까지 끌고 온 고래는 단 한 마리뿐이었다. 추격이 허망하게 끝나서 선원들은 욕지거리를 하고 술을 퍼마셨겠지만 독자인 나는 신비로운 바다의 속살을 알게 되어서 마음이 달아올랐다. 이슈메일은 매혹의 고요 속의 고래들을 보면서 영원히 사그라지지 않는 고뇌가 무거운 행성들처럼 내 주위를 돌고 있지만, 나는 깊은 밑바닥과 내륙의 깊은 오지에서 아직도 기쁨의 영원한 부드러움 속에 잠겨 있다고 적어 놓았다. 나는 이 문장들을 다시 한번 읽고 또 읽었다. 무슨 일이 일어나도 흔들리지 않고 오염되지 않는 단단한 심지와 즐길 수 있는 순전한 정신이 나에게도 있으면 좋겠다.

집에서 저녁을 먹은 뒤 자전거를 타고 어제 갔던 도서관으로 갔다. 이제 고래 시체에서 얻어 낸 것들을 정련하는 과정이 소개되고 있다. 이슈메일은 경뇌유를 짤 때 나는 냄새가 봄에 핀 제비꽃 향기처럼 무척이나 순수해 그 향기에 손과 마음을 씻었다고 한다.

책의 후반부에 이르니, 한 번도 등장하지 않은 모비 딕이 바다 어디쯤에 있을지 궁금했다. 작가는 이 책이 비극으로 끝날 거라는 걸 미리 알려 주었다. 하지만 책에 빠져 따라가다 보니 결말에 대해 잠시 잊었나 보다. 아주 오랜만에 언급된 불길한 암시들에 갑자기 불안해졌다. 선원들 중에 핍이라는 흑인 소년이 있는데, 영리하지만 겁이 많아서 보트를 지키는 임무를 맡고 있다. 핍은 그동안 고래를 잡는 과정에서 두 번이나 바다에 빠졌고 두 번째 빠졌을 땐 한참 만에 건져졌는데, 이때 그만 정신이 나가 버렸다고 한다. 그런 핍이 스페인 금화가 박힌 돛대 아래에서 하하! 에이해브 영감! 흰 고래가 당신을 못질해 버릴 거야라고 중얼거리는 말을 스터브가 들은 것이다. 이 외에도 여러 기이한 소문들이 퍼져서 피쿼드호의 분위기가 흉흉해지기 시작했다.

어느새 폐관 시간이 되었다. 집으로 오는 길, 자전거를 몰다가 횡단보도 앞에서 멈춰 섰다. 신호가 바뀌길 기다리면서 문득 밤하늘을 올려다보는데, 검보랏빛 밤하늘 위로 기다랗고 시커먼 구름이 천천히 움직이고 있었다. 하필 구름 모양이 꼭 고래 같았다. 허먼 멜빌이나 이슈메일이 옆에 있었으면 분명 '저건 모비 딕의 유령임에 틀림없어.'라고 말했을 것이다. 신호등이 초록색으로 바뀌었다. 나는 페달을 밟으며 생각했다. 이젠 별게 다 고래 모양으로 보이네. 하지만 왠지 꺼림칙해서 새봄이네 집 앞을 들르지 않고 바로 집으로 갔다.

8장.
내 삶의 상전이

4월 5일 목요일

『모비 딕』을 읽은 지 일주일째인데 반도 읽지 못했다. 뜻을
모르는 낱말이 너무 많다. 두어 장 읽는 데 한 시간이 걸리는
날도 있다. 간간이 사전에 없는 말이 나오면 반갑기까지 하다.
초반에는 자주 사전을 봤는데 이제는 대충 이해가 되면 넘어
가고 있다.

그만둘 생각은 한 번도 하지 않았다. 끝까지 읽을 것이다.

이 책이 나를 밧줄로 단단히 묶어 버렸다.

4월 11일 수요일

지난 주 수요일 아침 조회 시간에 담임 선생님이 투명 아크
릴 상자 하나를 교탁 위에 올려놓았다. 상자 속에는 기다랗게

자른 노란색 종이가 잔뜩 들어 있었다.

선생님이 상자를 내려다보다가 우리를 보고 말했다.

"왜 우리는 뭔가를 기억해야 할까? 머릿속에 집어넣어야 할 것도 많은데 말이야. 얼마 전에 마트에 갔다가 가방에 노란 리본을 달고 있는 아줌마를 봤어. 그때 충격을 받았어. 나는 그 사건을 잘 기억하고 있다고 생각했거든. 아직도 진실이 밝혀지지 않았고, 돌아오지 못한 사람들이 있다는 걸 기억하고 있다고. 하지만 그날 노란 리본을 본 순간, 아, 내가 잊고 있었구나, 나도 모르게 그 일이 잊히고 있구나 깨달았어. 그래서……."

담임 선생님이 처음으로 말을 하다가 잠시 멈추었다.

"일주일 동안 어슬렁어슬렁 다니면서 이 리본 한번 만들어보자. 만든 건 이 상자에 넣고. 만들기 싫은 사람은 안 해도 돼. 음…… 아니다. 내가 이 종이 자르느라 얼마나 힘들었는데, 한 개라도 만들어. 칼질한 내 성의를 봐서. 알겠지?"

한 아이가 불쑥 물었다.

"작년에 추모 행사 한 선생님들 몇 분이 교장 선생님하고 면담했다던데, 고등학교에서는 해도 되는 거예요?"

담임 선생님이 씨익 웃으며 말했다.

"중학교나 고등학교나 크게 다르겠냐. 하지만 그런 신경은 안 써도 돼. 이래 봬도, 나 가진 거 많아. 돈은 없지만, 능력도 있고 제자도 많잖아, 하하."

선생님은 웃어 넘겼지만, 나는 의아했다. 죽은 이들을 추모하는 게 왜 문제가 되는 걸까. 아프거나 우리 엄마처럼 사고가 나서 죽은 게 아닌데. 개인적인 죽음이 아니라 사회에서, 나라에서 책임져야 하는 죽음인데. 왜 죽을 수밖에 없었는지 아직도 정확하게 모르는데. 아직도 기다리는 사람들이 있는데. 추모의 의미를 대자면 끝이 없는데…… 의문이 계속 생겨났지만 수업이 바로 시작돼서 물어볼 수가 없었다.

오늘 아침에 상자를 보니 선생님이 잘라 놓은 종이의 3분의 1 정도만 남아 있었다. 대체로 아이들이 다 참여한 것 같았다. 나는 매일 쉬는 시간 틈틈이 몇 개씩 만들었고 어떤 날은 집에 가져가서 만들어 오기도 했다.

어제는 점심시간에 운동장을 달리는 대신 몇몇 아이들과 같이 리본을 만들었다. 반 아이 한 명이 고리를 단 노란 리본을 한 움큼 가져와서 나눠 주었다. 나는 가방에 하나 달고 아빠에게도 하나 주려고 필통에 넣었다. 아이들은 아이돌 그룹 얘기도 하고 담임 선생님이 복도를 걸어가다가 방귀 뀐 얘기도 했다. 풀을 묻힌 곳을 손가락으로 잠깐씩 누를 때마다 엄마 생각이 났고 장례식 끝난 다음 날 텔레비전 화면으로 봤던 그 배가 떠올랐다. 하지만 아이들과 같이 웃고 이야기하면서 추모 리본을 만드니 그 기억이 마냥 무겁게 여겨지지는 않았다. 오히려 기운이 나서 리본을 더 많이 만들 수 있었다.

오늘 과학 시간에 담임 선생님이 4절 마분지 두 장을 들고 들어왔다. 선생님은 마분지를 칠판에 고정시켰다. 한 장에는 배, 다른 한 장에는 리본이 검은 선으로 커다랗게 그려져 있었다.

선생님이 상자를 내려다보더니 말했다.

"너희들, 정말 대단하다. 이렇게 많이 만들 거라고는 생각 못 했어. 역시 담임이 훌륭해서 학생들도 훌륭하구나, 하하하. 두 명씩 앞으로 나와서 너희가 만든 리본으로 마분지 그림을 채워 보자. 몇 개든 마음대로 붙여도 돼."

나는 리본 네 개를 꺼내서 풀을 바르고 배 그림에 두 개, 리본 그림에 두 개를 붙였다. 다른 아이들도 몇 개씩 리본을 붙였다. 오래 걸리지 않아 커다랗고 노란 배와 리본이 완성되었다.

"너희들 '상전이'라는 말 알아?"

아이들이 아무 대답이 없자 선생님이 바로 말을 이었다.

"그래, 모를 수밖에 없지. 다른 선생님은 이런 용어 안 가르쳐 준다. 날 만난 걸 행운으로 생각해, 하하."

선생님은 칠판에 한자와 영어로 '상전이'라는 단어를 썼다.

相轉移, phase transition

"아주 간단히 설명하자면, 기체가 온도에 따라 액체나 고체로 변하는 거 알지? 그렇게 바뀌면서 새로운 특성이 생겨나잖아. 이걸 '상'(相)이 바뀌었다, '상전이'라고 하는 거야. 잘 들어. 이걸 인간의 역사에 적용해 보면 전쟁을 상전이라고 볼 수 있어. 가까이 우리 역사에서 보면 6·25 한국전쟁이 우리 역사의 상전이였고, 거슬러 올라가면 한국전쟁이나 분단은 2차 세계대전으로 인해 생긴 상전이라 할 수 있어. 자, 그럼, 세월호 참사는 어떻게 보면 될까? 나는 세월호 참사가 우리 사회의 상전이라고 생각해. 상전이가 생기기 전과 후는 달라. 그만큼 세월호 참사는 우리 사회에 커다란 영향을 끼쳤고 지금도 지속되고 있어. 한쪽에서는 그만하라고 하지만, 어쩔 수 없어. 상전이가 일어나기 전으로 되돌릴 수는 없어. 세월호는 아마 계속해서 우리 사회, 우리 국민들 마음속에서 끊임없이 파도칠 거야. 그걸 받아들이는 사람과 애써 무시하는 사람이 있을 뿐. 그러면 우린 어떻게 하면 될까? 상전이의 변화를 인식하고 방향을 잘 이끌어 가면 돼. 그러려면 기억해야 해. 무슨 말인지 이해가 돼?"

교실은 조용했고 아이들은 가만히 고개를 끄덕였다. 나는 정말이지, 크게 감동해서 선생님한테서 눈을 뗄 수가 없었다.

"너희들, 담임 잘 만난 줄 알아. 고등학교 3년 내내 '상전이'라는 말 한 번 못 듣고 졸업하는 아이들이 더 많아, 하하하."

그때 한 여학생의 목소리가 들렸다.

"기억하면 뭐 해요? 만약 똑같은 일이 또 일어나도 다 구조된다는 보장이 없잖아요. 변한 게 없는데."

선생님이 머뭇거리다가 대답했다.

"그렇게 되지 않기 위해 기억해야 한다는 거야. 비슷한 상황을 맞았을 때, 누군가 오겠지, 이렇게 내버려 두지는 않겠지, 이런 최소한의 믿음을 가지고 살기 위해 기억해야 하는 거야. 내가 발 딛고 사는 이 사회가 개개인을 소중히 여기겠지, 이런 최소한의 믿음 말이야. 어른으로서 '최소한'이라는 말을 써서 참 부끄럽다만, 이런 믿음이 있어야 우리는 삶을 제대로 꾸릴 수가 있어."

아무도 말을 하지 않았다. 하지만 누구나 선생님의 이야기에 공감했을 것이다. 잠시 뒤 한 남학생이 말했다.

"저는, 세상 모든 신들이 우리나라에 엄청난 장난을 치거나 거대한 농담을 하는 게 아닐까, 그런 생각을 했었어요. 텔레비전에서 육지로 옮겨진 배를 보면서도 여전히 그런 생각을 했고요. 아직도 믿기지가 않아요."

여러 아이들이 "우아—" 하고 감탄하거나 큰 소리로 웃으며 "우— 우—" 하고 야유했다.

나는 깜짝 놀라서 뒤를 돌아봤다. 정지석이라는 아이였다.

"어, 신들의 장난? 거대한 농담? 멋있는 표현인데? 어디서 보고 외웠냐?"

선생님이 짓궂게 말하고는 곧바로 말을 이었다.

"그래, 상식적으로 도저히 납득이 안 되지…… 그래서, 그렇게 여겨질 거야. 기억하고 기억하다 보면 진실을, 그리고 의미를 찾게 될 거다. 너희들이 귀 기울여 들어 주니 칼질한 보람이 있네, 하하. 이 노란 배와 리본은 1학기 동안 교실 뒤에 붙여 놓을게."

선생님은 과학 수업을 마치고 아이들이 완성한 노란 배와 리본 그림을 교실 뒤 벽에 붙였다.

나는 집에 와서 『모비 딕』을 넘겨 가며 그 문장을 찾았다.

우리가 인생이라고 부르는 이 기묘하고도 복잡한 사태에는 우주 전체가 어마어마한 장난이나 농담으로 여겨지는 야릇한 순간이 있다.

지석이도 이 책을 읽었을까. 수업 시간에 그 아이가 한 말이 이 문장과 비슷했다. 나는 오늘 학교에서도 궁금했고, 지금도 궁금하다. 그 아이한테 가서 물어보면 될 것을, 나는 그렇게 하지 못했다. 어떻게 말을 꺼내야 할지 몰라서였다.

안녕, 아까 수업 때 네가 한 말과 비슷한 문장이 『모비 딕』에 나오는데, 너 그 책 읽었어? 이건 한 번에 말하기에 너무 길다.

안녕, 너 『모비 딕』 읽어 봤어? 이건 너무 곧장 물어보는 것 같다. 그럼 이름을 불러 볼까.

안녕 지석아, 너 『모비 딕』 읽어 봤어?

나는 어떻게 물을지 생각만 하다가 하루를 보냈다. 만약, 어떻게든 물어봐서 지석이가 읽었다고 하면 그다음에는 무슨 말을 해야 하나. 그래, 읽었구나, 이렇게 답하고 끝? 그리고 나서는? 아, 아…… 지금 막 깨달았다. 내가 누군가와 『모비 딕』에 대해 이야기하고 싶어 한다는 걸. 그래서 그 문장과 비슷한 말을 들었을 때 깜짝 놀랐구나. 『모비 딕』을 읽었을지도 모르는 아이를 발견해서 반가웠던 거구나. 지석이한테 한 번은, 꼭 한 번은 물어봐야겠다. 『모비 딕』 읽었냐고. 아, 물어보기 전에 이야기 나누고 싶은 내용을 적어 놔야겠다. 그렇게 해야, 대화가 끊기지 않고 이어질 테니까.

그리고…… '상전이'라는 말을 알게 되었다. 내 인생에서 상전이는…… 엄마의 죽음이다. 나는 오랫동안 받아들일 수 없었다. 지금도 그렇다. 엄마가 떠오르면 몸도, 마음도…… 힘들다. 엄마가 없다는 걸 믿고 싶지 않고, 뭘 어떻게 해야 할지 모르겠다. 하지만 선생님이 말했다. 상전이 전으로 되돌릴 수 없다고. 변화를 인식하고 방향을 잘 이끌어 가야 한다고. 그러려면 기억해야 한다고. 기억하고 기억하다 보면 그 의미를 찾게 된다고.

나는 몇 년이 지나 이제야 겨우 인정한다. 엄마는 돌아가셨고, 다시는 한집에서 같이 살 수 없다는 걸. 여전히, 앞으로의 삶이 어떻게 흘러갈지 알 수 없지만, 더는 외면하지 않고 받아들이고 기억해 나갈 것이다. 그렇게 하고 싶다.

4월 14일 토요일

기록할 것이 많다.

먼저, 지석이 만난 걸 적어야겠다. 저녁에 우연히 지석이와 마주쳤고 『모비 딕』을 읽어 봤냐고 물었다. 그 아이는 그 책을 아예 몰랐다. 이건 뒤에 자세히 쓰겠다.

오늘 세월호 참사 4주기 추모 행사가 광화문 광장에서 열렸다. 몇 년간 광장에서 수많은 일이 있었어도 나는 나가지 못했다. 솔직히 말하면, 참여할 생각조차 못 했다. 그즈음은 우울증이 더 무겁게 찾아오는 시기였기 때문이다. 하지만 올해는 가 보고 싶었다. 한복판에만 있지 않으면 괜찮을 것 같았고, 또 아빠가 같이 가니 마음이 놓였다.

우리가 광장으로 갔을 때는 해가 조금 진 뒤였다. 이미 많은 사람들이 모여 있었고 합창단의 노래가 울려 퍼지고 있었다. 아빠가 식전 공연 중이고 본행사는 저녁 일곱 시부터 시작한다고 말해 줬다. 어차피 관중 속으로 들어가 앉지 못하기에 아빠와 나는 주변을 둘러보았다. 4·16 기억 전시 부스가 있었는데, 세월호 참사 희생자들을 기리는 시와 사진, 그림이 전시되어 있었다. 시를 한 편 한 편 읽지는 못했다. 어느 시 앞에서 한 아주머니가 들키지 않으려는 듯 울음을 참아 가며 나직하게 울고 있었다. 전시를 보는 사람들이 그 아주머니 옆을 천천히 스쳐 지나갔다. 어떤 이들은 지나가며 손등으로 눈 주변을 닦았다. 그 울음은 진동처럼 퍼져서 나에게도 왔지만 나는 참을 수 있었다.

부스를 나와 걷는데, 누가 사진 여러 장을 붙인 판을 이젤 세 개 위에 나란히 올려놓고 서 있었다. 젊은 남자였다. 몇 년간 세월호 참사를 추모했던 광장의 모습을 사진으로 찍은 것이었다. 집회 포스터도 있었다. 내가 그 앞에 선 것은…… 순전히 고래 때문이었다. 포스터 상단에 등이 커다란 파란 고래가 떠 있고 아이들이 그 주변에서 즐겁게 놀고 있었다. 또 등에 여러 줄의 작은 전구가 반짝이고 머리에 노란 배를 이고 있는, 굉장히 큰 파란 고래 모형 사진도 있었다. 어떤 포스터에서는 회색 고래가 등에 아이들을 빼곡히 태우고 광장 위를 날아오르고 있었다. 아이들도, 광장의 사람들도 모두 반짝였다.

『모비 딕』을 읽고 있어서일까, 나는 혼란스러웠다. 이 포스터나 사진 속의 고래는 모두 인간을 구해 주는 동물이다. 누구에게 고래는 악의 화신이고, 누구에게 고래는 평화의 상징인 것이다. 한 동물인데 어떻게 정반대로 해석할 수 있을까……. 책 속의 세계는 허구이고 여기는 현실이니까? 그러니까, 작가가 그 책에서 고래를 그렇게 그린 것이지, 실제로는 보는 사람에 따라 그냥 다 다른 건가? 우리가 사는 이 세상에서 무언가를 한 가지로 해석하는 것은 의미 없는 건가……? 의아해하며 계속 서 있는데 본행사가 시작되었다며 아빠가 가자고 했다.

이미 어떤 영상이 흐르고 있었다. '세월호 기억 영상 공모

전'에서 대상을 받은 작품이었다. 영상 두 개가 끝나고 다음 순서로 4·16 4주기 아트 프로젝트 그룹 '리본'(Reborn)의 〈네버 에버〉라는 공연이 이어졌다. 기타와 북, 심벌즈 소리가 들려서 음악 연주인 줄 알았는데, 잠시 후 책가방을 멘 여고생이 무대에 등장해서 "배가 사고 났어. 배 위에서 컨테이너가 막 다 떨어지고 한 60도 정도 기운 것 같아. 나 수영 못하는데 어떡하지?"라고 말했다. 곧 검은 바지와 흰 셔츠를 입은 여자 배우 세 명이 등장했다. 그들은 배 안에서 두려워하는 승객들의 모습을 보여 주는 듯했다. "……연극부 친구들아, 사랑해 … 우리 꼭 살아서 만나자."라는 여고생의 대사를 들으니 눈시울이 뜨거워졌다. 아빠가 실제 세월호 희생자들이 보낸 문자 메시지와 통화 내용을 바탕으로 대본을 쓴 것 같다고 했다. 그러다가 음악이 아주 복잡해지고 급해졌다. 세 배우는 마구 몸부림을 쳤고 여고생이 배가 90도 정도 기운 것 같다고, 캐비닛에 깔린 친구들을 봤고 너무 무섭다며 살려 주세요, 하고 외쳤다. 다시 조용한 음악과 느리고 고통스러운 몸동작들이 이어졌다. 죽어 가는 승객들의 모습이었다. 나도 모르게 숨을 죽였고 내 몸 또한 뻣뻣하게 굳는 것만 같았다. 그러다가 머리칼이 짧고 검은 옷을 입은 깡마른 여자 배우가 소반을 두 손에 들고 등장했다. 그 배우는 상 위의 빈 사발을 들어아주 고통스럽게 음식을 먹은 뒤 세 배우에게 차례차례 나눠주었다. 세 배우는 입에 음식을 허겁지겁 넣다가 목이 막히는 듯 가슴을 치며 힘들어했다. 상을 들고 온 배우는 엄마였다. 무대 뒤편을 보며 고통스러운 안무를 계속 이어 가는 모습에 눈물이 흐르기 시작했다. 꽤 오랫동안 말없이 무대 끝에 걸터 앉아 있던 여고생이 일어나 천천히 무대 중앙으로 발걸음을 옮겼고, 엄마 또한 천천히 걸어왔다. 둘은, 엄마와 딸은 드디어 만났고…… 흐느끼며 포옹했다. 엄마는 하염없이 딸을 쓰다듬었다. 그 모습에 더는 참을 수가 없었다. 아빠가 흐느껴 우는 나를 감쌌다. 나는 공연을 보기 위해 계속 눈물을 닦았다. 손을 맞잡은 채 딸이 짐짓 밝은 목소리로 "엄마, 아직 그대로여서 힘들죠? 근데 나 괜찮아. 그러니까 힘내요. 엄마 사랑해."라고 말하며 엄마를 한 번 안아 주고는 뒤돌아 무대 끝으로 갔다. 엄마는 차마 따라가지 못하고 하염없이 딸을 지켜보았다. 어느새 세 배우가 온화하게 웃으며 자리를 잡고 앉았고, 엄마와 딸은 손을 잡고 서로 바라보며 잔잔하게 웃었다.

그렇게 공연은 끝이 났다. 나는 계속 울먹울먹한 채로 박수도 치지 못하고 그저 무대만 바라보았다. 한 대학생이 편지를 낭독했다. 나는 힘들어서 아빠한테 집에 가면 좋겠다고 말했다.

지하철역으로 가는 길에 아빠에게 물었다.

"아빠도 엄마 생각이 났어?"

아빠가 머뭇거리다가 대답했다.

"너 우는 거 보니까 생각이 났지. 공연이 굉장히 훌륭하더

라. 진짜 오랜만에 뭔가를 집중해서 봤네."

아빠가 잠깐 멈추었다가 곧 다시 말했다.

"많이 울었는데, 괜찮아?"

나는 웃으려고 애쓰며 아빠를 보았다.

"아까보다는 괜찮아요."

우리는 지하철역 계단을 천천히 내려갔다. 지하철을 기다리고 있는데 저 앞에 지석이가 보였다. 지석이도 가족들과 광장에 있다가 온 것 같았다. 엄마 아빠, 여동생과 함께였다. 나는 아까 본 고래들이 떠올랐다. 나도 모르게 그쪽으로 걸어가서 지석이한테 말을 붙였다.

"지석아, 너『모비 딕』읽었어?"

지석이가 깜짝 놀라며 눈을 동그랗게 뜨고 나를 보았다.

"책 말이야. 허먼 멜빌이 쓴『모비 딕』."

두 번째 물음에도 지석이는 놀란 모습 그대로 나를 보기만 했다.

아빠가 당황해하며 서둘러 물어보았다.

"새봄아, 학교 친구야?"

아빠 목소리에 정신이 들었다. 그제야 당황하는 지석이 표정이 보였다. 내가 다짜고짜 지석이한테 물어봤다는 걸 깨달았다. 그러자 얼굴이 달아오르면서 풀로 붙인 듯 입술이 떨어지지 않았다. 그때 지석이가 아빠한테 말했다.

"안녕하세요, 새봄이 반 친구 정지석입니다."

나는 지석이를 제대로 볼 수가 없었다. 다행히 지하철이 곧 도착한다는 안내 방송이 나왔다. 지석이가 서둘러 말했다.

"나, 그 책 몰라. 학교에서 보자."

지석이가 어색해하며 고개를 돌렸다. 나도 엄청 뻘쭘했다.

지석이네 가족과 우리는 지하철 같은 칸을 다른 출입문으로 탔다. 지석이 여동생이 나와 지석이를 번갈아 쳐다보며 웃는 것 같았다. 나는 집까지 오는 내내 등을 돌리고 서 있었다. 벌겠던 아빠 얼굴이 차츰 돌아왔다. 아빠는 나한테 뭔가 물어보고 싶은 눈치였지만 아무 말도 하지 않았다. 아무것도 묻지 않는 아빠가 얼마나 고마웠는지 모른다. 지하철역에 내려서 지상으로 이어진 계단을 올라가는데 저 앞에 지석이가 보였다. 다행히 지석이네가 탄 마을버스가 곧장 떠났고, 아빠와 나는 다음 버스를 탔다.

광장에 사람들이 많았다. 모두들 세월호 참사를 기억하고 싶은 사람들일 것이다. 다들 어떤 생각을 하며 추모 공연을 지켜보고 집으로 돌아갔을까.

나는 엄마 생각이 나서 많이 울었지만 오래 걸리지 않아 진정할 수 있었다. 〈네버 에버〉라는 공연에 나온 엄마처럼, 엄마가 하늘에서 나를 보며 은은하게 웃고 있을 것만 같다. 아! 이제야 알겠다……. 그 공연의 마지막 장면이 이제야 이해가 된다. 광장에서 직접 봤을 때는 그렇게 고통스러운데 어떻게 서로를 보며 웃을 수 있을까 좀 의아했다. 하지만 지금 깨달았

다. 공연을 만든 사람들은 관객들이 어떤 마음을 가지면 좋겠
는지를 생각한 것 같다. 공연이 끝까지 고통스러웠으면 그 무
대를 떠올릴 때마다 힘들 것이다. 그러면 생각하고 싶지 않게
되고 그 사건도 차차 잊힐 거다. 잊지 않도록 하려면 어떤 공
연을 해야 하고, 어떻게 추모의 시간을 보내야 하는지 추모제
를 준비한 사람들은 아는 것 같다. 기억하는 방법, 기억하는
태도에도 여러 가지가 있구나……. 괴롭고 힘들지 않아야 마
음 깊은 곳에 늘 따뜻한 기억의 방이 있을 수 있는 것이다.

그리고 지석이가 『모비 딕』을 모른다는 걸 알았다. 지석이
에게 그 책에 대해 알려 주고 싶다. 어떻게 말해야 할까, 생각
해 보자.

9장.
인간이라는 종

내가 이 책을 읽으면서 예상하지 못한 것 중 하나가 길에서 친구를 만나듯 바다에서 배끼리 서로 만날 수 있다는 것이었다. 피쿼드호는 3년간의 항해 동안 알바트로스호를 시작으로 여러 차례 다른 배를 만났는데, 100장에서 만난 새뮤얼 엔더비호는 여러 가지로 의미가 남달랐다. 무엇보다 엔더비호에는 모비 딕에게 팔 하나를 잃은 외팔이 선장이 타고 있었던 것이다. 흰 고래를 보았소?라고 소리쳐 묻는 에이해브 선장에게 엔더비호의 선장이 향유고래의 뼈로 만든 하얀 팔을 들어 올려 보이자, 에이해브는 곧장 배를 멈추고 엔더비호로 오른다.

외팔이 선장이 모비 딕을 처음 만났을 때 모비 딕은 젊은 고래 두 마리를 뒤따르고 있었다고 한다. 모비 딕은 늙었지만 외팔이 선장이 본 고래 중 가장 크고 당당한 고래였다. 처음에는 외팔이 선장도 이 고래가 그 유명한 모비 딕이라고는 생각하지 못했다. 모비 딕은 젊은 고래를 쫓는 엔더비호를 막기 위해 바다 밑으로 들어가 배를 들어 올렸고, 그 과정에서 배가 반토막이 났다. 선장은 의식을 차리고 나서야 모비 딕에게 던진 두 번째 작살이 자신의 어깨에서 손목까지 팔 하나를 관통한 걸 알았다. 팔을 하나 잃었지만 목숨은 건진 것이다. 외팔이 선장이 모비 딕의 머리와 혹이 우유처럼 하얗고 몸뚱이 전체가 주름투성이에다 오른쪽 지느러미 근처에 작살이 여러 개 꽂혀 있었다고 설명하자, 에이해브는 오래전 헤어진 친구를 다시 만난 것처럼 기뻐 날뛰며 그건 내 작살이오! 내 거란 말이오!라고 소리친다. 외팔이 선장은 그 뒤로도 두 번이나 더 모비 딕을 만났지만 하나 남은 팔을 지키기 위해 거들떠보지도 않았다고 한다.

이제 에이해브는 엔더비호가 가르쳐 준 방향으로 배를 몰아간다. 그의 광기가 다시 끓어오르기 시작했다. 그래서 배 밑 선창의 기름통에서 기름이 새서 항해를 멈추고 수리해야 한다는 스타벅의 말도 처음에는 무시한다. 에이해브는 에이해브를 경계해야 합니다. 영감님, 자신을 조심하십시오,라는 스타벅의 일침을 듣고 나서야 마음을 바꿔 일주일간 배를 멈추고 수리하기로 한다. 하지만 이제 그 누구도 에이해브를 말릴 수 없게 되었다. 이쯤에서 스타벅은 자신의 운명, 아니 피쿼드호의 운명을 예감했을지도 모른다.

오늘 아침, 드디어 100장을 읽기 시작하면서 나 자신이 대견스러워서 소리라도 지르고 싶었는데 지금은 머릿속이 뒤죽박죽이다. 정신없이 읽다 보니 어느덧 '관 속의 퀴퀘그'란 제목의 장까지 왔다. 심장이 덜컥 내려앉는 것 같았다. 바로 읽지 못하고 책을 덮고 도서관을 나왔다.

집에 가서 한참 동안 기타를 쳤다. 나는 엄마한테 도시락을 싸 달라고 했다. 도서관에 가서 저녁으로 먹고 싶다고 말이다. 엄마는 여름 방학에 왜 도시락을 싸느냐, 귀찮으니 네가 싸서 가라, 이젠 식구들하고 밥 먹기도 싫으냐며 잔소리를 해 대더니 집을 나서는 내게 2단 도시락을 내밀었다. 나는 가방을 메고 열심히 자전거를 달렸다.

이 도서관 밖에는 구석구석 벤치들이 있다. 그중 하나가 키가 큰 플라타너스 아래에 있는데, 마침 아무도 없었다. 휴대전화에 이어폰을 꽂고 음악을 들으며 도시락을 먹었다. 달걀말이 외에는 모두 아침에 먹은 반찬이지만 먹을 만했다. 어릴 때부터 식탁 앞에 앉으면, 밥 좀 푹푹 퍼서 먹어라, 맛있게 먹어라 등등의 말을 들었기 때문에 언젠가부터 혼자 먹는 게 편했다. 엄마 아빠는 모르겠지만 말이다. 도시락을 다 먹고도 책을 읽으러 바로 들어가지 않은 건 순전히 다음 읽을 장의 제목 때문이었다. 넓지 않은 그 주변을 몇 차례 돌며 시간을 끌다가 도서관으로 들어갔다.

퀴퀘그는 선창으로 내려가 기름통을 꺼내다가 열병에 걸렸다. 이슈메일은 퀴퀘그 곁을 떠나지 않았다. 그는 점점 쇠약해져서 뼈와 문신 외에 아무것도 남지 않았다. 그는 죽음을 예감했는지 고향의 장례 관습대로 통나무배 모양의 관에 자기를 눕혀서 바다로 떠나보내 달라고 했다. 그의 고향에서는 별이 섬이라고 믿을 뿐만 아니라, 눈에 보이는 수평선 저 너머에서 … 잔잔한 바다가 푸른 하늘과 합류하여 은하수의 하얀 물결을 이룬다고 믿는단다. 그런데 목수가 검은 목재로 통나무배 모양의 관을 만들어 주자, 퀴퀘그는 자기 몸에 맞는지 그 안에 누워 확인한 다음부터 갑자기 몸이 좋아졌다. 퀴퀘그는 그 관을 궤짝 삼아 소지품을 넣어 두고 시간이 날 때마다 자기 몸의 문신을 베껴 새겼다. 퀴퀘그가 책에서 사라지지 않아서 정말 다행이었다. 작품 초반 이후로 이슈메일과 퀴퀘그 둘만의 시간이 자세하게 그려지지 않았지만 마음으로 서로 의지하고 있다는 것을 종종 확인할 수 있었기 때문이다.

에이해브 선장은 모비 딕을 만날 준비를 하기 시작했다. 대장장이에게 모비 딕을 죽일 작살을 주문한 것이다. 열두 가닥 쇠줄로 한 개의 작살을 만들라고 한 다음 주님의 이름이 아니라 악마의 이름으로 그대에게 세례를 주노라 말하며 이교도의 살을 세 번 찔러 그 피로 칼날을 담금질했다. 나는 순간 숨이 멎었다. 악마의 이름으로 세례를 주다니. 으흠…… 기괴하고 음흉한 어떤 목소리가 내 귀에 대고 에이해브의 대사를 읊는 것만 같았다.

마침내 피쿼드호는 고래 잡는 철에 이르러 적도 해역에 다 다른다. 하지만 일본 해역에서 무시무시한 태풍을 만나 돛들이 찢어지고 배가 바람에 날아가기도 했다. 그렇게 며칠을 간신히 버티자 태풍이 잦아들고 순풍이 불어왔다. 하지만 선원들은 태풍으로 엉망이 된 배 위에서 두려움에 떨기 시작했다. 그러다가 마주치게 된 레이첼호의 선장이 바로 그 전날 모비 딕과 싸우다가 열두 살 된 아들이 탄 보트가 행방불명되었다며 48시간만 같이 찾아 달라고 부탁했다. 하지만 에이해브는 단칼에 거절하고 제 갈 길을 간다. 어제 이 주변에서 모비 딕을 만났다니, 나는 긴장하기 시작했다. 그러고 나서 얼마 후, 에이해브가 모비 딕에게 다리 한 쪽을 잃은 그 지점 근처를 지나가게 되어 선원들 대부분이 더욱 공포에 떨었다.

그 이후로 사나흘이 지나도 고래를 만나지 못하다가 난파된 보트를 배에 관처럼 매단 딜라이트호를 만난다. 딜라이트호 또한 모비 딕을 잡으려다가 선원 다섯 명이 죽어 장례식을 치르는 중이었다. 에이해브는 딜라이트호와 비껴서 배를 몰아가지만 그 순간 송장이 바닷속으로 떨어지면서 마치 죽음의 세례가 뿌려지듯 물거품이 피쿼드호의 고물에 튄다.

이 외에도 여러 가지 불길한 징조가 쏟아지며 곧 닥칠 모비 딕과 피쿼드호의 만남에 긴장감과 공포를 불어넣고 있다. 나도 신경이 잔뜩 예민해졌다. 결말은 불 보듯 뻔하다. 모비 딕과 만날 테고, 피 터지게 싸울 테고, 많은 선원들이 죽을 것이 분명한데도 그 과정이 어떻게 그려질지 상상이 되지 않기에 가슴이 터질 듯 답답했다. 궁금했지만 계속 읽을 수가 없었다. 머릿속이 멍했다. 고래를 살육하는 장면을 읽고 난 뒤처럼 힘이 다 빠져 버렸다. 마치 내가 피쿼드호를 타고 온몸으로 태풍을 겪으며 광기에 불타오르는 에이해브를 바로 눈앞에서 본 것만 같았다.

나는 주섬주섬 가방을 싸서 도서관을 나왔다. 오늘은 새봄이네 집 앞을 지날 계획이었는데 갈림길에서 우리 집 쪽으로 방향을 틀었다.

이새봄, 이제 하루 남았어, 조금만 기다려.

10장.
소멸과 기억

4월 15일 일요일

어제가 엄마의 4주기였다.

오늘 아빠와 성당에 다녀왔다. 엄마가 돌아가신 후 처음으로 성당에 가는 거다. 엄마의 기일이 되면 늘 아빠 혼자 가서 연미사를 드렸다. 올해는 내가 먼저 같이 가겠다고 했다.

오랜만에 미사에 참석해서 여러 가지가 낯설었다. 기도문이 온전히 기억나지 않았다. 나는 뛰쳐나갈까 봐 아빠의 손을 잡은 채 생각나는 구절만 읊조렸다. 우리처럼 세상을 떠난 이를 기억하고 싶은 사람들이 많았다. 언제 엄마 이름이 불리는지 가만히 귀 기울였다. 신부님이 제일 마지막으로 엄마 이름과 세례명을 말했다. 나도 모르게 후유, 하고 길게 숨이 쉬어졌다. 그제야 아빠 손을 놓았다. 하지만 아빠처럼 두 손 모아

기도하지는 못하고 속으로 엄마에게 이야기했다.

엄마, 4년 만에 와서 미안해. 그동안 잘 못 지내서 미안해. ……어떻게 지내야 할지 몰라서 그냥 있었어.

한 번도 엄마하고 떨어진다는 생각을 해 본 적이 없었잖아. ……엄마가 지내는 곳은 어때?

이제 마음 편히 있어도 돼. 나, 다시 학교 다녀. 고등학교 1학년이야.

그러니까 이제 걱정하지 마…….

엄마에게 하고 싶은 말이 많을 것 같았는데 더는 아무 생각이 나지 않고 눈물만 흘렸다.

미사를 마치고 아빠가 운전하는 차를 타고 납골당 공원으로 갔다. 날씨가 좋네, 미세먼지가 없어서 다행이네, 차가 안 막혀서 다행이네, 아빠는 이런 말들만 했다. 나는 가만히 듣고만 있었다. 4년 전에는 멀게만 느껴졌는데 집에서 30분밖에 걸리지 않았다.

유리장 속 엄마의 사진들을 물끄러미 보았다. 엄마의 학창 시절과 결혼 전 사진에 이어 마지막 사진은 내가 중학교에 입학하던 날 찍은 가족 사진이다. 왠지 엄마 얼굴이 낯설었다. 엄마가 저렇게 예뻤나……. 기억 속에서 엄마의 얼굴이 조금씩 희미해지고 있다는 걸 깨달았다. 불과 4년인데…… 미안하고 또 미안했다.

은은히 빛을 발하다 새벽녘이 되면 소멸하는 별처럼 내 마음속에서 엄마라는 별이 사라지는 건 아닐까, 걱정되었다. 지금까지는 자신이 없어서 엄마의 사진을 보지 못했다. 수술한 후 엄마의 얼굴과 염을 한 후의 모습이 자꾸 떠올라서였다. 이젠 참지 않을 거다. 보고 싶으면 사진을 볼 거다. 그리고 이곳에 오고 싶을 때마다 올 거다.

돌아오는 차 안에서 아빠한테 물었다.

"연미사 드릴 때 아빠는 뭐라고 기도했어?"

아빠가 주저하다가 대답했다.

"당신 거기서 편히 지내. 우리 새봄이 좀 지켜봐 줘. 이렇게 기도했지. 올해는 네가 고등학교 입학했다고 보고했고."

나는 아빠를 물끄러미 보았다. 아빠는 담담해 보였다.

"아빠도 엄마 얼굴이 희미해져?"

"그럼, 희미해지지. 가끔 사진 보면 이런 적이 있었나 싶어."

나만 그러는 게 아니구나, 속으로 생각했다. 마침 신호가 바뀌어서 차가 멈추었다.

아빠가 나를 보고 말했다.

"나는 네가 이렇게 살아 있는 것만으로도 감사해. 엄마도 분명 그렇게 생각할 거야. 그리고 엄마 얼굴 절대 잊을 수 없어. 안 잊혀져. 그러니까 기억이 희미해져도 미안해하지 마. 내 말, 무슨 뜻인지 알겠어?"

아빠의 목소리가 조금씩 커졌다. 그때 뒤에서 자동차 경적 소리가 들렸다. 아빠가 다시 차를 몰았다. 나는 속으로 아빠의 말을 천천히 되뇌었다.

'엄마 얼굴 절대 잊을 수 없다. 안 잊혀진다……'

잠시 뒤 아빠가 나직한 목소리로 말했다.

"나는 너하고 성당도 같이 가고 납골당도 다녀왔는데 믿기지가 않는다. 고맙다, 새봄아. ……죽지 않고 견뎌 줘서."

말끝에 울음이 배어 나와서 아빠를 볼 수가 없었다. 아빠를 보면 나도 울 것 같았다. 나는 가만히 있다가 운전대 위의 아빠 손에 내 손을 얹었다. 몇 해 동안 나를 지켜보느라 엄청 힘들었을 텐데도 아빠는 한 번도 닦달하지 않았다. 미로처럼 얽힌 얼굴의 주름들과 수북한 흰 머리카락……. 모르는 사람이 보면 아빠를 할아버지라고 생각할지도 모른다. 가슴이 아팠다.

아빠가 울음을 삼키고 물었다.

"『모비 딕』은 어때?"

"음, 진짜, 굉장한 작품이야. 아빠도 읽어 봤어?"

"아니, 못 읽어 봤어. 그 책 읽는 엄마를 부러워하기만 했지."

나는 깜짝 놀랐다.

"엄마도 그 책 읽었어?"

"너, 몰랐지? 그 책 양장본이 집에 있어. 옛날에 엄마가 그 책 사서 열심히 봤어."

"아, 집에 있었구나. 반납하고 나면 허전하고 아쉬울 것 같아서 집에 한 권 있으면 좋겠다고 생각했거든."

"이제 책방에도 들어가 봐. 아빠가 깨끗하게 청소해 놨어."

우리 집에 서재 같은 방이 있다. 집 안 곳곳에 크고 작은 책꽂이들이 있었는데, 내가 초등학교에 입학할 즈음, 엄마 아빠는 방 하나를 책방으로 만들었다. 그 방에는 엄마 아빠가 평생 읽을 책만 두기로 하고 책들을 조금씩 정리해 나갔다. 어린 나에게도 작은 책장이 주어졌다. 내 책장에 어떤 책을 꽂아 두었는지는 기억나지 않는다. 나는 오랫동안 그 방에 들어가지 않았다. 아빠 말대로 책방에 한번 들어가 봐야겠다.

어느새 집에 도착했다. 차에서 내리면서 아빠에게 말했다.

"근데 아빠, 『모비 딕』을 읽으니까, 진짜 고래를 보고 싶어. 동물원 고래 말고, 바다에 사는 고래 말이야. 눈앞에서 고래를 보면 기분이 어떨까……."

"글쎄, 나도 고래를 직접 본 적은 없어서 잘 모르겠다. 그런데, 너 표정이…… 진짜 행복해 보인다."

아빠의 목소리가 살짝 떨렸다.

지금 내 앞에 양장본 『모비 딕』이 있다. 2010년 1월에 나온 책이다. 아빠가 자기 전에 가져다주면서 초판본이라고 알려 주었다. 도서관에서 빌린 책보다 양장본이 좀 더 세련되고 멋있어 보였다. 본문에 이해를 돕는 설명 그림도 있고 부록으로 '허먼 멜빌의 연보'와 '고래잡이의 역사'도 실려 있다. '모비 딕'의 모델이 된 '모샤 딕'이라는 향유고래가 있었는데, 1810년

116

칠레 근해의 '모샤'라는 섬에 처음 나타난 뒤로 1859년 스웨덴 포경선에 붙잡힐 때까지 인간과 처절한 싸움을 벌였다고 한다. 무려 50년 가까이 인간들에게 잡히지 않고 살아남은 것이다.

엄마가 열심히 본 책을 나도 읽었다니 뿌듯하다. 책을 반납하면 엄마의 『모비 딕』을 내 책상 위에 둬야겠다. 엄마는 이 책을 읽으며 무슨 생각을 했을까, 어떤 구절이 마음에 콕 박혔을까. 혹시 밑줄이라도 그었으려나, 아니면 메모 같은 게 있으려나…….

인간은 누구나 소멸하고 남은 이들의 기억 속에서만 살아 있다고 생각했다. 그 기억이 희미해지면 소멸도 다해서 젖은 종이에 물기가 마른 것처럼 흔적만 남거나 그 흔적조차 사라진다고 생각했다. 하지만 이제는 생각이 바뀌었다. 인간은 누구나 소멸하지만 그의 자취가 깃들어 있는 것에 여전히 남아 있다고. 그를 기억하는 마음이 없어지지 않는 한 영원히 사라지지 않는다고. 완전한 소멸은 그 어디에도 없다고. 잊지 않고 기억하는 한…….

4월 16일 월요일

오늘 놀라운 일이 일어났다.

여느 때처럼 점심시간에 뛰고 있는데 어느 순간, 지석이가 내 곁에서 함께 뛰고 있었다. 너무 놀라서 넘어질 뻔했다. 나는 단 한 번도 다른 사람과 같이 뛰고 싶다는 생각을 해 본 적이 없다. 이건 나의 몫, 온전히 나의 몫, 내가 짊어져야만 하는 나의 몫이라고 생각했다. 그 누구와도 함께할 수 없다고 생각했다.

그런데 지석이의 뜀박질 소리와 호흡 소리를 가까이에서 들으니…… 마음이 벅차올랐다. 몇 분 지나지 않아 깨달았다. 꼭 나 혼자 해야 하는 건 아니구나……. 조금씩 팽팽해지던 다리가 하나도 무겁지 않았다. 하마터면 울 뻔했다. 정말이지 좋아서, 너무 고마워서……. 하지만 겨우 한마디 했다. "고마워."라고. 지석이에게 내 마음이 전해졌을까. 이 마음을 지석이가 느꼈을까…….

4월 25일 수요일

어제 『모비 딕』을 다 읽었다.

『모비 딕』은 강력한 책이다. 불길을 머금은 채 곧 타오르기 직전의 책이다.

지난주에 대출 기한을 연장했다. 두 번째는 엄마의 『모비 딕』으로 한 번 더 읽기 시작했다.

내 안으로 성큼성큼 들어온 두 가지 벗이 생겼다.

첫째는 지석이다. 교실에서는 서로 이야기하지 않지만 같이 달리러 나갈 때와 들어올 때, 그리고 달리면서 간간이 대화를 나눈다. 같이 달리는 것도 좋지만 그 아이와 말을 하는 것이 참 좋다. 내 목소리가 입에서 퍼져 나가 그 아이의 귀에 닿고,

118

그 아이의 목소리가 내 귀에 닿아 생각하고 말하고 눈을 맞추는 그 짧은 순간이 마치 내 생활의 빛나는 보석 같다.

또 다른 벗은 『모비 딕』이다. 두 번째 읽는 거라서 지루할지도 모르겠다고 생각했는데 전혀 그렇지 않다. 빨리 책장을 넘기지 않으려고 애쓰며 읽고 있다. 늘 내 방 책상 위에 있는 『모비 딕』. 언제나 펼칠 수 있고, 그럴 때마다 경이롭고 아름답고 때론 처절하고 쓸쓸한 지구에서의 삶을 보여 준다. 허먼 멜빌에게 감사와 존경을!!!

11장.
연극이 끝나고

드디어 『모비 딕』 읽기를 끝내는 날이다. 도서관 개관 시간에 맞춰 평소보다 일찍 집을 나섰다. 다 읽자마자 새봄이에게 전화해서 만날 계획이라, 늦게 들어올 거라고 엄마에게 미리 얘기해 두었다. 비극을 향해 달려가는 책 내용과 상관없이 그저 기분이 좋았다.

이제 마지막 네 장과 짧은 에필로그만 남았다. 곧 모비 딕이 등장한다. 작가는 추적이 시작되기 전 '교향곡'이라는 제목으로 추적 전날을 그렸다. 왜 장제목을 '교향곡'으로 했을까 궁금해서 검색을 해 봤다. 작가는 3년간 항해의 피날레를 마치 4악장으로 이뤄지는 교향곡처럼 구성했다. 한 장, 한 장 곱씹으며 가능한 한 천천히 책장을 넘기기라 다짐했지만 속도가 붙어서 천천히 읽기가 쉽지 않았다. 죽음의 향연이 펼쳐질

거라는 걸 알면서도 흥미롭고 짜릿하고…… 가슴이 옥죄듯
아팠다.

자, 이제 우리의 등장인물들이 어떻게 죽는지 보자.

보통 교향곡의 1악장 앞에 장엄하고 엄숙한 서곡이 붙는다
고 하는데, 132장 '교향곡'도 내용이 구슬프고 아련했다. 에이
해브는 마치 다른 사람이 된 것처럼 유순해져서 자신의 인생
을 되돌아보았다. 에이해브는 스타벅에게 자신의 과거를 들려
준다. 열여덟 살의 소년 작살잡이로 처음 고래를 잡은 이후 40
년간의 포경선 생활 중에 육지에 있던 날들은 고작 3년, 쉰 살
넘어 소녀 같은 아내와 결혼하고 아들을 얻었지만 다시 바다
로 나와 맹수처럼 고래를 잡아 온 자신이 사람이라기보다 악마
였으며 황량한 고독 속에서 살아왔다고 고백한다. 그리고 스타
벅에게 본선을 지키라고 말한다. 스타벅은 이제라도 배를 돌
리자고 설득하지만 에이해브는 고개를 젓는다. 스타벅은 절망
한 나머지 송장처럼 창백해져서 자리를 뜬다. 이때까지만 해도 나
는 에이해브에 대해 일말의 안타까움도 들지 않았고, 외골수
노인네가 신세한탄만 한다고 생각했다. 그리고 마음이 약해진
에이해브를 더는 설득하지 않는 스타벅이 답답하기만 했다.

그날 밤, 에이해브는 향유고래의 독특한 냄새를 맡는다. 아침
이 밝아 오고 모비 딕의 물줄기가 확인되자 스타벅만 본선에
남고 보트 세 척이 내려졌다. 드디어, 항해 3년 만에 처음으로
모비 딕이 등장했고 첫 번째 추적이 시작된 것이다.

마침 모비 딕에게 다가갈수록 바다가 더욱 잔잔해져서 모비 딕은 피쿼드호의 추적을 알아차리지 못했다. 모비 딕의 풍모와 헤엄치는 모습은…… 눈이 부실 정도였다. 양털처럼 고운 초록빛 거품이 눈부신 혹 주위를 끊임없이 빙글빙글 맴돌고 넓은 우윳빛 이마의 하얀 그림자가 반짝거렸다. 옆구리엔 작살 세 개가 꽂혀 있고 등에 기다란 창이 부러진 채 박혀 있지만 모비 딕은 전혀 개의치 않고 조용한 기쁨, 빠르고 힘찬 움직임 속에서 맛보는 평화로운 안정감에 싸여 유유히 헤엄치고 있었다.

그러다가 갑자기 모비 딕이 경고하듯 꼬리를 공중에서 휘두른 다음 사라졌다가 잠시 뒤 에이해브가 탄 보트 뒤편으로 올라왔다. 선원들이 정신을 차릴 틈도 없이 모비 딕은 에이해브가 탄 보트를 깨물어 완전히 두 쪽으로 쪼갰다. 선원들은 보트에 가까스로 매달렸고, 에이해브는 바다에 겨우 떠 있었다. 그때 스타벅이 본선을 이끌고 와서 모비 딕과 선원들 사이를 갈라놓았다. 잠시 뒤 모비 딕은 낙심한 듯 뚱하게 헤엄쳐 사라졌다.

에이해브는 한참 뻗어 있다가 행방불명된 선원이 없는 걸 확인하고는 다시 추적하라고 명령했다. 스타벅은 그날 밤에라도 추적을 멈추길 바라면서 두 동강 난 보트를 가리키며 흉조라고 말하지만, 에이해브는 그런 말은 사전에서나 찾아보라며 무시했다. 죽을 뻔한 고비를 넘겼음에도 뼛속에 불멸의 생명수가 흐르는 사람처럼 에이해브는 밤새 모비 딕만을 생각했다.

추적 둘째 날, 배에서 1마일도 떨어지지 않은 곳에서 모비 딕이 갑자기 몸을 드러냈다. 다시 보트들이 내려지고 두 번째 싸움이 시작되었다.

에이해브는 모비 딕의 이마로 곧장 돌진하여 죽일 계획을 세웠다. 하지만 모비 딕이 먼저 공격 포인트를 잡았다. 자신의 등에 꽂혀 있는 세 개의 작살에서 늘어진 밧줄을 무수한 방향으로 뒤엉키게 해서 보트들이 저절로 끌려오도록 만든 다음 이등, 삼등 항해사의 보트들을 강력한 힘으로 끌어당겨서 충돌시켰다. 그러고는 잠시 사라졌다가 곧 바다 밑에서 화살처럼 수직으로 솟아올라 에이해브가 탄 보트를 공중으로 던져 올려 버렸다. 아수라장 속에서 모비 딕은 자기가 파괴한 현장을 잠시 지켜보다가 당장은 이 정도로 충분하다고 만족한 것처럼 다시 헤엄쳐 갔다.

에이해브는 지구를 곧장 뚫고 들어가서라도 모비 딕을 반드시 죽이고 말 거라고 말한다. 그리고 강력하게 만류하는 스타벅을 외면하며 에이해브는 영원히 에이해브야. ··· 나는 운명의 부하다. 나는 명령에 따라 행동한다. 너희 졸개들은 내 명령에 복종해야 한다고 소리친다.

나는 멍하니 있다가 가까스로 정신을 차렸다. 에이해브의 광기가 나에게까지 전해져 온몸을 휘감고 지나간 것만 같았다. 그런데, 이 전쟁 중에 나의 이슈메일과 퀴퀘그는 어디에 있단 말인가? 이 밤이 지나면 세 번째 추적의 날이 밝아 올 테고, 이제 모두 다 죽고 말겠구나, 낙담하면서도 이슈메일과 퀴퀘그를 놓친 건 아닌지 책장을 거꾸로 넘기면서 글자들을 훑었다. 교향곡 장까지 넘겼는데도 그 둘은 마치 숨바꼭질이라도 하듯 숨어 있는지 어디에서도 보이지 않았다.

마지막 추적이다. 밤새 피쿼드호는 너무 달린 나머지 모비 딕을 지나쳐 와서 배를 되돌려 바람을 거슬러 항해한다. 에이해브는 주돛대 위로 올라가 모비 딕과의 세 번째 대결을 기다렸다. 마침내 모비 딕의 물줄기를 확인하고 바다로 내려가기 전 스타벅에게 내 영혼의 배는 세 번째로 항해를 떠난다네. … 어떤 배는 항구를 떠난 뒤 영영 행방불명이 된다네. … 나는 지금 가장 높은 물마루에 도달한 파도 같은 기분일세. 스타벅, 나는 이제 늙었네. 자, 우리 악수하세,라고 말한다. 스타벅은 끈적끈적한 아교 같은 눈물을 흘리며 가지 말라고 애원하지만 에이해브는 보트를 내리라고 명령한다.

드디어 모비 딕이 보였다. 모비 딕은 바다 밑에 가라앉아 있다가 넓은 동그라미를 그리면서 서서히 부풀어 오르다가 불쑥 모습을 드러냈다. 어제 새로 찔린 작살 때문에 미칠 듯이 화가 난 모비 딕은 꼬리로 이등, 삼등 항해사의 보트를 내리치고는 두 보트의 뱃머리로 돌진했다. 보트에 물이 새자 에이해브는 수리해 오라고 명령한 뒤 만약 오지 못하면, 죽는 건 나 혼자만으로 족하다며 노를 저어 간다.

나도 모르게 숨을 참고 있었나 보다. 길게 숨이 내쉬어졌다. 계속 읽어 나가기가 힘들 정도였지만, 도대체 이슈메일과 퀴퀘그가 어디에 있는지 도통 알 수가 없어서 책을 덮을 수가 없었다. 그리고…… 죽기 살기로 모비 딕에 집착하는 에이해브가 안쓰럽게 여겨지기도 했다.

모비 딕은 다시 전속력으로 헤엄쳐 가고 있다. 스타벅의 외침대로 모비 딕은 그저 자신의 갈 길을 방해받지 않기만을 바랄 뿐, 에이해브는 물론이고 누구도 해칠 의도가 없다. 하지만 에이해브는 이를 무시한다. 모비 딕의 속도가 느려지더니 마침내 보트가 모비 딕과 나란히 달리게 되었다. 에이해브는 작살을 모비 딕의 눈에 가까스로 던졌다. 그 작살과 저주가 늪에 빨려들듯 고래의 눈구멍에 꽂히자 모비 딕이 보트 뱃머리를 들이받았다. 그 타격으로 노잡이 세 명 중 두 명이 바다로 떨어졌고, 한 명은 보트의 뒷부분에 떨어져 가까스로 헤엄칠 수 있었다.

이때 모비 딕이 가까이 오고 있는 검은 피쿼드호를 보고는 갑자기 본선을 향해 돌진했다. 에이해브는 이미 판세가 기울었다는 걸 몰랐을까? 그는 후퇴를 명령하는 대신 돌진하라고, 배를 구하고 싶지 않느냐고 소리쳤다. 모비 딕의 아가리 속으로 들어가는 거나 다름없는데 말이다. 거의 모든 선원들이 갑판에 서서 넋을 잃은 듯 고래를 쳐다보고 있다. 모비 딕은 견고한 하얀 이마를 드러내며 피쿼드호의 오른쪽 뱃머리로 돌진했다.

그러고 나서 모비 딕은 에이해브의 보트 근처에서 잠수하며 숨을 고르고 있다가 쏜살같이 솟아올라 수면에서 잠시 정지 상태로 머물러 있었다. 에이해브는 … 나는 끝까지 너와 맞붙어 싸우겠다. 지옥 한복판에서 너를 찔러 죽이고, 증오를 위해 내 마지막 입김을 너에게 뱉어 주마,라고 소리치며 작살을 던졌다. 작살에 찔린 모비 딕이 앞으로 달아나는 바람에 밧줄이 빠른 속도로 풀어지다가 엉켜 버렸다. 에이해브는 가까스로 엉킨 밧줄을 풀었지만 밧줄의 고리가 허공을 날아와 에이해브의 목을 감고 소리 없이 보트 밖으로 날아갔다. 선원들 누구도 그가 없어진 것을 알아차리지 못했다. 선원들은 한참 만에야 본선을 돌아보았지만, 피쿼드호는 거의 사라져 가고 있었다. 선원들은 덧없는 신기루 속에 있는 것처럼 … 모선이 비스듬히 기울어진 채 환영처럼 사라져 가는 것을 보았다. 그 와중에 이교도 작살꾼들은 가라앉고 있는 돛대 위에서 바다를 망보고 있었다. 이등 항해사의 작살잡이인 타슈테고는 거센 파도가 덮치는 와중에도 팔을 뻗어 에이해브의 명령대로 피쿼드호의 깃발을 활대에 망치로 박았다. 그리고…… 소용돌이가 생물과 무생물을 가리지 않고 피쿼드호의 모든 것을 삼켜 버렸다. 피쿼드호는 완전히 바다 밑으로 가라앉았다. 이 모든 것이 지나간 후 다시 고요가 찾아왔다. 바다라는 거대한 수의는 5천 년 전에 굽이치던 것과 마찬가지로 물결치고 있었다.

이것이 『모비 딕』이라는 거대한 연극의 마지막 장이었다. 총 135장의 마지막이었고, 3년간 항해의 종착지였다. 모든 것이 사라졌다. 없어져 버렸다. 마치 내가 지상에 살아남은 마지막 인간이 되어 피쿼드호가 한 점으로 소실되는 장면을 목격한 것만 같았다. 문득, 지구가 멸망한다면, 세상에 종말이 온다면 이런 장면일지도 모르겠다는 생각이 들었다.

나는 한동안 멍하니 있다가 이슈메일과 퀴퀘그를 떠올렸다. 이슈메일이 살아남은 건 이미 알고 있다. 이 기록을 남겼으니까. 그럼 퀴퀘그는 어찌 되었을까. 마지막 추적 날에도 둘의 이름은 등장하지 않았다. 그러다가 에필로그가 남았다는 것이 생각났다. 하지만 에필로그 아래의 문장을 읽자 가슴 한쪽이 텅 비어 버린 것 같았다.

나만 홀로 피한 고로 주인께 고하러 왔나이다. ─ 욥기

이슈메일만 살고 퀴퀘그는 죽었구나⋯⋯. 나는 몇 번이나 숨을 가다듬은 다음 『모비 딕』의 마지막 본문을 천천히 읽어 내려갔다. 이슈메일은 어떻게 살아남았을까. 마지막 날 에이해브가 탄 보트의 노잡이 세 명이 내동댕이쳐졌을 때 보트의 뒷부분에 떨어진 노잡이가 바로 이슈메일이었다. 이슈메일은 모든 참극을 목격했다. 이슈메일도 피쿼드호의 침몰로 생긴 소용돌이로 서서히 끌려갔지만 중심에 닿았을 때 소용돌이는 힘이 약해져서 하얀 거품이 이는 웅덩이가 되어 있었다. 그 중심에서 퀴퀘그의 관이 될 뻔했다가 피쿼드호의 구명 부표로 사용했던 검은 통나무배가 수면으로 떠올랐다. 나는 울컥했다. 퀴퀘그가 시간이 날 때마다 자기 몸의 문신 문양을 이 통나무배

에 새긴 장면이 떠올랐기 때문이다. 퀴퀘그가 이슈메일을 살린 거나 다름없다……. 이슈메일은 그 관에 의지하여 … 망망대해를 떠돌다가 그다음 날 레이첼호에 구조되었다.

그럼 퀴퀘그는 어디에 있다가 죽은 것인가. 나는 모든 것이 사라져 가는 장면을 다시 읽다가 바로 알아차렸다. 피쿼드호가 가라앉는 중에 돛대 위에서 망을 보던 이교도 작살꾼들 중에 퀴퀘그가 있었다. 그는 돛대 위에서 바다를 바라보며 무슨 생각을 했을까. 왕이 될 운명을 잠시 미뤄 두고 고향을 떠난 것을 후회했을까. 동족을 번영시키기 위해 기독교도한테서 뭔가를 배우고 싶어 한 자신의 열망이 헛되었음을 자책했을까……. 아니다, 우리의 퀴퀘그는 이렇게 후회하며 삶을 마감하지는 않았을 것이다. 코코보코섬의 전설대로 수평선 너머 파란 바다와 파란 하늘이 합쳐져 은하수의 하얀 물결이 된다는 그 어디 무렵을 바라보며, 죽은 다음 자신의 영혼이 그 하얀 물결에 실려 하염없이 떠돌 거라는 걸 믿으며 죽음을 받아들였을 것이다.

머리가 멍하고 온몸의 힘이 다 빠져 버렸다. 비극으로 끝날 거라는 걸 알고 있었음에도, 모비 딕과의 사투가 이루 말할 수 없이 안타까웠다. 그리고 엄청 아쉬웠다. 이렇게 끝나는 게 아쉽고, 또 왠지 모르게 억울하기도 했다. 더는 본문이 없고 '옮긴이의 주'와 '옮긴이의 덧붙임'밖에 없다는 걸 알면서도 남은 책장을 급하게 넘겨 보았다.

128

작가는 사흘간의 추적 동안 자신의 생각을 거의 쓰지 않았다. 잃어버린 아이들을 찾아 헤매다가 엉뚱한 고아를 발견한 것이다,라는 문장으로 작품을 끝내기에는 작가 스스로도 아쉬웠을 것 같은데, 왜 더 쓰지 않았을까. 이제 좀 그만 썼으면 싶을 정도로 작가는 고래에 대해 많은 걸 써 놓았고, 예기치 않게 불쑥불쑥 자신의 목소리를 날것으로 드러냈는데, 왜 결말에서는 시치미를 뚝 떼고 침묵한 채로 책을 끝내 버렸을까.

나는 소리치고 싶었다. 이미 죽은 지 100년도 훨씬 넘은 작가에게 소리치고 싶었다. 더 쓰라고! 무슨 말이라도 더 하라고! 나는 머리를 쥐어뜯었다. 도서관에 계속 있으면 정말 소리칠 것 같아서 부리나케 일어나 나갔다. 계단을 뛰어 내려가서 밖으로 나가자마자 있는 힘껏 소리를 질렀다.

으아, 아아, 아아, 아아아아아!

나는 눈에 보이는 길로 그냥 내달렸다. 여러 가지가 뒤섞여 하나로 이름 붙일 수 없는 감정들이 마구 솟구쳐 올랐다. 아무 생각도 하고 싶지 않았다. 모비 딕, 이슈메일, 퀴퀘그, 스타벅, 피쿼드호 그리고 가장 이해할 수 없는 인간 에이해브, 그리고 『모비 딕』의 세상을 알게 해 준 이새봄…….

나는 모든 이름들을 잊고 싶었다. 아니다, 엿새 동안 내가 오르락내리락한 천당과 지옥을 낱낱이, 하나하나 다 기억하고 싶었다. 아니다, 모비 딕을 모르던 엿새 전으로 다시 돌아갈 수만 있다면. 아니다, 『모비 딕』을 읽기 전과 후가 분명 다르지 않은가. 나는 『모비 딕』의 모든 것을 기억하고 소화해 내고 싶다. 아니다, 아니다, 아니다! 모르겠다, 정말 모르겠다!

나는 있는 힘을 다해, 무작정 달렸다.

12장.
살아 있음에 대한 책

5월 5일 토요일

그저께 『모비 딕』을 다시 다 읽었다.

그리고 어제저녁에 마침내, 그곳에 갔다. 꼭 그곳에 가야지, 혹은 가고야 말겠다고 생각한 적은 없다. 언젠가 갈 수 있겠지, 스쳐 지나갈 수라도 있겠지, 생각은 했지만 이렇게 빨리, 스스로 찾아가리라고는 예상하지 못했다. 『모비 딕』이 나에게 용기를 준 걸까…….

이 동네에는 엄마와의 추억이 쌓인 곳이 많다. 달리다가 엄마와의 기억이 떠오르는 곳을 지나치게 되면 마음이 너무 힘들어서 울지 않을 수가 없었다. 그렇다고 엄마와의 기억이 없는, 완전히 새로운 길을 찾을 수도 없었다. 이 동네에 그런 길은 없으니까.

그중에서도 제일 힘든 곳이 집 근처에 있는 어린이도서관이었다. 처음 내 이름으로 도서 대출증을 만든 뒤, 도서관을 간 날보다 가지 않은 날을 세는 게 더 빠를 정도로 자주 다녔다. 그리고 집 다음으로 엄마와 제일 많이 시간을 보낸 곳도 어린이도서관일 것이다. 지난 몇 년간 나는 의식적으로 그 도서관을 피해 다녔다.

도서관 앞에 다다르자, 뛰지도 않았는데 숨이 가빠졌다. 발바닥에 강력 접착제를 붙인 것처럼 발을 떼지 말고 잠깐만이라도 있어 보기로 했다. 눈물이 어려서 눈앞이 뿌예졌지만 울지 말자고 다짐하면서 도서관을 조용히 바라보았다. 불 꺼진 유리창들, 수없이 드나들던 출입문……. 아직도 1층엔 그림책과 정보서, 영어책이, 2층엔 동화책과 청소년 책, 어른 책이 있을까. 아직도 2층엔 숲이 보이는 커다란 유리창 앞에 탁자와 의자들이 가지런히 있을까…….

문득 도서 대출증을 처음 만들던 날이 떠올랐다. 유치원에 다닐 때였다. 그때 사서 선생님이 컴퓨터 모니터에 달린 카메라로 사진을 찍으면서 "어쩜, 엄마하고 똑같이 생겼네."라고 했다. 나는 그 말에 얼굴을 돌려 엄마를 보고 빙긋 웃었는데 그 순간 사진이 찍혔다. 살짝 옆으로 돌린 얼굴. 사서 선생님이 다시 찍자고 했는데 나는 그 사진이 좋았다. 옆에 있는 엄마를 올려다보며 웃는 얼굴. 나 혼자 찍혔지만 꼭 엄마와 같이 있는 사진 같았다. 그때 엄마도 따라 웃었는데 그 얼굴이

132

선명하게 떠오르지 않는다. 엄마가 무슨 옷을 입었는지, 도서관에 갈 때마다 늘 들고 다니는 그 천가방을 들었는지도 기억나지 않는다. 제대로 기억나는 게 없었지만, 마음이 많이 아프지는 않았다.

그렇게 한참 도서관을 마주하고 있는데…… 꼭꼭 싸매져 있던 마음속의 무언가가 느슨해지는 느낌이 들었다. 그때 갑자기 가로등의 불이 켜졌다. 나와 도서관이 세상이라는 무대의 주인공이라도 된 것처럼 환해졌다. 나는 웃음이 나왔다. 마치 내가 빛의 세례를 받고 온몸이 빛으로 가득해져 투명해진 느낌이 들었다. 나는 소리 없이 계속 웃으며 집으로 천천히 발걸음을 옮겼다.

그리고 오늘 낮에 달리기 시작하면서 맨 먼저 어린이도서관 쪽으로 갔다. 잠깐 멈춰 서서 도서관을 올려다보았다. 도서관은 닫혀 있었다. 다시 달린 지 얼마 되지 않아 오늘이 어린이날이라는 걸 깨달았다. 뒤돌아 도서관을 바라보다가 계속 달렸다. 문득, 도서관과 멀어질수록 어린 시절이 저 멀리 소실점으로 사라지는 것 같은 기분이 들었다. 이런 순간들이 모여 어른이 되는가 보다……. 그런데 신기하게도 전혀 섭섭하거나 아쉽지 않았다.

고등학교에 입학하고 나서 처음 맞는 연휴다. 어제부터 7일까지 나흘이나 학교에 가지 않는다.

학교에 가고 싶다. 목소리들이 그립다. 그리고 그 아이가 보고 싶다.

그 아이에게 『모비 딕』을 선물해야겠다. 정지석, 그 애한테.

5월 8일 화요일

오늘 『모비 딕』을 반납하면서 두 번 읽었다고 말했다.

사서 선생님이 깜짝 놀라며 말했다.

"정말? 두 번이나? 너, 정말 대단하다! 『모비 딕』을 포기하지 않고 다 읽다니!"

책은 내가 읽은 건데 선생님이 무척이나 좋아했다.

"그런데요, 선생님. 이 책은 죽음에 대한 책이 아니라 삶, 살아 있음에 대한 책이었어요."

내 말에 선생님은 눈물까지 글썽였다. 선생님은 노란 포스트잇을 한 장 건네며 기억에 남는 구절을 써 달라고 했다. 나는 잠시 생각하다가 이 문장을 적었다.

진정한 힘은 결코 아름다움이나 조화를 손상시키지 않고, 오히려 아름다움과 조화를 가져다준다. 당당한 아름다움을 지닌 모든 것이 발휘하는 불가사의한 매력은 힘과 깊은 관계가 있다.

이 구절은 작가가 고래의 꼬리를 찬양하며 쓴 문장이지만 인간에게도 해당된다고 생각한다. 진정한 힘, 진정한 아름다움과 조화에 대해 생각해 보게 한다.

사서 선생님이 내가 쓴 포스트잇을 붙이며 말했다.

"이 문장하고 이전 학생이 써 놓은 문장하고 완전히 다르네. 책 제목이 없으면 같은 작품이라고 생각하지도 못할 것 같다. 나, 이 책 다시 시도해 봐야겠다."

"아, 선생님. 그 『모비 딕』 포스트잇 쓴 학생이 누구예요?"

"올해 졸업했어. 꽤 괜찮은 남학생이었지."

선생님이 눈을 찡긋하며 나를 보고 웃었다. 학교에 다니고 있으면 이 책에 대해 얘기를 나눌 수 있을 텐데, 조금 아쉬웠다.

정말 『모비 딕』은 죽음에 대한 책이 아니었다. 물론 많은 죽음이 등장한다. 고래들이 숱하게 죽고, 마찬가지로 많은 인간들이 고래를 사냥하다가 죽었다. 하지만 이 책은 죽음에 대한 책이 아니었다. 두 번 읽고 나니 알겠다. 이 책은 살아 있는 것, 살아 있음에 대한 이야기였다. 나는 이제 열여덟 살이지만 앞으로 더는 새로운 일도, 새로운 감정도 겪을 것이 없을 줄 알았다. 엄마의 소멸을 겪었고, 죽음을 알게 되었다. 빈자리, 상실, 부재, 공포, 혼자 있던 길고 긴 시간들, 홀로 남은 아빠……. 세상을 다 알게 되었다고 생각했다.

하지만 이 책에는 내가 한 번도 느끼지 못한 감정과 느낌들, 그리고 겪어 보지 못한 세상이 있었다. 어떻게 언어로 이렇게 표현할 수 있을까 싶을 정도로 생생하게, 무척이나 아름답게, 가슴을 후벼 파듯 고통스럽고 처절하게, 때론 황홀하게, 때론 아련하게…… 내가 표현할 수 있는 수식어로는 이 정도밖에 쓰지 못하겠다. 인간이 가진 오감을 뛰어넘는, 다른 초미세 감각이 허먼 멜빌에게 있는 것만 같다.

나는…… 『모비 딕』을 읽고 나서 살고 싶어졌다. 지구에서의 삶이 주는 모든 황홀과 경이, 그리고 심지어 처절한 고독마저도 '의식하면서' 다시 느껴 보고 싶다. 이슈메일이 순전한 마음과 정신 속에서 항해를 하며 모든 걸 받아들이고 느꼈듯이 나도 그렇게 살고 싶다. 나만의 세계에서 벗어나 내 모든 감각을 열어 놓고 모든 자연과 사람과 다른 그 모든 것들을 대하고 싶다. 그리고, 그렇게 하다 보면, 언젠가, 언젠가는 극복이 될 것이다. 죽음, 엄마의 죽음. 나는, 죽음을 극복하고 싶다. 아…… 죽음이라기보다, 어떤 식으로든 이 세상을 떠날 수밖에 없는 인간의 운명을…… 받아들이고 싶다.

13장.
D-6

나는 잠시라도 땅에 발을 붙이고 서 있을 수 없었다. 달리다가 빨간불이 켜져 있는 신호등을 만나면 기다리지 못하고 방향을 바꾸었다. 땀이 비 오듯 흘러서 앞이 뿌옇게 보이고 눈도 따가웠다. 책을 읽고 이렇게 머릿속이 복잡하긴 처음이었다. 미칠 것 같았다. 작가가 거대한 연극의 결말에 대해 왜 더는 쓰지 않았는지 이해가 되지 않았다. 책 속 인물들의 마지막 모습이 계속 떠올랐다. 밧줄의 고리에 목이 감겨 바닷속으로 떨어지는 에이해브, 가라앉는 돛대에 매달린 채 하늘 저 너머를 응시하는 퀴퀘그, 그리고 자신의 우주였던 피쿼드호가 사라지는 걸 목격하고 나서 망망대해를 떠돈 이슈메일……. 눈물이 핑 돌았다. 왜 이새봄은 하고많은 책 중에 이 책을 선물했을까.

새봄이가 떠오르자 뛰는 걸 멈출 수 있었다. 숨이 계속 차올라서 몸을 가누기가 힘들었다. 그냥 시멘트 바닥에 털썩 주저앉았다. 줄줄 흘러내리는 땀을 털어 내다가 축축한 티셔츠 앞자락으로 얼굴을 닦았다. 목이 마르다 못해 온몸이 타들어 가는 것 같았다. 가쁜 숨을 가다듬으며 주머니를 뒤졌다. 휴대 전화도, 지갑도 없었다.

"그냥 뛰쳐나왔구나, 제기랄…… 여기가 어디쯤이야?"

나는 주변을 둘러보았다. 시에서 운영하는 문화센터 건물이 저 앞에 보였다. 도서관까지 되돌아갈 생각을 하니 아득했다. 눈에 띄는 건 전부 말려 버리겠다는 듯 태양이 뜨거운 열기를 뿜어내고 있었다.

'가자마자 새봄이한테 연락해야겠어.'

나는 일어나서 천천히 걸었다. 생각보다 다리는 괜찮았다. 가볍게 뛸 수도 있을 것 같았다. 하지만 목이 너무 말라서 달리다가는 돌아 버릴지도 모르겠다는 생각이 들었다. 도서관까지 걸어가는 동안 파출소와 주민센터에 들러 물을 마셨다. 파출소와 주민센터가 고맙기는 태어나 처음이었다.

드디어 도서관에 도착했다. 화장실에 들러 찬물로 세수를 하고 거울을 보았다. 머리카락에서는 물이 뚝뚝 떨어지고 얼굴은 시뻘겋게 상기되어 있었다. 몸에서 더운 열기와 땀 냄새가 아지랑이 피어오르듯 퍼져 나왔다.

'왜 다른 사람 같지?'

한 번 더 세수한 다음 다시 거울을 봤다.

'뭔가 달라진 것 같은데…… 뭐지?'

다시는 웃을 수 없을 것만 같고, 왠지 원래 자리로 돌아가는 게 힘들지도 모르겠다는 생각이 들었다. 낯익은 것들, 이를테면 집, 식구들, 친구들, 거리, 학교, 도서관 같은 익숙한 것들을 마주하기가 두려웠다. 그 와중에도 내가 속한 세계가 이리도 좁구나 싶어 한숨이 나왔다. 나는 거울 속의 무표정한 내 얼굴을 한동안 바라보다가 열람실로 들어갔다.

내 자리는 『모비 딕』을 읽던 그대로, 뛰쳐나가기 전 그대로였다. 가방은 의자 뒤에 얌전히 매달려 있었다. 뒤집어 펼쳐 놓은 책표지의 커다란 검은 동공이 나를 바라보았다. 모비 딕의 검은 동공과 눈주름들을 천천히 쓰다듬었다. 이 책을 다 읽었구나, 조금 실감이 났다. 마침내 새봄이에게 연락할 수 있게 되었다. 나는 책 밑에서 휴대전화를 꺼내서 나왔다.

열람실 밖에 있는 정수기에서 물을 몇 번이나 마시고는 새봄이에게 연락했다. 몇 번 신호가 가고 곧 새봄이가 전화를 받았다.

나는 침착하게 말했다.

"책 다 읽었다."

"와, 엿새 만에? 빨리 읽었네."

"그 약속 유효한 거지? 날마다 만나겠다는 약속 말이야."

오늘 아침만 해도 새봄이를 만날 수 있다는 생각에 마음이 하늘까지 닿을 듯 들떴는데, 이상하게도 지금은 그러지 않았다. 괜히 목소리까지 퉁명스럽게 나왔다.

"그럼. 너 어디야?"

"새로 생긴 복지관 알아? 거기 있는 도서관."

"알아. 곧 출발할게. 버스 타고 가니까 삼십 분쯤 걸릴 거야."

새봄이는 눈치가 없는 건지, 내내 목소리가 밝았다.

"오면 전화해."

나는 전화를 끊었다. 갑자기 배에서 꼬르륵 소리가 났다. 허기가 심하게 느껴졌다. 그길로 지갑을 들고 밖으로 나왔다. 제일 만만한 분식집으로 가서 김밥 두 줄을 먹었다. 맛이 어떤지 느껴지지도 않았다. 이렇게 허기를 느낀 것도 처음이고 흡입하듯 음식을 먹은 것도 처음이었다.

분식집을 나와 다시 도서관으로 갔을 때 새봄이가 그 앞에서 서성이고 있었다. 하늘색 티셔츠에 청반바지를 입었는데 아래쪽으로 내려올수록 하늘색이 점점 짙어졌다. 꼭 바다 물결 같았다. 등에 작은 가방을 메고 늘 그랬듯 운동화를 신었다. 새봄이가 전화를 걸려다가 나를 보았다. 새봄이와 눈이 마주치는 순간, 이새봄 심실이 뛰기 시작했다.

새봄이가 해맑게 웃으며 말했다.

"지금 전화해 보려던 참이었어."

새봄이를 향해 폭포처럼 쏟아져 흐르던 열띤 감정들이 어느새 잔물결로 바뀌어 있었다.

"점심 먹고 왔어. 많이 기다렸어?"

아까와 달리 목소리가 부드럽게 나왔다.

"아니, 좀 전에 왔어. 이젠 나한테 화 안 내네?"

새봄이가 눈치가 없는 게 아니었다.

"어, 어……. 아까는 나도 모르게 말이……."

뭐라고 해야 좋을지 몰랐다. 엿새 만에 만나는 건데도 꼭 새봄이와 처음 얘기하는 것처럼 쑥스러웠다.

"나도 처음 『모비 딕』 다 읽었을 때 머릿속이 하애졌거든. 너도 그러려니 했지."

"그래, 엄청난 책이었어……. 너, 이 안에 있을 수 있겠어? 여기 카페가 있거든. 내가 시원한 거 사 줄게. 책도 선물 받았으니까……."

"있어 보지 뭐. 요즘은 달려 나가는 횟수가 많이 줄었어. 그래도 혹시나, 내가 갑자기 뛰쳐나가도 놀라지 마."

새봄이의 얼굴은 진지했다. 나는 고개를 끄덕였다. 새봄이가 뛰쳐나가면 나도 뒤따라 달리면 된다고 생각했다. 새봄이는 자몽주스를, 나는 아이스커피를 주문했다. 내가 음료수를 가지고 자리로 갔을 때 새봄이는 가방을 멘 채로 의자에 앉아 있었다. 가방을 벗으라고 말하려다 말았다.

커피를 한 모금 마시자마자 새봄이에게 물었다.

"너는 어떻게 『모비 딕』을 읽게 됐어? 누구한테 선물받은 거야?"

"아니, 학교 도서실에서 우연히 발견했어. 학생들이 붙여 놓은 포스트잇 알지? 거기서 『모비 딕』 문장을 봤어. 그 문장이 나를 확 끌어당겼어."

"어떤 문장인지 말해 줄 수 있어?"

내 물음에 새봄이가 대답했다.

"그럼, 이젠 바로 말할 수 있어. '인간은 누구나 포경 밧줄에 둘러싸여 살고 있다. 모든 인간은 목에 밧줄을 두른 채 태어났다. 하지만 인간들이 조용하고 포착하기 힘들지만 늘 존재하는 삶의 위험들을 깨닫는 것은 삶이 갑자기 죽음으로 급선회할 때뿐이다.' 삶이 갑자기 죽음으로 급선회할 때뿐, 이 구절이 머릿속에서 사라지지 않더라고."

나는 눈을 동그랗게 뜨고 물었다.

"헉, 어떻게 그걸 외우냐? 어느 장에 나오는 거지?"

새봄이가 연하게 웃으며 말했다.

"나한테 특별한 문장이니까……. '포경 밧줄' 장 끝에 나와. 포경 밧줄이 풀려 나가기 직전 노잡이들 주변에서 굽이치고 있을 때를 '우아한 평안'이라고 하면서 이때가 훨씬 더 공포스럽다고 했어."

"아, 그래. 기억난다. 포경 밧줄이 고래잡이에서 엄청 중요하다고 몇 차례나 나왔었어. 사실, 우리는 주변에 죽음을 둔 채로 살고 있는 거나 마찬가지잖아. 그 죽음이 실체를 드러낼

142

때에야 눈치채지만."

새봄이가 말없이 고개를 끄덕이다가 다시 말했다.

"처음엔 그냥 그 문장이 꼭 내 얘기 같다, 내 현실하고 똑같다, 이런 생각만 했는데, 읽으면서 나중에 깨달았어. 내가 죽음이란 걸 이겨 내고 싶어 한다는 걸. 엄마가 자전거 타고 가다가 차랑 부딪쳐서 돌아가셨거든. 엄마가 돌아가신 시기랑 세월호 참사랑 겹쳐서 더 힘들었는지도 모르겠어……. 밖에 온통 자전거, 자동차잖아. 또 사람들을 보면 언제 죽을지 모른다는 생각이 먼저 들고……. 그런데 나는 아무것도 할 수 없다는 것. 엄청 무섭고 무기력하고……. 그래서 오랫동안 집에만 있었어."

나는 새봄이를 한참 바라보았다. 옆으로 가서 안아 주고 싶었지만 가만히 있었다.

"네가 이렇게 길게 얘기하는 거 처음 본다."

속내와 다른 말이 툭 튀어나왔다.

"어휴, 미치겠네. 내가 하고 싶던 말은 그게 아니고……."

나는 당황해서 말을 하다가 말았다.

새봄이가 빙긋 웃었다.

"너 좀 엉뚱한 데가 있네. 하하, 그래도 좋아."

"뭐? 좋다고?"

나는 새봄이의 말에 깜짝 놀라 나도 모르게 자리에서 벌떡 일어섰다.

새봄이가 나를 똑바로 보며 말했다.

"응, 좋다고."

나는 놀라서 벌어진 입을 다물지 못했다.

"계속 서 있을 거야?"

"아니, 아니, 앉을게."

새봄이는 나와 참 달랐다. 나 같으면 절대로 할 수 없는 속 옛말을 잘 얘기했다. 나는 당황스러우면서도 좋았다. 새봄이도 날 좋아하는 것 같으니까. 나는 자리에 앉았지만 새봄이와 눈을 맞출 수가 없었다. 얼굴이 뜨듯해지고 이새봄 심실이 미친 듯 뛰었다.

"아까 전화 받았을 때 예상보다 네 목소리가 너무 건조해서 못 만나는 줄 알았어."

"내가 왜? 이 좋은 기회를! 날마다 너를 만날 수 있다는 그 말이 이 책을 읽게 한 동력이나 다름없는데?"

말하고 나서 새봄이의 눈을 바라보았다. 새봄이가 말없이 웃었다.

"작가의 목소리가 쏙 빠져 있어서 화가 났어. 이슈메일이라도 목숨을 건진 게 다행스럽게 여겨지지도 않고, 퀴퀘그가 바다 밑으로 잠겨 가는 장면만 떠오르고⋯⋯. 또 너는 왜 하필 이 책을 선물했을까, 그동안 엄청 궁금했거든. 다 읽고 나니까 괜히 원망스럽더라고. 그래서 마구 달렸어. 달리고 나니까 좀 가라앉았어. 네 생각도 났고."

144

"달렸다고?"

"응, 계속 앉아 있으면 소리 지르겠다 싶어서 그냥 박차고 나왔지."

나는 새봄이를 한 번 보고는 이어 말했다.

"다시 도서관으로 오면서 깨달았어. 결말을 그렇게 끝낸 건 작가 마음이겠지. 내 옆에 작가가 있었다면 멱살이라도 잡았 겠지만 어떡하겠어? 이미 죽은 사람인걸."

"멱살?"

새봄이가 큰 소리로 웃었다. 이렇게 활짝 웃는 건 처음 본다.

"아, 멱살이라니, 허먼 멜빌에 대해 한 번도 떠올린 적 없는 단어야. 나는 '큰절'을 떠올렸는데. 너, 참 독특하다. 계속 얘기 하고 싶어."

계속 얘기하고 싶다는 새봄이의 말에 또다시 얼굴이 달아 올랐다.

"근데 왜 큰절이 떠오른 거야? 혹시, 큰절이라도 하고 싶어 서?"

"응, 이런 작품 써 줘서 고맙다고. 발표 당시에는 호응을 얻 지 못했대. 하지만 나한테는 정말 고마운 작품이야."

나는 조심스럽게 물었다.

"음…… 죽음에 대해서는? 생각이 좀 달라졌어?"

"글쎄…… 극복이 되었는지는 모르겠어. 하지만 좀 바뀐 것 같아. 살고 싶어졌거든."

"살고 싶어졌다고?"

나는 깜짝 놀라 되물었다. 그럼 그동안 죽고 싶은 적도 있었다는 건가.

새봄이가 이어 말했다.

"응, 살고 싶어졌어. 내가 겪어 보지 못한, 내가 모르는 세상이 아직도 무궁무진하다는 걸 알았어. 나는…… 이미 모든 걸 다 겪었다고 생각했거든."

나는 무슨 말을 해야 할지 몰랐다. 새봄이는 이미 지옥을 경험한 아이다. 그리고 나의 경험과 추측과 상상의 스펙트럼을 뛰어넘은 아이다. 그런 아이가 『모비 딕』을 읽고 살고 싶어졌다니, 나 또한 허먼 멜빌에게 큰절을 하고 싶었다. 멱살 운운한 걸 아주 정중하게 사과하고 싶었다. 나는 테이블 위에 놓여 있는 새봄이의 손을 꼭 잡아 주고 싶었지만 팔을 뻗지 못했다.

"저녁 먹고 집에 가도 돼? 너한테 저녁 사 주려고 용돈 모았는데."

새봄이가 잠시 생각해 보더니 말했다.

"아마 될 거야. 요즘 업무 정리하시느라 아빠가 종종 늦게 오거든. 이따 아빠한테 전화해 볼게."

"꼭 같이 먹을 수 있으면 좋겠다. 근데 왜 서귀포로 이사 가는 거야?"

"아빠가 제주도로 전근 신청을 하셨어, 나 때문에."

"왜 너 때문이야?"

"내가, 고래를 직접 보고 싶다고 했거든. 근데 아빠가 이사까지 결정하실 줄은 몰랐어."

"단지 그 이유로 이사를 간다는 거야?"

"아빠 말로는, 내가 고래를 보고 싶다고 말했을 때 표정이 정말 행복해 보였대. 그 표정을 몇 년 만에 봐서 잊을 수가 없다고 하더라고. 엄마랑 오랫동안 살던 집이긴 한데……. 한번쯤 이사하는 것도 괜찮을 것 같아. 아예 집을 판 건 아니니까, 언제든 다시 올 수 있대."

새봄이의 표정이 갑자기 굳어졌다.

"지금 나갈래? 더는 못 앉아 있을 것 같아서……."

새봄이는 말끝을 흐리면서 바로 일어섰다. 나도 따라 일어섰다.

"어, 어, 그래. 먼저 나가서 기다려. 얼른 가방 들고 나갈게."

내 마음도 덩달아 바빠졌다. 짐들을 대충 가방에 넣은 뒤 얼른 도서관을 나왔다. 오후 다섯 시쯤이었는데 아직 한낮같이 더웠다. 어디로 가야 할지 몰랐다. 점심 먹은 게 한참이나 된 듯 배가 또 고팠지만 저녁 먹기엔 이르다고 생각했다. 새봄이가 가방에서 야구 모자를 꺼내 쓰며 말했다.

"아빠가 저녁 먹고 와도 된다고 했어. 일찍 저녁을 먹을까? 배가 좀 고픈데."

나는 반가워하며 물었다

"좋아. 나도 배고프거든. 뭐 좋아해?"

"대체로 잘 먹어."

"그럼, 우리 파스타 먹자. 생각해 둔 데가 있어."

지하철역으로 가는 길에 레몬색 간판의 파스타 가게를 본 적이 있다. 작아서 조용할 것 같고, 또 작아서 새봄이와 가까이 앉을 수 있을 것 같았다.

"걸을 수 있겠어?"

"그럼. 큰 마트 근처야. 걸어서 20분 정도?"

새봄이는 그제야 편안하게 웃었다.

우리는 본능적으로 햇살을 피하려고 그늘 쪽으로 붙어 걸었다. 새봄이가 걸을 때마다 나는, 청반지 스치는 소리가 경쾌했다. 새봄이의 티셔츠 반팔 소매가 규칙적으로 내 팔뚝에 닿았다가 떨어졌다. 꼭 잔잔한 물결이 간질이는 것 같았다. 이대로 지구 끝까지 걸으면 좋겠다는 생각이 들었다.

나는 새봄이에게 묻고 싶은 게 하나 있었다.

"궁금한 게 있어. 대답하기 싫으면 안 해도 돼. 너, 입학식 날에 자기소개 할 때도 오랜만에 학교 나왔다고 했고, 아까도 오랫동안 집에만 있었다고 했잖아. 얼마나 오래 그랬던 거야?"

"음, 4년 정도."

"헉, 4년이나? 집에만?"

"간간이 병원에도 있었어."

새봄이는 아무렇지도 않은 듯 대답했다.

"혼자?"

"아빠가 회사를 쉬셨지."

"그랬구나……. 근데 집에서 뭐 했어?"

"잘 기억이 안 나, 뭐 했는지. 아무것도 하지 않아도 해가 지고 뜨고 하더라. 아, 맞다. 작년 여름에는 중학교 검정고시를 봤어."

나는 갑자기 발걸음을 멈추고 새봄이를 보며 말했다.

"아, 잠깐만. 너, 4년 만에 학교 온 거라고 했지. 그럼…… 나보다 한 살 많은 거야?"

나는 아니길 바라며 새봄이에게 물었다. 새봄이가 한 살 일찍 초등학교에 입학했거나, 뭐 그런 일이…….

"어, 그렇지 뭐."

이번에도 새봄이는 아무렇지도 않은 듯 대답했다.

"헉, 그럼, 누나잖아!"

나도 모르게 목소리가 커졌다.

'연상이라니. 처음인데, 첫 여자 친구인데…….'

당황스럽고 머릿속도 복잡해서 무슨 말을 해야 할지 몰랐다.

"나이로 따지지 말자. 같은 학년이잖아. 누나로 불리는 거 내키지 않아."

새봄이가 나를 보며 어색하게 웃었다.

'애가 다른 아이들하고 좀 다르다 했더니 한 살 많아서 그

런 거였나. 아냐, 나이가 무슨 상관이야……'

그때 새봄이가 말했다.

"내가 한 살 더 많은 게 그렇게 큰일이야?"

새봄이가 내 눈을 한 번 쳐다보고는 다시 걷기 시작했다. 화난 표정은 아니었다. 나는 빨리 옆으로 다가가서 말했다.

"솔직히 꽤 놀랐어. 너 생각해 봐, 네가 나하고 나이가 다를 거라는 생각을 내가 해 봤겠어?"

새봄이가 고개를 한 번 끄덕이더니 말했다.

"음…… 그건 그렇네."

우리는 다시 걷기 시작했다. 그런데 나도 모르게 이런 말이 내 입에서 흘러나왔다.

"우린 『모비 딕』을 읽었잖아. 그렇다면, 뭔가 달라져야지. 나이, 성별 이따위 것들에 갇히지 말자. 우린 모두 다르잖아. 다 자기만의 색깔이 있는 거잖아. 더는 나이에 대해 생각하지 않을 거야. 누나라고 절대 안 불러. 혹시 나중에 누나라고 부르라고 해도 안 부른다, 알았지?"

나는 새봄이를 보며 빙긋 웃었다.

"알았어. 나중에 후회할 일이 생겨도 절대!"

새봄이가 크게 웃더니 이어 말했다.

"『모비 딕』을 읽고 나서 이런 생각을 했었어. 살아 있는 건 다 다르구나, 지구상에 똑같은 건 단 하나도 없구나. 그게 신기해. 정말 신기해. 그 전에는 단 한 번도 이런 생각을 해 본 적이 없어. 식구들, 친구들, 친척들 외에 다른 살아 있는 것에 대해선 생각해 본 적이 없어."

"나는 인간들에 대해서도 별로 생각해 본 적이 없어. 그러니 고래는커녕 동네 고양이나 강아지, 두더지나 굼벵이에 대해서는 더더욱 생각해 본 적이 없지."

"두더지나 굼벵이? 하하."

새봄이가 큰 소리로 웃었다. 웃음소리가 시원스러웠다.

"다 왔다, 저기야."

나는 횡단보도 건너편을 가리켰다. 통통한 레몬 같은, 자그마한 가게였다. 가게문과 차양이 모두 레몬색이었다. 문에 뚫려 있는 작은 유리창으로 투명한 빛이 보였다. 차양의 한 끝에 민트색으로 '쓰리 테이블즈'라는 가게 이름과 전화번호가 적혀 있었다. 모든 게 늘어져 있는 뜨거운 한여름의 거리에서 이 레몬색 가게만 상큼하게 빛나는 것 같았다.

우리가 그날 저녁의 첫 손님이었다. 희고 납작한 모자만 아니면 요리사라고 짐작하기 어려울 정도로 엄격한 인상에, 턱수염이 가지런한 남자가 우리를 맞았다. 차가운 에어컨 공기에 막 바닷가 여행지에 도착한 것처럼 몸과 마음이 시원해졌다. 4인용 테이블 둘, 2인용 테이블 하나, 정말 테이블이 세 개였다. 우리는 제일 안쪽의 2인용 테이블에 앉아 요리사가 건네는 물을 마셨다. 레몬이 떠 있어서 시원하면서도 뒷맛이 깔끔했다. 나는 토마토소스 파스타를, 새봄이는 로제 파스타를 주문했다.

조용한 가운데 새봄이와 마주 보고 있으니 다시 긴장이 되었다. 새봄이는 작은 가게 안을 이리저리 유심히 둘러보았다. 새봄이는 웃는 모습이 무지 예쁜데, 그 얼굴을 많이 보려면 내가 웃기는 수밖에 없고, 그런데 나는 타고나길 누구를 웃기는 재주는 없으니, 마술이라도 배워야 하나, 콩트 책 같은 걸 봐야 하나, 이런 수준 낮은 생각들만 하고 있는데, 요리사가 음식을 가져다주었다. "맛있게 드세요."라고 말하며 요리사가 되고 나서 처음 만든 음식을 손님에게 내는 것처럼 쑥스럽게 웃었다.

새봄이가 우물우물하며 말했다.

"진짜 맛있어."

"어, 내가 먹어 본 파스타 중에 최고다. 참, 전학 가는 학교는 개학이 언제야?"

"우리 학교보다 빨라. 8월 9일."

"뭐? 8월 9일?"

나는 포크를 내려놓고 다시 물었다.

"우리보다 닷새나 빠르네. 그럼, 넌 서귀포에 언제 가?"

"31일에 내려가. 아빠가 6일부터 출근하시거든."

나는 속으로 날짜를 세어 보았다.

'그럼, 만날 수 있는 날이 오늘 포함해서 엿새밖에 안 되네……'

우리는 한동안 아무 말도 하지 않고 먹기만 했다. 침묵을 깬 건 새봄이였다.

　"날마다 한 가지씩 너와 하고 싶은 걸 생각해 봤는데, 솔직히 말하면, 엿새도 못 채웠어. 더는 너하고 같은 학교에 다니지 못하는 건 아쉽지만, 괜찮다고 생각하기로 했어. 엿새라도 있어서 다행이야, 이렇게 말이야."

　꼭 새봄이가 내 속마음을 아는 듯 말했다. 점점 새봄이의 얼굴에 웃음이 번졌다. 나도 새봄이를 따라 조금씩 마음이 펴졌다.

　"엿새를 못 채웠다 이거지? 몇 가지 생각해 놨어? 내가 나머지 다 채워 줄게."

　고작 새봄이와 도서관에 같이 앉아 책 읽고 음악 듣고 손잡을 것만 생각했으면서 큰소리를 쳤다. 새봄이가 말없이 싱긋 웃었다.

　어느새 그릇이 다 비었다.

　"진짜 맛있는데, 양이 적나? 나는 뭐 좀 더 먹었으면 좋겠어."

　새봄이의 말이 반가웠다.

　"너도 그래? 나도 더 먹고 싶다. 메뉴판 다시 달라고 하자."

　우리는 마늘빵과 샐러드를 또 주문했다. 한 달 용돈의 반이 날아갔다.

　그때 새봄이가 또 내 마음을 아는 듯 말했다.

"우리 음식값 각자 내자. 날마다 만날 거니까 그게 편할 것 같아."

"음, 오늘 저녁만 내가 낼게. 너는 책도 선물해 줬잖아."

새봄이가 웃으며 말했다.

"그럼, 너도 나한테 책 선물해 줘. 그게 공평하지. 나도 너한테 책 선물 받고 싶어."

"뭐? 책 선물?"

나는 잠시 생각했다.

'그 많은 책 중에서 어떻게 고르지? 여자 친구에게 처음 주는 책인데…….'

누군가를 좋아하면 그만큼 용기도 생기는 모양이다.

"응, 그래. 자신은 없지만, 골라 볼게."

잠시 뒤 요리사가 음식을 갖다주었다.

"얼른 먹자, 이것도 맛있겠다."

새봄이가 꼭 맛있는 음식을 앞에 둔 5학년 내 동생처럼 달뜬 얼굴로 말했다.

나는 마늘빵을 하나 집어 들고 물었다.

"우리, 낼은 뭐 할까? 네가 생각해 둔 건 뭐야?"

"음, 몇 가지 안 돼. 이 근처에 고인돌 있는 거 알아? 나도 우연히 발견했는데, 그 고인돌을 같이 보고 싶어. 우리 동네 누리길에 있어."

"진짜? 우리 동네에 고인돌이 있다고? 헉, 몰랐어. 그리고?"

"바다. 바다에 같이 가고 싶어. 『모비 딕』 읽고 나니 바다에 엄청 가고 싶더라고. 을왕리 바닷가 알아? 어려서 여러 번 갔었거든. 여름에도 가고, 눈 온 날 엄마랑 둘이 간 적도 있고⋯⋯. 오랜만에 거기 가 보고 싶어. 내 기억엔 오래 걸리지 않았던 것 같은데, 우리는 차가 없으니까 대중 교통으로 가야 해."

"아, 거기 알아. 나도 어려서 여러 번 갔었어. 버스 있을 거야. 내가 거기 가는 버스를 어디서 본 것 같아. 또 뭐가 있어? 나랑 하고 싶은 거."

"이젠 없어. 그게 다야."

"뭐? 고작 두 가지밖에 안 돼?"

새봄이가 배시시 웃었다.

"나머지는 내가 채워 줄게. 혹시 생각나면 얘기해."

나는 활짝 웃으며 새봄이를 바라보았다. 새봄이도 환하게 웃었다. 지난 4월, 새봄이와 처음 달리고 나서, 발갛게 상기된 얼굴로 웃던 새봄이의 얼굴이 떠올랐다. 나는 새봄이가 늘 지금처럼 환하게 웃으면 좋겠다고 생각했다.

우리는 저녁 식사 값을 반씩 나누어 내고 가게를 나왔다. 일곱 시가 넘었는데도 가게 문을 열자마자 열기가 훅 밀려왔다. 새봄이에게 좀 더 이따가 집에 가도 되냐고 묻고 싶었지만 참았다.

"너희 집까지 걸을래?"

나는 새봄이와 가능한 한 오래 있고 싶었다.

"응, 좋아. 이쪽으로는 한 번도 안 달려 봐서 길을 모르는데, 네가 아는 거지?"

"그럼, 잘 알지."

우리는 걷기 시작했다.

"방향을 정하고 달리는 거야? 이쪽으로는 안 와 봤다고 해서 말이야."

내 물음에 새봄이가 잠시 생각하다가 말했다.

"글쎄, 아닌 것 같아. 그냥 내 발이 달리는 대로…… 나도 잘 모르겠어. 왜 이쪽으로는 안 와 봤는지. 신기한 건, 처음 간 길도 다시 올 때 잘 찾아온다는 거야. 그래서 아빠가 덜 걱정하게 되었지."

"생각난다. 너, 3월 어느 날에 순간 이동서 쓴 적 있잖아. 오후 내내 교실에 없었지. 그날, 집까지 뛰어가는 거 봤어. 실은, 나도 같이 뒤에서 따라 뛰었어. 그래서 너희 집도 알게 되었고."

"음…… 그날이 3월 20일인데, 엄마가 사고 난 날이었어. 처음으로 그날, 집이 아닌 곳에 있어서 엄청 긴장했어."

새봄이가 걸음을 멈추더니 나를 빤히 바라보다가 물었다.

"혹시, 농구대 뒤에 서 있던 애가 너야? 그리고 새 실내화도 네가 갖다 놓았고?"

나는 말없이 웃으며 고개를 끄덕였다.

"그랬구나, 다 너였구나……."

"하필 그날 기타를 들고 가서 뛸 때 고생 좀 했지. 너 보랴, 기타 가방 끈 잡으랴, 무슨 정신으로 뛰었는지 모르겠어."

갑자기 새봄이가 나를 빤히 보며 물었다.

"그런데 왜 나를 지켜본 거야? 실내화도 사 주고? 그리고 왜 따라 뛰었어?"

"글쎄……."

입술이 딱 붙은 듯 떨어지지 않았다. 대답은 못 하고 속으로 생각했다.

'나를 스토커로 오해하는 건 아니겠지? 나, 그런 사람 아닌데! 왜 그랬을까, 왜 뛰었을까…….'

사실 한 번도 생각해 보지 못했다. 생각해 봐야 한다고 생각한 적도 없었다.

"네가 달리기를 멈추지 않아서, 무슨 일 날까 봐 걱정돼서 그랬을까? 수업 끝나고 왜 너를 기다렸을까……. 네가 종례 시간에 교실로 들어왔을 때 엉망이 된 모습에 마음이 너무 아팠어. 네가 교실에 없어서 마음이 쓰였던 것 같아. 그래서 기다렸나 봐, 너를."

우리는 잠시 아무 말 없이 서로를 빤히 바라보았다. 새봄이의 표정이 무척이나 진지해서 무슨 생각을 하는지 짐작할 수 없었다.

잠시 뒤 새봄이가 앞을 보며 말했다.

"걷자."

우리는 한동안 아무 말 없이 걸었다. 나를 스토커로 오해하는 건지, 혹 내가 무슨 실수라도 했는지, 내가 내뱉은 말과 행동을 생각나는 대로 되짚어 보았다. 선명하게 떠오르는 게 없어서 머릿속이 뿌예지고 기분도 허탈해질 무렵, 새봄이의 집 앞에 도착했다.

"다 왔네."

새봄이의 말투에서 기분을 읽어 내려고 애썼다. 말투가 무겁지는 않았다. 그럼 다 와서 좋다는 건가, 아쉬운 기분도 묻어 있었나, 가슴이 답답했다.

새봄이가 차분하고 진지한 목소리로 말했다.

"너는, 그날 나를 알아본 거야."

말뜻을 이해하지 못해서 무슨 말이냐고 물으려는데 새봄이가 이어 말했다.

"내일, 내가 너를 알아본 날, 그날 이야기를 해 줄게."

아, 나는 무릎이 휘청이는 걸 견디며 겨우 서 있었다. 새봄이의 말도 놀라웠지만, 새봄이를 향한 내 마음의 시작점을 그제야 깨달았다. 온몸에 파도가 치는 것 같았다. 아무도 없는 다른 행성에 새봄이와 나만 서 있는 것 같았다. 나는 간신히 입을 열었다.

"그런 거였구나. 나는, 오늘 알았어."

새봄이가 말없이 웃었다. 나도 따라 웃고 싶었는데 얼굴이 굳은 듯 잘 웃어지지 않았다.

"고맙다는 말을 하고 싶었어. 네가 『모비 딕』을 다 읽고 연락하면, 첫날, 너를 만나는 첫날, 꼭 말해야지, 생각했어. 4월 16일에 같이 운동장을 달려 준 게 정말 고마웠어. 너랑 나란히 숨 쉬면서 같이 뛰니까 든든하고 기뻤어. 나도 몰랐어. 혼자 뛰는 게 버겁다고 생각하고 있는 줄은……. 그래서 그날 고마웠다고 말해야지, 생각했는데, 하나 더 있네."

"뭐가 하나 더 있어?"

바보 같은 나는 창피하게도 새봄이의 말을 잘 못 알아들었다.

"날 알아봐 줘서 고마워. 나한테 마음 써 줘서 고마워."

새봄이의 얼굴이 발그레해지고 눈가가 촉촉해지는 걸 보고 나서야 알았다. 그 아이가 한 말들을 그제야 순전하게 이해했다. 몸속에서 맑고 따뜻하고 투명한 빛이 점점 퍼져 가는 것 같았다. 이런 게 행복인가, 찬란함인가, 멍하니 생각하며 서 있는데, 새봄이가 오른손을 내밀었다. 나는 천천히 손을 뻗었다. 무슨 말을 해야 할지 몰라서, 고개를 숙인 채 맞잡은 '우리의' 두 손만 내려다보았다. 누가 내 얼굴에 불을 지핀 것만 같았다.

잠시 뒤, 새봄이가 손을 떼며 말했다.

"내일은 일찍 만나자. 더우니까. 고인돌 보러 갈까?"

"어, 어, 그래."

"몇 시에 만날까? 아홉 시?"

나는 그제야 정신이 들었다.

"더 일찍 나올 수 있지? 내가 여기에 여덟 시까지 올게. 더 우니까……."

나는 말하고 나서 어설프게 웃었다. 여름 방학 하고 나서 아홉 시 전에 일어난 적이 몇 번 없기 때문이다.

이번에도 새봄이가 내 마음을 읽은 듯 물었다.

"여덟 시? 정말 여덟 시까지 올 수 있겠어? 뭐 하러 여기까지 와?"

"올 수 있어. 가능한 한 많이, 오래 볼 거다. 이제 들어가."

나는 웃으며 말했지만, 자못 비장한 마음이 들기도 했다.

새봄이가 말없이 웃으며 인사하듯 손을 잠깐 들었다가 내리며 뒤돌아섰다. 새봄이가 아파트 안으로 들어가는 것을 지켜보았다. 채 30초도 되지 않는, 짧은 시간이었지만 새봄이가 뒤돌아보면 말없이 웃을까, 손을 흔들며 웃을까, 어떻게 해야 멋있게 보일까, 생각했다. 하지만 새봄이는 뒤돌아보지 않았다.

새봄이가 보이지 않자, 나도 모르게 길게 숨이 내쉬어졌다. 피곤하기도 했지만, 온몸에 잔잔하게 퍼져 있는 따뜻하면서도 나른한 느낌이 좋았다. 그런데 무릎이 떨려서 제대로 걸을 수가 없었다. 오늘 많이 뛰고 걸은 탓이라기보다, 새봄이의 고백이 남긴 진동의 여파라고 생각하고 싶다.

나는 오는 길에 보았던, 아파트 뒤편의 벤치에 얌전히 앉았다. 기분 좋은 느낌이 털어질까 봐 조심스레 앉은 것이다. 따뜻하고 나른한 느낌, 악수한 두 손, 알아봐 줘서 고맙다고 말한 뒤 붉어지던 그 아이의 눈동자, 이 모든 걸 잊을 수 없을 거다. 그리고 내 평생 처음으로 여자한테서 고백을 받았다. 음…… 고백을 받았다는 표현보다 진심을 들었다는 표현이 더 나을까? 여하튼 새봄이의 진심과 솔직한 표현에 나는…… 감동했다. 그래, 감동한 것이 맞다. 나와 새봄이가 서로를 알아봤다는 것, 그리고 무언가를 향한 마음의 시작점을 깨달은 것. 이것이 내 모든 것을 파도처럼 기분 좋게 출렁이게 했다.

나는 천천히 일어났다. 더위가 수그러들어 이젠 덥지 않았다.

"이 시간이 걷기 딱 좋구나. 아침 여덟 시에 만나서 뭘 해야 저녁 여덟 시까지 같이 있을 수 있을까?"

나는 중얼거리며 집을 향해 걸었다.

14장.
D-5

일주일 뒤면 이사를 간다. 아직 아빠도 나도 이사 준비를 하지 못했다. 포장 이사를 하기 때문에 짐을 싸지는 않아도 된다고 한다. 그런데 아빠가 이번 주말에 버릴 것들을 같이 정리하자고 했다. '버릴 것들'이라는 말에 기분이 조금 우울해졌다. 내가 여섯 살 무렵부터 이 집에 살기 시작했으니 12년째 한집에서 살았다. 아빠는 구석구석 묵혀 있는 것들이 많을 거라고 했다. 하지만 나는 이 집을 고대로 옮겨 가고 싶다. 이사할 집도 지금 집과 비슷하다고 하는데 굳이 버리고 갈 필요가 있을까. 아!…… 막 깨달았다. '버릴 것들'이라는 말 때문이 아니라 '정리'라는 말 때문에 우울해진 거구나. 맞다, 정리. 엄마가 돌아가시고 나서 친척들이 가장 많이 한 말이 '정리'였다. 엄마의 물건들, 옷가지 등등 엄마가 쓰던 것을 정리하라고

162

했다. 나는 한 귀로 듣고 한 귀로 흘렸는데 아빠는 어땠는지 모르겠다. 정말 정리했을까, 엄마의 물건들을?

오늘, 약속대로 지석이가 집 앞으로 왔다. 출근하는 아빠를 배웅한 뒤 세수하고 옷을 입는데 집 앞에 도착했다는 지석이의 톡이 왔다. 시계를 보니 7시 45분이었다. 마음이 급해졌다. 아빠는 왜 방학 때 알람을 맞춰 놓지 말고 자라고 했을까. 아빠 말을 듣지 말걸, 후회하면서 급하게 짐을 챙겼다. 생수 두 통과 반쯤 남은 식빵을 봉지째로 가방에 넣고 집을 나섰다.

지석이가 긴 팔을 흔들며 활짝 웃고 있었다. 쿵쿵 뛰던 마음이 차분해지면서 나도 따라 웃었다. 아침 공기가 상쾌했다.

오늘은 내가 길을 안내할 차례다. 계속 직진하면 큰 아파트 단지가 나온다. 그 아파트 뒤로 텃밭과 낮은 언덕과 숲이 이어진다. 어느 날 이쪽으로 달리다가 알았다. 어릴 때 다닌 어린이집이 이 근처에 있다는 것을. 어제 지석이의 물음에 발이 움직이는 대로 달린다고 대답했는데, 지금 생각해 보니 아닌 것도 같다. 내 기억 속의 어느 곳, 어느 길을 향해 달리는지도 모르겠다.

걸어가니까 시간이 좀 걸렸다. 아파트 단지를 지나 텃밭들 사이로 난 샛길로 올라갔다. 곧 키 큰 나무들로 무성한 숲길로 접어들었다. 새소리가 경쾌하고 나뭇잎 사이로 내리비치는 햇살에 온 숲이 빛나고 있었다. 지석이도 이 길을 좋아했다.

지하철역에 갈 때마다 마을버스를 타고 지나는 길이라는데, 이런 숲이 있는지 몰랐다고 했다.

숲길을 걸은 지 얼마 지나지 않아 운동 기구들과 벤치가 보였는데 둘 다 배가 고팠다. 지석이도 아침을 먹지 못했다고 했다. 우리는 일단 먹기로 했다. 지석이 가방에도 먹을 게 있었는데 내가 갖고 온 게 초코식빵이라 먼저 먹기로 했다. 지석이와 먹으니 더 달콤하고 맛있었다. 지석이도 나처럼 음식을 천천히 먹어서 좋았다. 둘이 식빵을 먹고 지석이가 싸 온 수박도 먹었다. 다 먹고 일어설 때 지석이한테서 슬쩍 땀 냄새가 났다. 그 땀 냄새에 마음이 더 편안해졌다. 어제 지석이는 자기한테서 나는 땀 냄새 때문에 곤란해했지만, 나는 땀 냄새를 좋아한다. 하지만 지석이가 이상하게 생각할까 봐 말하지는 않았다.

아침에 숲길을 걸으니 정말 기분이 좋았다. 무성한 초록 나뭇잎들이 만들어 내는 그늘과 그 사이로 비치는 조각 햇살들이 온몸을 간질이는 것 같았다. 지석이가 『모비 딕』에서 가장 기억에 남는 장면을 하나만 말해 보라고 했다. 나는 하나만 꼽을 수는 없다며 떠오르는 대로 말했다. 이슈메일이 선원들과 경뇌유를 짜는 장면, 어미 고래가 새끼 고래에게 젖을 먹이는 장면, 피쿼드호가 고물과 이물에 각각 고래를 한 마리씩 달고 가는 장면, 모비 딕이 조용하고 평화로운 가운데 눈부신 거품을 일으키며 처음 등장한 장면 등을 말했다. 지석이는 이

164

슈메일과 퀴퀘그가 밤새 침대에서 마음의 밀월을 나누는 장면, 고래를 보려고 하는 키 작은 백인 삼등 항해사를 어깨에 태운 거구의 흑인 작살잡이가 더 고귀해 보였다고 한 장면, 퀴퀘그의 문신이 새겨진 통나무배에 의지해 이슈메일이 바다를 떠돈 장면 등을 얘기했다.

지석이가 물었다.

"그런데 왜 경뇌유 짜는 장면이 기억에 남아?"

나는 천천히 말했다.

"음…… 이슈메일이 아침 내내 지방 덩어리를 짜다가 동료들의 손을 기름 알갱이로 착각해서 쥐어짜기도 하잖아. 그때 친근하고 다정한 감정을 느꼈대. 그래서 일부러 동료들의 손을 쥐어짜기도 했어. 우리 모두 서로의 손을 쥐어짜자. 아니, 우리 모두 자기 자신을 쥐어짜서 서로에게 녹아들자. 친절함이라는 우유와 경뇌유 속에 우리 자신을 통째로 쥐어짜 넣자. 뒤에 이런 문장이 이어지는데……. 나는 오랫동안 혼자였잖아. 다른 사람들하고 같이 뭔가를 한 기억이 없어. 알고 싶었어. 뭔가를 같이할 때 그런 행복감이 느껴지는지……. 그러고 나서 반 친구들하고 노란 리본을 같이 만들었는데, 우울하지 않았어. 오히려 같이 만드니까 기운이 나고 나 자신이 좀 더 의미 있는 사람이 된 것 같았어. 내가 보탬이 되는 일도 할 수 있게 되었구나, 조금 뿌듯하기도 했고……."

잠깐 말을 멈추고 지석이를 보았다. 지석이가 고개를 옆으로 기울여 내 이야기를 듣고 있었다. 지석이와 얘기가 잘 통해서일까, 말이 술술 나왔다.

"숱한 죽음이 나오지만 결국 작가가 죽고 죽이는 이야기를 하고 싶어서 『모비 딕』을 쓴 게 아니구나, 중반부가 지나서야 깨달았어. 남아 있는, 살아가는 생명들이 있는 거니까."

내 말에 지석이가 바로 말했다.

"맞아. 삶을 살아가는 인간에 대해 얘기하고 싶었던 것 같아. 지구라는 행성에서 수많은 종들과 살아가는 인간의 자세, 인간의 시선에 대해서 말이야."

나는 이 말이 무척이나 마음에 들었다. '지구라는 행성에서 수많은 종들과 살아가는 인간의 자세와 인간의 시선'이라니. 나는 지석이를 보았다. 이렇게 멋진 말을 하는 아이가 내 친구라니, 참 기뻤다. 나는 지석이에게 모샤 딕에 대해 이야기해 주었다. 예상대로 지석이는 모샤 딕을 몰랐다. 지석이는 도서관에서 양장본을 찾아보겠다고 했다.

저 앞에 고인돌이 보였다. 지석이가 고인돌 설명판을 읽는 동안 나는 고인돌을 물끄러미 바라보았다. 이 고인돌은 내가 태어나기도 전, 이 지역을 개발하기 위해 문화 유적을 조사하던 중에 산에서 발견한 거라고 한다. 땅속 무덤을 덮는 덮개돌인데 평평하지 않고 투박하다. 평범한 바위처럼 보이기도 하지만 경사가 져 있어 아이들이 장난 삼아 쉽게 오르지는 못할 것 같다.

왜 이 고인돌을 같이 보고 싶었냐고 지석이가 물었는데 한동안 생각하다가 겨우 말문을 열었다.

"나는 기억 속을 달리는 것 같아. 전혀 가 본 적 없는 쪽으로 달리기도 하지만, 종종 내가 와 본 곳을 달리기도 하더라고. 여기 왔을 때, 내가 이 근처에서 어린이집을 다녔고 이 숲길에 왔었다는 걸 알았어. 어쩌면 엄마 아빠와 왔을지도 몰라. 아니, 왔을 거야. 우리 식구들은 모두 걷는 걸 좋아하니까. 근데…… 이 고인돌에 다 묻어 버리고 싶어. 엄마의 사고와 죽음에 관련된 모든 숫자들을 잊고 딱 하루, 기일만 기억하고 싶어. 엄마가 사고 난 날, 수술한 날, 여러 날짜들, 숫자들…… 다 묻어 버리고 현재를 달리고 싶어. 기억 속으로 달리지 않고 지금, 현재를 달리고 싶어. 다른 아이들처럼, 그리고 너처럼."

갑자기 지석이가 긴 팔을 내 어깨에 두르더니 안아 주었다. 나는 한참을 울었다. 내가 울면 울수록 지석이는 더 꼭 안아 주었다. 지석이의 몸이 종종 떨렸지만 기대어 있는 게 편했다. 내가 지석이의 품에서 떨어지자 지석이가 벌겋게 상기된 얼굴로 말했다.

"내가 증인 서 줄게. 여기 다 묻어. 다 묻어 버리고 제주도에 가. 내가 자주 와서 네 기억들이 잘 있는지 봐 줄게."

나는 손등으로 눈물을 닦으며 고개를 끄덕였다.

"그리고 너, 네가 얼마나 멋지고 강한 아이인지 모르지? 너,

정말 독특하고 예쁘고 단단해. 너는 힘든 시간을 겪었지만 살아남았어. 너는 지금 살아 있어. 너는, 숨 쉬고 있는 것 자체가 기적인 아이야. 새봄이 너는 현재를 살아가고 있어. 너도 모르는 사이에 현재를, 지금을 달리고 있는 거야."

지석이의 눈시울이 벌게졌다. 나는 지석이의 말을 절대 잊지 않을 거다. 내가 숨 쉬고 있는 것 자체가 기적이라니! 누군가 내게 해 준 말 중 최고였다.

지석이는 내 손바닥을 펴서 고인돌 위에 올려놓더니 말했다. "여기 다 놓고 가. 이 밑에 묻어. 얘가 그냥 돌덩어리 같아도 얼마나 오랜 시간을 버텼어? 지구가 생긴 후부터 계산하면 45억 년 동안 버틴 거잖아. 지구에 얼마나 엄청난 천재지변이 많았어? 공룡들도 다 멸종된 판에 얘는 살아남았잖아. 그러니 네 기억들을 잘 지켜 줄 거야, 굳건히. 얼른 눈 감아."

45억 년이라는 시간도 가늠되지 않는 데다 눈을 감으라고 해서 당황스러웠지만 나는 눈을 감고 손바닥을 최대한 고인돌에 바짝 붙였다. 한여름인데도 고인돌은 서늘했다. 엄마의 유골함 옆에 있는 가족 사진, 조금은 희미해진 엄마의 웃는 얼굴, 염을 할 때 뒤돌아 울던 아빠의 흔들리는 어깨…… 두서없이 몇몇 장면들이 떠올랐다.

내가 눈을 뜨자 지석이가 고인돌을 쓰다듬으며 말했다. "잘 부탁한다. 우리 새봄이 기억들 잘 지켜 줘."

신기하게도 마음이 편안해졌다. 묵묵히 있는 고인돌이 정말 나의 기억을 잘 지켜 줄 것만 같았다.

우리는 계속 걸었다. 늘 고인돌을 보고 되돌아왔는데 고인돌을 지나 더 멀리 가기는 처음이었다. 얼마 지나지 않아 숲길이 끝나고 밭길이 나타났다. 비닐하우스와 집 몇 채가 보이는 가운데 초록 벼들이 서 있는 논도 있고 넓은 대파밭도 있었다. 문제는 그늘진 곳이 없어서 햇살이 내리꽂히기 시작했다는 거다. 서서히 땅이 달궈지고 있었다. 시계를 보니 곧 열한 시였다. 우리는 말없이 최대한 빨리 걸었다. 다행히 오늘은 지석이도 모자를 가져왔다. 이 길이 어디로 이어질지 몰라서 둘 다 살짝 긴장할 때쯤 표지판이 보였다. 1킬로미터 뒤에 숲속 북카페가 있다고 쓰여 있었다. '킬로미터'라는 단위에 아찔했지만 다행히 그 뒤부터는 다시 숲길이었다. 둘 다 고민 없이 계속 걸었다.

숲길이 점점 좁아지고 그늘이 더욱 짙어져서 걷기가 한결 수월했다. 낮은 언덕을 넘으니 지붕 달린 긴 책꽂이와 나무로 만든 탁자와 의자, 누울 수 있는 긴 의자가 있는 빈터가 눈에 들어왔다. 한쪽 구석에는 작은 정자도 있었다. 지석이와 나는 감탄하며 꼭 바다를 향해 달려가는 아이들처럼 뛰어가서 각자 긴 의자에 누웠다. 나무로 만들어서 딱딱했지만 널찍해서 편했다.

잠시 뒤 지석이가 모로 누워 나를 보며 물었다.

"이런 북카페라면 땀 흘려 올 만하다, 그치?"

나는 고개를 끄덕이며 웃었다.

바로 누워 올려다보니 하늘이 맑았다. 이곳은 숲속에 파묻혀 있어서 많이 덥지 않았다. 고인돌 누리길 끝에 이런 북카페가 있다니, 오길 잘했다는 생각이 들었다.

이미 내가 가져온 식빵과 물은 다 먹어서 지석이가 가져온 것들을 먹었다. 둘 다 아주 잘 먹었다. 지석이는 김치볶음밥을 싸 왔다. 밥을 뚝딱 다 먹고 또 누웠다. 물이 한 병 남았는데, 이건 아껴 두기로 했다. 오는 길에 편의점은 고사하고 작은 가게 하나 보지 못했기 때문이다.

우리는 서로를 보고 누운 채 이야기했다. 지석이가 학교에 적응하기 괜찮았는지 물었다. 학교 오기 싫은 날이 단 하루도 없었다고 말하니, 꽤나 놀라워했다. 담임 선생님 말처럼, 다른 반에는 1학기 초부터 학교에 들락날락하는 애들이 한둘씩 있다고 했다.

"내가 만난 선생님 중 최고야, 우리 담임 말이야."

지석이의 말에 나도 크게 고개를 끄덕였다. 담임 선생님은 누구보다 우리들을 가슴속 한가운데 두고 사는 분인 것 같다고 말했더니 지석이도 동의했다.

"날 알아본 그날 얘기를 해 줘."

지석이의 말에 그날 얘기를 하다가 나도 모르게 잠이 들고 말았다. 그 중요한 이야기를 하면서 어떻게 잘 수 있는지 모르겠다. 나중에 잠이 깨 보니, 지석이가 앉아서 부채를 부쳐 주고 있었다. 나는 벌떡 일어나 앉았다. 무척이나 부끄러웠다.

지석이가 꼭 아빠처럼 웃으며 소곤거렸다.

"너, 정말 잘 잔다. 나도 잤어. 너 자는 거 보고 에라, 모르겠다, 나도 자자, 했지."

"내가 언제 잠들었나 모르겠어."

"그날 얘기를 조금 하다가 바로 코를 골던걸?"

"코도 골았어?"

내가 코를 고는지도 몰랐다.

"나도 골았을 텐데 뭐. 근데 이제 이쪽으로 해가 비친다. 자리 옮기자."

시계를 보니 세 시가 지나 있었다. 두 시간 가까이 잔 거였다. 밖에서 이렇게 길게 자 보기는 처음이었다. 몸이 나른하고 뻐근했지만 잠이 깰수록 가벼워지는 느낌이었다. 걷기엔 너무 더워서 옆의 정자로 자리를 옮겼다.

각자 기둥에 기대 앉았다. 나는 천천히 그날 이야기를 들려주었다. 내가 지석이를 알아본 그날, 지석이가 『모비 딕』 속의 문장과 비슷한 말을 했던 그날에 대해서.

"처음엔 너한테 『모비 딕』에 대해서 물어보고 싶은 줄 알았어. 자꾸 너한테 말을 걸고 싶었거든. 자신도 없으면서. 근데 점차 깨달았어. 그즈음부터 나는 누군가 필요했던 거야. 이야기를 나눌 친구, 같이 웃고, 같이 밥 먹고, 같이 등하교도 하고, 같이 노는 친구 말이야. 꼭 『모비 딕』이 대화의 주제가 아니더라도 말이야."

지석이가 나를 물끄러미 보다가 말했다.

"내가 너의 첫 친구라서 말로 표현하지 못할 만큼 기뻐. 내가 수시로 욕하는 신에게 감사할 정도야. 네 인생에서 4년이라는 공백이 없었더라면 훨씬 평탄했겠지만, 그동안 너는 아주 천천히 올라오고 있었던 거야. 심해에서 수면 위 빛줄기를 찾아. 그러니, 지금 네 모습만으로도 너는 정말…… 훌륭한 아이야. 훌륭하다 말고 다른 말이 생각나질 않네."

말끝에 지석이의 얼굴이 발갛게 달아올랐다.

나는 또다시 울컥해서 눈물이 흘렀다. 올해 나는 4년 만에 학교에 다니면서 담임 선생님한테서는 장하다는 말을, 친구한테서는 훌륭하다는 말을 들었다. 이런 말을 들은 것만으로도 기뻤다.

나는 손등으로 눈물을 닦고 지석이를 보며 웃었다.

"계속 울면 가서 안아 주려고 했는데, 그쳤네."

지석이가 씨익 웃으며 말했다. 쑥스러우면서도 지석이의 말에 가슴이 두근거렸다.

"혹시 뉴스나 사진 봤어? 육지로 올라온 세월호 배 말이야."

지석이의 물음에 나는 고개를 끄덕였다. 어찌 그 배를 보지 않을 수가 있겠는가. 반갑다고 말할 수는 없지만 기다리고 기다리던 배였다.

"육지에 모로 누워 긴 숨을 토해 내는 것 같았어. 차마 오래

172

볼 수가 없었어…….”

내 말에 지석이가 말했다.

“나는 아직도 모르겠어. 왜 그런 일이 일어났는지. 하지만 세월호 사건으로 우리나라에, 내가 발 딛고 사는 이곳에 관심이 생겼어. 한 번도 진지하게 공부한 적은 없지만, 나는 공부해서 대학 잘 가면 되는 줄 알았거든. 침몰하고 처음 이틀 동안은 부모님이 텔레비전을 틀지 못하게 했어. 나와 동생이 잠든 다음에야 소리를 낮추고 뉴스를 보셨지. 하지만 학교에서 친구들에게 전해 듣고는 부모님한테 따졌어. 1학년인 동생한테는 쉬쉬해도 6학년인 나한테까지 그러면 어떡하냐고.”

“그러고 나서는 부모님이 텔레비전을 보게 해 주셨어?”

“응, 대신 동생을 일찍 재워야 했지. 그 사건에 대해서 궁금한 게 많았는데 부모님도, 선생님도 속 시원히 말해 주지 않았어. 나는 어른들이 뭔가를 숨기는 줄 알았어. 근데 커서 보니, 어른들도 아는 게 없었던 거야. 엄청나게 큰 사건인데도 말이야.”

나는 궁금했던 걸 물었다.

“그런데, 중학교에서는 세월호 참사 추모하는 걸 정말 못하게 했어?”

“학교마다 달라. 내가 다닌 학교도 학교 전체 차원에서 추모 행사 하는 건 꺼려했어. 행사를 해도 수업 시간에 하지는 말라고 하고. 그런데 어떤 학교는 안 그랬어. 교장 선생님이 어떤 분이냐에 따라 다른 것 같아. 국경일로 지정하지도 않을 거면서, 매년 단 하루만이라도 충분히 추모할 수 있으면 좋겠어. 그래야 기억할 거 아냐, 안 그래?"

지석이의 말에 전적으로 동의한다. 나는 기억의 힘에 대해 말했다.

"죽은 이를 기억하는 게 다 쓸데없는 일처럼 여겨졌어. 기억해 봤자 그 사람이 살아 돌아오는 게 아니니까. 하지만 이제는 조금 알겠어. 죽음을 기억하는 게 두려움을 이기고 용기를 갖게 하는 것 같아. 그 기억의 힘이 흔들리지 않게, 떳떳하게 살아가게 하는 것 같아."

말을 하고 나서 스스로도 놀랐다. 내가 정말 이렇게 생각한 적이 있었나 싶었다. 나는 내가 한 말을 곰곰이 되짚어 보았다. 이전에 나는 이런 생각을 한 적도, 일기장에 쓴 적도 없다. 하지만 그 순간 확신했다. 이건 내 생각이 틀림없다. 맞다, 내 가슴속에 오롯이 박혀 있는 내 생각이다.

"멋있는 말이다! 기억의 힘이 흔들리지 않게, 떳떳하게 살아가게 한다니! 진짜 맞는 말이야. 바로 옆에 있었으면 머리를 쓰다듬어 줬을 거야. 이제 가자!"

지석이가 목소리를 높여 말하고는 자리에서 일어났다. 나도 웃으며 일어났다. 충분히 쉬어서 몸이 가뿐하고 기분이 좋았다.

다행히 왔던 길로 되돌아가지 않아도 되었다. 숲속 북카페

174

를 벗어나 길가로 내려가자마자 마을버스가 지나가는 걸 보았기 때문이다. 다리가 아프지는 않았지만 여전히 덥고 배가 고팠다. 10여 분쯤 기다려 마을버스를 타고 누리길이 시작되는 지점에서 내렸다. 걷다가 맛있어 보이는 음식점이 있으면 들어가기로 했다.

얼마 걷지 않아 새소리만큼 즐겁고 시끄럽게 노는 아이들이 가득한 놀이터를 지나자 작은 분식집이 하나 나왔다. 곱게 화장을 한 할머니가 웃으며 우리를 맞았다. 우리는 김밥과 떡볶이를 시켜서 먹고 메뉴판에 '별미'라고 적혀 있는 콩국수도 먹었다. 다 맛있었다. 저녁값을 나눠 내고 바로 근처 편의점에서 아이스크림을 하나씩 사서 먹었다.

"벌써 일곱 시네. 하루가 너무 빨리 지나갔어."

내 말에 지석이가 쑥스러운 듯 웃으며 말했다.

"나는 시간이 10배속으로 흐른 것 같아."

나는 100배속으로 흐르는 것 같다고 말하려다가 참았다. 처음으로, 마음속의 생각을 바로 말하면 안 될 것 같았다.

우리는 내일 계획을 세웠다. 내일은 을왕리 바닷가에 가는데, 지석이 말처럼 그곳까지 가는 버스가 있었다. 지석이는 스마트폰을 무척 잘 다뤘다. 스마트폰으로 교통편과 도착지 근처에 있는 편의점이나 음식점까지 알 수 있는 게 무척 신기했다. 내가 눈이 휘둥그레져서 스마트폰을 뚫어져라 보자 지석이가 물었다.

"혹시, 너, 스마트폰 올해 처음 생겼어?"

나는 멋쩍게 웃으며 고개를 끄덕였다. 지석이가 허걱, 숨을 들이마시더니, "잠깐만 기다려." 하고는 여기저기 톡을 마구 보냈다. 나를 만나는 동안 확인하지 못한 톡이 많은 것 같았다. 나도 톡은 보낼 줄 안다고 했더니, 지석이가 웬만한 건 다 알려 주겠다고 했다. 나는 하나씩 가르쳐 달라고 했다. 오늘은 교통편과 지도 확인하는 걸 배웠다. '을왕리 바닷가'를 입력하고 '도착' 버튼을 누르고 '버스' 그림을 눌렀다. 버스를 한 번 갈아타야 하고 1시간 40분 걸린다고 나와 있었다. 버스를 타는 정류장, 갈아타는 정류장, 내릴 정류장도 알 수 있고 버스 운행 간격도 알 수 있었다. 엄청 신기했다.

"와, 다 나오네, 다 나와. 이제 어디든 갈 수 있겠어."

내 말에 지석이가 나를 보며 말했다.

"내가 안심이 안 된다, 후유⋯⋯. 너, 혼자서 멀리 가지는 마. 이 지도나 앱을 백 프로 믿으면 안 돼. 종종 틀릴 때도 있어. 가까운 곳 골라서 몇 번 시험해 봐, 알았지?"

나는 고개를 끄덕였지만 스마트폰에서 눈을 뗄 수가 없었다.

"어휴, 꼭 내 동생이 엄마 폰 볼 때 표정 같다."

"그럼, 이사 갈 서귀포 집도 나오겠네?"

내 말에 지석이가 지도 앱을 열더니 내가 불러 주는 주소를 입력했다. 4시간 35분 걸리고 비행기 그림과 함께 '김포국제공항'이라고 적혀 있었다. 우리 둘 다 아무 말도 하지 않았다.

지석이도 나처럼 비행기 그림에 멈칫했을 것이다. 나는 처음으로 이사 간다는 실감이 났고, 더는 이렇게 지석이와 나란히 앉아 얘기하거나 밥을 먹거나 걸을 수 없다는 생각에 가슴이 저릿했다. 지석이는 계속 스마트폰만 보았다. 폰 화면이 별빛처럼 은은하게 번지고 있었다.

나는 망설이다가, 무릎에 힘없이 놓인 지석이의 손등에 내 손바닥을 포개었다. 순간 지석이의 몸이 가볍게 떨렸다. 나는 지석이의 손등을 가만히 톡톡 두드렸다. 등을 토닥여 주고 싶었지만 왠지 쑥스러웠다.

"가자."

지석이가 담담히 말하고는 나를 보지 않고 내 손을 잡고 일어섰다. 말없이 걷는 중에, 오늘은 내가 지석이를 데려다주고 싶다는 생각이 들었다. 지석이에게 말했지만, 지석이는 내 손을 더욱 꼭 잡은 채 앞을 보며 말했다.

"남은 기간 동안 내가 할 수 있는 게 별로 없다. 너랑 걷고 밥 먹고 얘기하고…… 너를 데려다라도 줘야지. 그게 너를 만나는 날, 나의 마지막 일인걸. 또 네가 집에 들어가는 걸 봐야 마음이 놓이기도 하고."

나는 대답 대신 지석이와 맞잡은 손에 힘을 주었다. 집에 도착할 때까지 손을 놓고 싶지 않았다. 지석이도 나와 같은 마음이기를 바랐다. 우리는 아무 말도 하지 않았다. 지석이는 무슨 생각을 했을까? 나는 이 저녁의 공기를, 연한 어둠이 내린 이 거리를, 땀 냄새를 풍기며 내 옆에 단단히 서 있는 이 아이를 오래도록 기억하고 싶다는 생각을 했다. 우리는 손을 잡은 채로 집 앞에 도착했고, 축축해진 손을 놓으며 마주 보았다. 손바닥이 시원해졌지만 왠지 아쉬웠다.

지석이는 지금 자고 있을까? 뭘 하든 지석이가 잘 자길⋯⋯. 잠이 쏟아지고 있다. 푹 자고 나서 내일 그 아이를 만날 것이다. 그리고, 오늘 너무 많이 울었다. 내일부터는 절대, 절대 울지 않을 것이다.

15장.
D-4

엄청나게 더운 하루였다. 나는 어리석게도, 한여름 바닷가가 그렇게 더울 줄은 몰랐다. 오랫동안 바다에 가지 못한 새봄이가 모르는 것은 이해가 되는데, 터울 많이 지는 동생 때문에 매년 바다에 갔으면서도 나는 예상하지 못했다. 완전히 오판했다.

집에서 여덟 시 반에 출발해서 을왕리 바닷가에 도착했을 때는 열한 시쯤이었다. 버스 정류장에서 해변까지 가는 짧은 사이에도 땀이 비 오듯 했고 숨이 턱턱 막혔다. 해변에는 파라솔도 보이고 사람들도 꽤 있었다. 간조 때라 모래밭이 아주 넓어서 뛰어 다니는 아이들이 많았다. 새봄이와 나는 발길 닿는 대로 걸었다. 하지만 더워서 오래 걸을 수 없었다. 그늘막이 쳐진 평상은 너무 비쌌고 파라솔 대여비도 저렴하지 않았다. 그래서 돗자리 펼 만한 곳을 찾아보기로 했다. 모래밭 뒤로 소나무들이 우거진 곳에 간이텐트와 돗자리가 빼곡했다. 우리는 두 바퀴를 돌고 나서야 겨우 반으로 접은 돗자리를 펼 만한 자리를 찾았다. 길가 바로 옆이지만 그늘이고 다리도 뻗을 수 있었다.

앉자마자 물을 들이켜고 집에서 가져온 수박과 참외를 마구 먹었다. 수박도 더위를 타는지 얼음 녹듯 물러져서 통 안에 수박 물이 가득했다. 그래도 갈증은 좀 가셨다. 사실 우리는 모래밭에 앉아서 해가 지는 걸 느긋하게 보고 싶었다. 웃지 마시라, 정말 그럴 수 있을 줄 알았다. 모래밭에 딱 붙어 앉아 있는 새봄이와 나의 뒷모습을 몇 번이나 상상했는지 모른다.

새봄이가 가방에서 부채를 꺼내며 말했다.

"어제, 네가 부채 부쳐 줬잖아. 오늘은 내가 해 줄게."

그러더니 솔솔 바람을 보내며 이어 말했다.

"너 아니었으면 여기 올 생각도 못 했을 거야."

부채 바람보다 새봄이의 웃음이 더위를 잊게 해 줬다.

"나도 마찬가지야. 작년에 바다에 가면서 올해부터는 안 따라다니겠다고 했거든. 동생이 초딩이라 아직도 튜브 타고 노는 걸 좋아해. 튜브 밀어 주고 끌어 주는 게 귀찮기만 하더라고. 그래서 올해는 바다에 올 일이 없으려니 했지."

하지만 나는 다음 달에도 바닷가에서 동생 튜브를 끌어 주게 될 것이다. 그 이유는 도서관 내 자리에 아이스커피를 갖다 둔 사람이 누구인지 알았기 때문이다. 나는 새봄이의 손에서 부채를 가져와 새봄이에게 바람을 보내 주었다.

"그래? 나는 튜브 타 본 지 오래돼서 한번 타 보고 싶네, 하하. 저기 저 애들처럼."

새봄이가 물놀이하는 아이들을 가리켰다.

바람결에 삼겹살 굽는 냄새가 실려 왔다. 딱히 고기를 좋아하지 않는데도 냄새가 고소했다.

"있지, 나는 바다에 도착하면 세월호가 생각나서 바다를 쳐다볼 수 없을지도 모른다고 생각했어. 일몰을 보고 싶다고 말은 했지만 과연 바닷가에 오래 있을 수 있을까, 자신이 없었어. 그런데 웬걸? 너무 뜨겁고 숨 막혀서 뇌가 멈춘 것 같았어. 아무 생각이 안 나더라. 너 아니었으면, 바로 다시 버스 타고 돌아갔을 거야."

새봄이의 말에 나는 문득 『모비 딕』의 마지막 문장이 떠올랐다.

"네 말 듣고 나니 이 문장이 생각난다. 바다라는 거대한 수의는 5천 년 전에 굽이치던 것과 마찬가지로 물결치고 있었다. 다 읽고 나서 얼마나 허망했는지 몰라. 아! 여기에 작가의 생각이 담겨 있구나. 작가가 모른 척한 게 아니었어……."

나는 말하던 중에 문득 깨달았다.

내 말에 새봄이가 맞장구쳤다.

"네 말 듣고 보니 그렇네. 다 죽게 만들고 피쿼드호까지 가라앉게 한 다음, 이 모든 걸 이슈메일이 지켜보게 한 뒤에 이 문장을 쓴 거잖아…… . 길고 긴, 엄청난 연극이 끝나고 이제 끝! 무대 위의 커튼이 딱 쳐진 줄 알았는데, 아니었어. 작가는 마지막에 변하지 않는 바다의 원초적인 힘, 영원함, 자연의 무한함에 대해 이야기한 거네."

"그럼 결국 인간이 가진 욕망이 어리석었다는 걸 말하고 싶었던 걸까. 에이해브가 광인에 지나지 않는다는 그런…… ."

나는 말하면서도 『모비 딕』이라는 작품을 이렇게 단순화할 수는 없다고 생각했다.

이번에도 새봄이가 내 생각을 읽은 듯 말했다.

"꼭 그렇지만은 않은 것 같아. 모비 딕을 죽이고 살아남을 거라고 다짐하고 큰소리쳤지만 에이해브도 두려워했잖아. 하지만 삶과 죽음 위를 줄타기하면서 결국 이게 자신의 운명이라고 여겼지. 다른 선원들에게도 같은 운명을 요구한 게 잘못이지만…… . 에이해브의 욕망이라기보다는 맹목적인 믿음이 문제였던 것 같아."

"맹목적인 믿음? 무엇에 대한?"

내 물음에 새봄이가 한동안 바다를 보다가 말을 이었다.

"글쎄…… 나도 정확히는 모르겠는데, 이런 대사가 나와. 눈에 보이는 것은 모두 판지로 만든 가면일 뿐이다. 엉터리 같은 그 가면 뒤에서 이성으로는 알지 못하는 무언가가 얼굴을 내민다. 공격하려면 우선 그 가면을 뚫어야 한다."

"누구 대사야? 에이해브?"

"응, 에이해브가 스타벅에게 한 말이야. 에이해브는 눈앞에 보이는 것 그대로를 믿지 않는 사람인 것 같아. 현실 너머에 악한 뭔가가 있다고 강력하게 믿고 있어. 결국 그 뭔가가 아무것도 아닐까 봐, 가면 뒤에 아무것도 없을까 봐 두려워하는 거라고 생각해, 나는."

"아! 네 말 듣고 나니 에이해브라는 사람이 좀 더 이해된다. 이 선장 때문에 미치는 줄 알았거든."

"나도 마찬가지야. 그래도, 작가가 '교향곡' 장에서 에이해브를 가련하고 가엾게 그려 놓을 줄은 몰랐어. 인간이 얼마나 나약하고 안타까운 존재인지, 정말 이 우주에서 먼지 같은 존재구나, 그런데 인간은 발붙이고 사는 곳이 행성 하나에 지나지 않는 지구인 것도 잊고, 고마움도 미안함도 어딘가로 흘려보내고, 자기의 주장이나 생각이 제일인 양 그러고들 사는구나, 생각했어."

새봄이의 말에 잠을 확 달아나게 했던 문장이 떠올랐다.

"먼지 같은 존재이기도 하지만, 지구에서 제일 복잡한 생명체가 인간 같아. 그리고 이런 문장도 있었다. 인간은 바다가 처음부터 갖고 있는 그 최대한의 무서움에 대한 감각을 잃어버렸다."

"그래……. 고래들이 식겁하는 장면 기억나? 거기 이런 문장도 있었어. 지상에 살고 있는 짐승이 아무리 어리석은 짓을 해도 인간의 발광에 비하면 아무것도 아니다. 이 대목에서 나는 몸서리가 쳐졌어. 다음 문장을 읽을 수가 없었어. 내가 인간이란 게 부끄럽고 무서워서⋯⋯."

나도 이 대목이 기억났다. 자유로이 살고 있는 고래들을 겁먹게 만든 장면이니까. 인간들만 아니었다면, 생태계의 어떤 생물들도 고래들을 이렇게 만들지 않을 거니까. 우리는 한동안 아무 말 없이 사람들과 바다를 쳐다보았다. 정오, 가장 뜨거운 시간이라 바다에도 모래밭에도 사람이 없었다. 바다는 자기를 즐기는 사람이 있든 없든 지구상에 처음 생겼을 때와 마찬가지로 여전히 물결치고 있었다. 순간, 전율이 내 몸을 훑고 지나갔다.

새봄이가 나지막하게 말했다.

"어른이 되면⋯⋯ 몸이 굳고 삐걱거리듯이 생각도 굳나 봐. 우리는 어떨까? 아직 십 대지만, 이미 조금씩 딱딱해지고 있는 걸까?"

"글쎄⋯⋯ 아직은 아닐 거라고 믿고 싶다. 뭐든 정의 내리지 않고 한 가지로만 해석하지 않으면 괜찮지 않을까?"

새봄이가 고개를 돌려 나를 물끄러미 보다가 물었다.

"그게 무슨 말이야? 뭐든 정의 내리지 않으면 된다니?"

나는 곰곰 생각했다. 내가 뱉은 말을 이렇게 진지하게 생각해 보기는 처음이었다. 배도 고프고 삼겹살 냄새가 진동했지만 최대한 집중하려고 노력했다.

"음⋯⋯ 정의를 내린다는 건 한 가닥으로 설명하는 거잖아.

184

그러면 한 방향으로만 따라가게 되고. 인간의 뇌는 뭔가 하나에 집착하는 경향이 있는 것 같아. 되돌아가야 할 때 되돌아갈 수 있다면 괜찮은데 그 시기를 지나치기 쉽고, 깨닫더라도 목표가 코앞이라며 그냥 밀고 나가지. 시간이 아깝다는 둥, 들인 돈이 아깝다는 둥, 실적이 안 나왔다는 둥, 여론이 안 좋다는 둥……. 한쪽으로 밀고 나가는 것도 필요하지만 꼭 그러지 않아도 된다고 생각해, 나는."

새봄이가 말없이 가만히 있다가 말했다.

"어렵다. 생각할 게 점점 많아지는 것 같아."

나는 새봄이의 말에 좀 놀랐다. 혹시 내 말이 세상에 나온 지 반년밖에 되지 않은 새봄이를 더 힘들게 하면 어쩌나 싶어서 걱정이 밀려들었다.

"내 말이 너를 더 복잡하게 만들면 안 되는데…… 깊게 생각하지 마. 나는 그저 집착하지 않고, 한 곳만 바라보지 않고 살면 좋겠다 싶어서…… 다들 대학, 취업, 이런 말만 하니까 그렇게 생각한 건지도 모르겠어."

내 말에 새봄이가 눈이 동그래져서 말했다.

"아! 알겠어. 너, 세월호 추모 집회 포스터 본 적 있어? 어떤 포스터에 고래가 아이들을 태우고 꼭 하늘을 나는 것처럼 그려져 있거든. 거기서 고래는 희망이나 바람을 실현해 주는 동물이야. 그런데 에이해브에게 모비 딕은 악의 상징이잖아. 나는 왜 같은 동물이 정반대로 해석될까 궁금했어. 나도 모르게

'고래'라는 동물을 한 가지로만 해석해야 한다고 생각하고 있었나 봐."

나도 파랗고 커다란 고래가 그려진 그 포스터를 본 적 있다. 하지만 『모비 딕』의 고래와 포스터의 고래를 연결 지어 생각해 본 적은 없다. 새봄이의 말을 듣고 보니 내가 썩 괜찮은 말을 한 건가 싶어 기분이 좋기도 했다. 하지만 엄청나게 배가 고파서 더는 참을 수가 없었다.

"배고프지 않아? 나는 너무 고프다. 머릿속이 복잡할 땐 먹는 게 최고야."

내 말에 새봄이가 아이처럼 웃었다.

"나도 배고파. 어쩌면 이렇게 다들 고기만 구워 먹냐? 우릴 시험하는 거 같아."

정말, 사방이 고기 굽는 냄새로 가득했다. 우리는 식당을 찾아보기로 했다. 가장 흔한 메뉴인 칼국수가 1인분에 만 원이고 2인분부터 주문이 가능했다. 서로 말은 하지 않았지만 둘 다 가진 돈이 뻔해서 그냥 지나쳤다. 바닷가 주변에서는 우리 예산에 맞는 식당을 찾지 못해서 큰길가로 올라갔다. 우리가 내렸던 버스 정류장 주변에 찌개를 파는 조그마한 식당이 있었다. 메뉴판의 가격이 동일하게 7천 원이었다. 손님이 거의 없었지만 우리는 그 식당으로 들어갔다. 새봄이는 된장찌개를, 나는 순두부찌개를 주문했다. 먹으면서 땀을 꽤나 흘렸지만 다 먹고 나니 든든했다. 햇볕이 바늘처럼 내리꽂히고 있어서 바닷가로 다시 갈 엄두가 나지 않았다.

"이곳에 도서관이 있을까? 돈 안 들고 함께 오래 있기 좋은 데가 도서관 같아."

새봄이의 말에 바로 지도 앱을 켜고 검색했다. 기적처럼, 근처 주민자치센터에 '작은도서관'이 있었다. 버스를 타면 15분 걸리는 곳이었다. 새봄이는 눈을 휘둥그레 뜨며 스마트폰이 도깨비방망이 같다고 했다. 옛날 사람 같은 그 말에 우리는 한참을 웃었다.

식당 맞은편에 있는 정류장에서 버스를 기다렸다. 앱에서는 15분 뒤에 버스가 도착한다고 알려 주었는데 다행히 그보다 일찍 왔다. 버스에서 내리니 바로 주민자치센터가 보였다. 건물로 들어서니 시원한 공기와 함께 웅웅 울리는 노래와 누군가의 우렁찬 구령이 우리를 맞았다. 강당에서 에어로빅 수업이 진행되고 있었다. 노랫소리와 마이크 소리가 얼마나 큰지, 강당 문이 꽉 닫혀 있는데도 온 건물이 들썩들썩하는 듯했다.

그런데 안타깝게도 도서관이 정말 작았다. 벽 세 면에 삼중으로 책장이 둘러져 있고 둥근 탁자와 의자 몇 개가 전부였다. 공간이 너무 협소해서 책장을 둘러보려면 의자를 탁자 쪽으로 바짝 붙여야만 했다. 우리는 도서관을 나와 센터 입구에 있는 소파로 갔다. 바로 옆에 에어컨이 틀어져 있어서 쉬기에 좋았다. 소파에 앉자마자 편의점에서 산 생수를 들이켰다. 그리고 누가 먼저랄 것도 없이 둘 다 잠이 들었다.

눈을 떠 보니 맞은편 소파에 누워 자고 있는 새봄이가 보였다. 주민센터 입구이고 신발을 갈아 신는 곳이라 사람들이 오가며 우리를 봤을 텐데 아무도 깨우지 않았다. 얼굴 모르는 어른들이 고마웠다. 그사이 에어로빅 수업도 끝났는지 조용했다. 새봄이가 잘 자서 다행이었다. 새봄이는 몸을 웅크린 채 옆으로 누워 있었다. 몸이 더 작아 보였다. 한동안 새봄이를 바라보다가 일어나 도서관으로 갔다.

사서는 자리에 없었다. 오후 네 시쯤이었고 두 시간 정도 몰입할 수 있는 책을 발견해야만 했다. 책을 찾던 중에 『바다, 소녀 혹은 키스』라는 제목이 눈에 확 들어왔다. 어느 출판사에서 청소년을 위해 만든 문학 시리즈 중 한 권이었다. 시리즈 명이 마음에 들지 않아서 중학교 때는 읽지 않았다. 나이를 적어 놓은 책들이 일종의 권장도서처럼 여겨졌기 때문이다. 지금 생각하면 나도 그 시절엔 좀 뻬딱했구나 싶다. 표지를 보니, 온통 맑은 파랑에 분홍 돌고래가 헤엄치고 있고 제목이 표지의 3분의 2를 차지할 만큼 넓게 자리 잡고 있었다. 제목의 마지막 단어인 '키스'에 눈길이 갔다. 제목 아래에는 화관을 쓰고 바람결에 긴 머리를 흩날리고 있는 소녀의 뒷모습이 그림자처럼 있었다. 소녀는 파란 바다를 헤엄치는 분홍 돌고래를 보고 있는 듯했다. 제주도에 가면 새봄이도 꼭 이렇게 하염없이 바다를 보고 있을 것 같다는 생각이 들었다. 책을 돌려 뒤표지를 보는 순간 깜짝 놀라 헉, 하며 입이 벌어졌다.

아, 어쩌면 이건 첫사랑의 맛?

이 문장이 맨 위에 있었다. 그리고 바로 아래에 책 속 문장인 듯 큰따옴표로 다음 문장이 적혀 있었다.

"다행이다. 오늘은 걷기 좋은 밤이라."

그 아래에 꼭 나를 위해 써 놓은 것만 같은 책 소개글이 적혀 있었다. 나는 맨 앞에 실린 단편을 읽어 보기로 했다. 맨 앞에 배치한 건 가장 자신 있는 작품이라는 뜻일 테니까. 그 단편의 첫 문장은 일 년에 한 번, 방주를 비우는 날이 우리 집 잔칫날이다,였다. 이 책이 재미있고 제법 괜찮으면 새봄이에게 선물로 줘야겠다고 생각했다.

3분의 1쯤 읽었을 때 새봄이가 도서관으로 들어왔다. 잠이 덜 깼는지, 끔벅끔벅 눈을 감았다 떴다 하는 모습이 마치 어미젖을 빠는 새끼 고래처럼 느껴졌다.

새봄이는 물을 벌컥벌컥 들이켜고는 "같이 읽자." 하며 가까이 다가와 앉았다. 하필 엄마가 죽고 아빠와 아들만 남은 집이 배경이고, 내가 읽은 지점까지는 새롭지만 암울한 내용이어서 같이 읽어도 괜찮을지 망설여졌다. 나는 급하게 마지막 페이지를 찾아 몇 문장 읽어 보았다. 아, 괜찮다. 산들바람이 살랑 스쳐가는 결말인 듯했다. 그리고 아들에게 새 친구가 생긴 것 같았다. 나는 내가 읽은 지점까지 새봄이에게 혼자 읽으라고 하고는 물끄러미 바라보며 기다렸다. 그런 다음 같이 읽기 시작했다. 새봄이가 천천히 읽어서 나는 오른쪽 페이

지까지 읽고 기다렸다. 끝까지 다 읽고 우리는 마주 보고 소리 없이 빙긋 웃었다.

"재밌다. 여자아이 이름이 온세계인 게 정말 멋져. 꼭 이 세상 같아. 자기 방주로 온세계를 초대해서 마지막에 '그 손을 나는 꼭 잡았다'라고 했잖아. 남자아이가 드디어 방주나 집에서 벗어나 세상하고 연결된 것 같아."

새봄이의 말을 듣고 보니 절로 고개가 끄덕여졌다. 책을 읽고 바로 그 자리에서 이런 말을 하는 아이가 내 여자 친구라니. 역시 나는 사람 보는 안목이 높다.

곧 폐관 시간이라 다시 바다로 가기로 했다. 나는 책을 서가에 꽂으며 다른 단편도 읽어 보리라, 이제 청소년을 위한 책들도 읽어 보리라 생각했다.

다시 버스를 타고 바닷가로 왔다. 여전히 더웠지만 한낮처럼 숨을 쉬지 못할 정도는 아니었다. 또 배가 고팠는데, 나도 새봄이도 돈이 부족해서 편의점에서 컵라면과 삼각김밥을 먹었다. 이미 2주 용돈을 당겨 썼기 때문에 오늘 아침 엄마는 더 이상 용돈을 줄 수 없다고 했다. 한 번도 허튼 데 돈 쓴 적 없는 아들인데 나를 못 믿다니, 엄청 서운했다.

그런데, 나는 수십 번 먹어 본 편의점 컵라면과 삼각김밥이 새봄이한테는 처음이었다. 새봄이는 진짜 맛있다며 국물까지 다 마셨다.

'얘는 안 해 본 게 너무 많구나.'

새봄이가 안쓰럽게 여겨졌는데, 흡족해하는 얼굴을 보니 흐뭇하기도 했다.

바닷가는 만조가 된 지 얼마 되지 않은 듯 밀물이 잔뜩 들어와 있었다. 우리는 운 좋게 소나무 아래 벤치를 하나 점령했다. 저녁 일곱 시가 막 지났고 머지않아 해가 질 터였다. 일몰 시간이 7시 48분이라고 알려 주자, 새봄이가 "역시 스마트폰은 모르는 게 없구나." 하며 슬며시 웃었다.

오전에 이곳에 도착했을 때만 해도 일몰 보기는 글렀구나, 생각했는데 이렇게 나란히 앉아 있으니 그저 좋기만 했다. 아직 밝았지만 조금씩 열기가 물러나고 어스름이 저 멀리서 내려앉고 있었다. 구름 사이로 퍼지는 햇살이 정말 멋졌다. 아파트나 건물들에 가려지지 않은 하늘의 저녁노을을 이렇게 여유 있게 보는 게 얼마 만인지 모르겠다.

나는 조심스레 물었다.

"무슨 생각 해?"

새봄이가 머뭇거리다가 말했다.

"아까 우리가 읽은 그 단편소설 말이야. 아빠가 방주에서 사흘 동안 지내다가 결국 우는 장면 있잖아. 엄마가 너무 보고 싶다고 하면서……. 우리 아빠도 그렇게 운 적이 있었을까? 염할 때, 장례식 마치고 집에 왔을 때, 이렇게 두 번 운 뒤로 단 한 번도 못 봤어. 나는 오랫동안 어딘지 모를 곳에 가 라앉아 있어서 아빠가 4년 동안 어떻게 지냈는지 몰라. 기억조차 없어. 그저 어느 날 보니 아빠 머리칼이 새하얗더라고……."

새봄이는 말하는 내내 하늘 어딘가를 응시했다.

"네가 무너져 버렸으니까, 아빠는 정신 바짝 차리려고 애쓰신 거지. 너한테 약한 모습 보이지 않으려고……. 정말 얼마나 힘드셨겠어, 외롭고……. 아, 거기에 이런 문장이 있었어. 사랑하는 사람을 잃은 것만큼이나 견디기 힘든 것은 사랑하는 사람이 조금씩 무너져 가는 것을 지켜보는 거라고. 아빠는 그걸 아신 거네. 너를 더 힘들게 하지 않으려고 말이야."

내 말을 듣기는 하는 걸까, 새봄이는 계속 하늘만 바라보았다. 한참 후에 새봄이가 중얼거렸다.

"아빠는 엄마도 잃고 내가 무너진 것도 본 셈이네. 정말 죄송하다……."

"지금은 어떠셔?"

"음, 예전보다 많이 웃고, 요즘처럼 행복한 때가 없다고 말한 적도 있어."

"네가 잘 지내서 아빠도 이젠 괜찮아지셨나 보다. 부모한테는 자식 행복이 가장 먼저라잖아. 그 행복을 자꾸 자기 기준에 맞추려고 해서 문제지만."

새봄이가 고개를 끄덕이다가 큰 소리로 말했다.

"저기 봐! 해가 수평선에 걸렸어."

우리는 서서히 바닷속으로 잠겨 가는 태양을 말없이 지켜보았다. 어느 순간 우리는 손을 잡았다. 인자하신 태양은 마지막 햇살을 아주 넓고 아름답게 흩뿌리며 그날 하루를 마치고 다른 곳으로 갔다. 하늘도 바다도 온통 불그스름하게 물들었다. 둘 다 숨을 참고 일몰을 지켜봤는지 태양이 넘어가자마자, 나도 새봄이도 길게 숨을 내쉬었다. 우리는 동시에 마주 보고 웃었다.

"태양이 네모였으면 어떡할 뻔했어. 태양이 둥그런 이유가 있었네."

내 말에 새봄이가 눈을 동그랗게 뜨며 물었다.

"그게 무슨 말이야?"

"생각해 봐. 만약에 태양이 네모였으면 그냥 한 번에 멋없이 꿀떡 가라앉을 거 아냐."

새봄이가 정말 크게 웃으며 말했다.

"너, 진짜 재미있다! 널 만나기 전까지는, 네가 엉뚱한 데가 있을 거라고는 생각도 못 했어."

"내가 엉뚱하다고?"

나는 웃으며 되물었는데, 새봄이는 내 말에는 신경 쓰지 않고 혼잣말하듯 중얼거렸다.

"저기 바닷속에 우리와 다르지만 같은 숨을 쉬며 사는 물고기들이 있고, 저 수평선 너머로, 바다 너머로 땅이 있어서 우리와 같은 사람들이 살고 있다는 게 참 신기해."

새봄이의 말에 나는 눈이 확 뜨이는 것 같았다. 내가 사는 동네가, 우리나라가 전부가 아니라는 생각이 구체적으로 느껴졌다. 이 지구가 헤아릴 수도 없이 다양하고 많은 인간들과 생물들을 품고 있구나, 조금 감탄하기도 했다.

"너, 혹시 알아? 지구가 속해 있는 '우리은하'에 태양 같은 별이 1000억 개나 있다는 거?"

내 말에 새봄이가 눈을 동그랗게 뜨고 물었다.

"정말? 1000억 개?"

"응. 그리고 태양이 우리은하의 중심에 있지 않고 변두리에 있어서 태양도, 지구도 블랙홀에 끌려가지 않고 평화로이 머물 수 있는 거래."

"나는 태양이 우주의 중심인 줄 알았는데, 그게 아니구나."

"그렇지. 게다가 우리은하 같은 은하가 셀 수 없이 많대."

새봄이가 갑자기 큰 목소리로 말했다.

"그렇다면! 엄청나게 넓은 이 우주에 어떻게 우리만 살 수 있겠어? 안 그래? 지구에만 생명체가 있다고 생각하는 게 정말 어리석은 것 같아."

나는 새봄이를 바라보았다.

"나도 그렇게 생각해. 우리가 몰라서 그렇지, 우주 어딘가에도 생명체가 있을 거라고."

새봄이와 비슷한 생각을 나눌 수 있어서 기뻤다. 이런 얘기를 하면 대부분의 사람들은 뭐 하러 그런 생각을 하느냐, 복잡하게 그런 생각은 하지 마라 같은 말만 했었다.

새봄이가 벤치에서 일어서며 말했다.

"우리 조금만 걷다 가자."

저녁의 마지막 해수욕을 즐기는 어른들과 아이들이 무척 신나 보였다. 손의 물기를 툭툭 털면서 어둑한 노을을 배경으로 서 있는 새봄이가 예뻐 보였다. 그제야 나는 그 흔한 사진 한 장 찍지 않았다는 걸 알았다.

"우리 사진 찍자. 거기 그대로 있어 봐."

새봄이는 쑥스러운 듯 웃으며 가만히 있었다. 사진을 막 찍으려고 할 때 엄마한테서 전화가 왔지만 무시했다. 나는 새봄이 옆으로 가서 셀카를 찍었다. 새봄이가 나보다 한참 작아서 무릎을 낮춘 뒤 버튼을 마구 눌렀다. 한 장은 건질 수 있겠지.

엄마한테 톡을 보내려고 보니 이미 와 있었다.

―어디냐? 내일 외할머니 생신이라 아침에 안성 갈 거야. 할머니 생신인 줄도 몰랐지?

아! 당연히 몰랐다. 하필 이때 생신이라니, 하루하루가 정말 아까운데…… 나는 엄마에게 톡을 보냈다.

―이번만 안 가면 안 될까?^^;;

휴대폰 진동이 바로 울렸다. 당연히 엄마였다. 이번엔 받았다.

엄마의 잔소리를 잠시 들어 주고 내일 같이 가겠다고 한 뒤 전화를 끊었다. 안다. 외할머니가 나를 얼마나 좋아하는지.

우리 엄마는 외할머니가 마흔에 낳은 막내딸이다. 딸만 넷을 낳고 애가 들어서지 않다가 7년 만에 들어선 애가 우리 엄마였다. 당연히 다들 아들인 줄 알았다고 한다. 외할머니는 딸일 거라고 짐작했다는데 일부러 말하지 않았다고 한다. 넷째 딸을 낳고는 그냥 밀쳐 두었고 키우면서도 구박한 게 한이 되고 미안해서, 애가 하나 더 생기면 설령 딸이더라도 잘 키워야지 다짐했다고 한다. 우리 엄마가 태어났을 때 외할아버지는 물론 어른들 모두 낙담해서 며칠 동안 아무도 말을 하지 않았다는데, 외할머니는 7년 만에 낳은 자식이 그렇게 예쁠 수가 없었다고 한다. 하늘이 다시 한번 애를 점지해 주고 낳게 해 주셔서 얼마나 좋았는지 모른단다. 그런 막내딸이 결혼해서 떡하니 아이를 낳았는데 그게 바로 나다.

드라마에나 나올 법한 이 식상한 스토리의 주인공인 나는 크는 동안 외할머니의 손길과 애정을 듬뿍 받았다. 아주아주 잘 알고 있다. 할머니는 곧 아흔이 되시기 때문에 틈날 때마다 뵈러 가야 한다는 것도 잘 안다.

이 긴 사연을 새봄이에게 얘기하며 내일은 못 만날지도 모르겠다고 말했다. 엄마는 할머니 생신 때마다 자고 오는데, 나는 내일 저녁을 먹고 집에 올 생각이다. 그래서 밤에라도 잠깐 만날 수 있냐고 물었는데 새봄이는 잘 모르겠다고 했다. 그래서 우리는 내일 일은 내일에 맡기기로 했다.

버스를 타려고 돌아서는데 새봄이가 말없이 하늘을 가리켰다. 커다란 달이 어느새 우리 가까이에 떠 있었다. 완벽한 보

196

름달이었다.

"아, 정말 멋지다!"

나는 중얼거리며 둥글고 환한 달을 바라보았다. 시원한 저녁 바람이 구름들을 데리고 달 주변에서 놀다가 헤어졌다. 새봄이가 휴대전화를 꺼내 사진을 찍었다. 나도 찍어 줄 줄 알았는데 달과 하늘과 바다만 찍어서 조금 서운했다. 그러고 보니 새봄이는 아까 찍은 사진을 보내 달라고 하지도 않았다. 섭섭했지만 아무 말 하지 않았다. 나중에 그냥 보내면 되니까.

새봄이가 계속 달을 바라보며 물었다.

"지구에서 가장 가까운 게 달이지?"

"응, 그렇지. 나는 말이야, 달을 보면 가끔 이런 생각이 든다. 내가 우주 안에 살고 있구나. 마치 몰랐던 사실을 깨달은 사람처럼 정신이 반짝 들어. 암흑 속에 오롯이 혼자 떠 있는 달과 일대일로 마주하는 순간이지."

"그러고 나면 기분이 어때?"

"글쎄, 그때그때 다른 것 같아. 어떤 날은 멸종하지 않고 살아 있는 인간이라는 존재가 경이롭기도 하고, 또 어떤 날은 무한한 공간 속에 내가 뚝 떨어져 있는 것만 같아서 좀 두렵기도 하고."

그때 새봄이가 내 손을 잡고는 다짐하듯 말했다.

"『모비 딕』에 태양처럼 외롭게 버려진 미아라는 말이 있는데, 예전의 내가 딱 그랬어. 하지만 이젠 아니야. 가자."

새봄이가 손을 잡아끌었다. 무슨 말이라도 하고 싶었는데 새봄이의 손을 더 꼭 잡는 것으로 내 마음을 표현했다. 새봄이도 내 마음을 느꼈는지 내 손을 더 꼭 잡았다.

버스를 타고 인천공항으로 가는 동안 새봄이는 말없이 창밖의 달만 구경했다. 공항버스로 갈아타고 집으로 가는 동안에도 별 말이 없었다. 돌아가는 길의 공항버스에서도 우리만 바퀴 달린 가방이 없는 승객이었다. 여독에 피곤한 승객들은 조용했다. 나는 새봄이와 달을 번갈아 바라보았다. 달이 자꾸 따라와서 신기해하던 어린 나는 이제 없다. 새롭고 재미있는 일들이 하루에 꼭 한 가지씩은 있었던 어린 시절은 이제 지나갔다. 한참 전에 지나가 버렸다. 나는 늘 똑같은 나인 것 같은데 어느새 열일곱 살이 되어 있다.

버스에서 내려 새봄이네 집으로 걸어가면서 내일 뭘 할 거냐고 물었다.

"토요일이고 곧 이사니 짐 정리를 할 것 같아. 아빠를 못 도와줘서 미안했는데 한편으로는 잘됐어. 그러니까 너도 마음 편히 다녀와."

집 앞에 도착했다. 이제 헤어져야 하니 아쉽기만 했다. 일부러 인사도 하지 않았는데 새봄이가 말했다.

"오늘도 잊지 못할 하루였네. 그리고…… 이제 달을 보면 네 생각이 나겠어. 달이 안 보이는 곳도 없을 텐데…… 나, 간다. 잘 자!"

의연한 새봄이답지 않게 쑥스러워하더니 내 말을 듣지도 않고 뛰어갔다.

나는 멍하니 서 있다가 발걸음을 옮겼다. 새봄이의 말이 계속 떠올라 입이 다물어지지 않았다. 집에 오자마자 잔소리하는 엄마에게 남은 밥 없느냐고 물었다. 엄마는 잔소리를 싹 접고 밥상을 차려 주었다. 엄마의 짜증과 잔소리를 잠재우는 법은 내가 잘 먹는 것이다. 그런데 오늘은 진짜 배가 고팠다. 밥을 먹으며, 엄마가 용돈 당겨 주지 않아서 컵라면과 삼각김밥으로 저녁을 때웠다고 말했다. 안타까워하는 눈치였으니 다음에는 당겨 주겠지? 하하.

지금도 새봄이의 그 말을 곱씹고 있다. 암, 지구상에 달이 안 보이는 곳은 없지. 가슴이 터질 것 같다. 어제도, 그저께도 고백 비스무리한 말을 들었지만, 오늘은 확실하다. 이새봄도 나를 좋아한다, 그것도 아주 많이. 나도 이새봄을 좋아한다, 아주 많이 많이. 우리는 사흘째 '마음의 밀월'을 나누고 있는 것이다.

16장.
D-3

오늘은 지석이를 못 만났다. 어제 말한 대로 지석이는 외할머니네서 저녁을 먹고 혼자 버스와 지하철과 마을버스를 타고 우리 집 앞에 왔지만 밤 열 시가 넘은 시각이었다. 아빠한테 차마 나갔다 와도 되냐고 물어보지 못했다. 아빠는 늦은 밤까지 짐들을 정리하고 있는데 몰래 만나고 싶지는 않았다. 둘 다 아쉬웠지만 내일 만날 거니까 빨리 자기로 했다.

오늘 집에 있으면서 '정리'를 해 보니 더는 쓰지 못하는 것들이 많았다. 아빠는 하루 종일 라디오를 틀어 놓고 빠른 노래든 느린 노래든 흥얼거리며 열심이었다. 아빠가 기분이 좋아서 나도 마음이 가벼웠다.

맨 먼저 내 방을 훑었다. 기증할 만한 옷과 낡아서 버릴 옷들을 나눠 담았다. 옷들 중에 엄마가 떠 준 조끼와 목도리가 몇 개 있었는데, 그것들은 남겨 두기로 했다. 철 지난 교과서와 문제집들은 버릴 상자에 쉽게 담았는데, 동화책이나 그림책은 어떻게 해야 할지 고민이 되었다. 그냥 다 가져가면 좋겠다고 말하자, 아빠는 다시 읽고 싶거나 간직하고 싶은 책만 담으라고 했다. 점심때는, 마치 이삿날처럼 짜장면과 짬뽕을 시켜 먹었다. 점심을 먹고 나니, 다시 힘이 나서 책들을 살펴볼 수 있었다.

기증할 책을 담은 상자를 거실에 내놓고 잠깐 누웠는데, 중학교 입학 전에 엄마와 책을 정리한 기억이 났다. 나는 그때 그림책은 이제 유치하다며 죄다 버리라고 말했는데, 엄마는 한 권 한 권 살피면서, 이 책은 네 생일날 선물한 거라서 못 버리겠고, 이 책은 산타 할아버지가 주신 거여서 못 버리겠고, 이 책은 힘들 때 보면 웃을 수 있어서 못 버리겠고, 이 책은 여름밤에 보면 좋겠고…… 이렇게 말하면서 도로 다 책장에 꽂아 놓았다. 나는 기증할 책 상자를 뒤져 그림책들을 다시 한번 찬찬히 살펴보았다. 삼십 권 넘게 담겨 있었는데, 일곱 권은 도로 책장에 꽂았다. 그리고 책방으로 가서 엄마가 열 살 생일 때 선물로 준 그림책 『중요한 사실』을 빼냈다. 정리할 생각도 하지 않은 책이다. 이 책은 또렷이 기억하기 때문이다. 표지를 넘기고 엄마가 책장 앞에 써 놓은 축하글을 읽었다.

사랑하는 새봄아!

열 살 생일을 진심으로 축하한다!!

네가 열한 살이 되어도, 열두 살이 되어도,

스무 살이 되어도, 어른이 되어도

너는 지금처럼 밝고 귀하고 소중한 사람이라는 걸 잊지 마.

이 책이 네가 두고두고 읽는 책이 되면 좋겠다.

건강하게, 잘 자라 줘서 고맙고

엄마 아빠의 딸이 되어 줘서 정말 고맙다!

2010년 3월 31일, 너의 열 번째 생일날, 엄마 아빠가.

눈시울에 눈물이 고여서 얼른 넘겨 본문을 읽기 시작했다.

숟가락에 관한 중요한 사실은 숟가락으로 밥을 먹는다는 거야. 숟가락은 작은 삽처럼 생겼고, 손에 쥐는 것이고, 입에 넣을 수 있고……

책장을 넘기면 넘길수록 가슴이 쿵쿵 뛰었다. 마침내, 마지막 장만 남았다. 나는 머리칼을 손으로 대충 빗고, 입고 있던 티셔츠를 바로 한 다음 마지막 장을 넘겼다.

너에 관한 중요한 사실은 너는 바로 너라는 거야. 예전에 너는 아기였고, 무럭무럭 자라서 지금은 어린이고, 앞으로 더 자라서 어른이 된다는 건 틀림없어. 하지만 너에 관한 중요한 사실은 너는 바로 너라는 거야.

그리고 마침내, 오른쪽 면에 붙어 있는 종이 거울을 보았다. 나는 용기를 내어 내 얼굴이 보이도록 했다. 울락 말락 하는 내가 거기 있었다. 열심히 기르는 중인 짧은 머리가 비죽비죽했고 주근깨가 보였다. 엄마는 나를 비춰 보게 한 다음 내 옆

202

에 찰싹 붙어 앉아 엄마 얼굴도 나오게 하고는 크게 웃었다. 그 장면이 또렷이 기억난다. 나는 흐르는 눈물을 급하게 닦고 책을 바로 세운 다음 종이 거울 속의 나를 보고 씨익 웃었다. 어색했다. 굳은 얼굴의 내가, 어린 티가 가신 내가 어색했다. 하지만 계속 들여다보았다. 코를 찡긋하기도 하고 입을 크게 벌리기도 하고 눈을 꽉 감기도 하고……. 내 얼굴이 마음에 들 때까지 계속 이런저런 표정을 지었다. 그러다가 나도 모르게 그 책을 가지고 아빠한테 갔다.

아빠는 거실에 벌렁 누워 있었다. 좀 지쳐 보였다. 내가 아빠 옆에 눕자 아빠가 놀라며 나를 보았다. 나는 아빠와 내 얼굴이 보이도록 그 책을 들었다. 종이 거울에 얼굴이 보이자 아빠가 깜짝 놀랐다. 아빠도 나처럼 어색한 것이다.

"웃어 봐, 아빠. 나처럼."

내 말에 아빠가 눈물을 흘리며 따라 웃었다. 내가 아빠의 눈물을 닦아 주자, 아빠가 펼친 책을 직접 잡고 우리를 비추었다. 그 순간, 꼭 하고 싶었지만 꾹꾹 눌러 온 그 말을 아빠에게 했다.

"오랫동안 속 썩여서 죄송해요. 그리고 감사해요."

아빠는 책을 내려놓고 나를 꼭 안아 주었다. 잠시 뒤 아빠가 흑흑하더니 소리 내어 울기 시작했다. 나는 울음을 참을 수 있었다. 내가 그동안 숱하게 울었듯이, 앉아서도 울고 누워서도 울고 밥 먹다가도 울고 창밖을 보다가도 울고 달리면서도 울었듯이, 아빠도 울어야 한다는 생각이 들었다. 아빠의 마음 저 깊은 곳에 깃든 슬픔과 절망이 다 녹을 때까지, 외로움과 두려움이 씻겨 나갈 때까지 울고 또 울 수 있기를 간절히 바랐다. 나는 아빠의 등을 계속 쓸어 주었다. 내가 할 수 있는 건 그뿐이었다. 앞으로도 아빠가 울거나 힘들어할 때마다 내 어깨를 빌려 주고 등을 쓸어 줄 생각이다.

그리고 『모비 딕』에서 그 부분을 찾아냈다! 어제 지석이한테서 뭐든 정의 내리지 않고 한 가지로만 해석하지 않으면 된다는 말을 들었을 때 양쪽을 공평한 눈으로 바라보는 사람이라는 구절이 떠올랐다. 오늘 틈날 때마다 책을 뒤졌는데, 늦은 밤에야 찾았다. 85장 '분수'였고, 거대한 고래가 헤엄치는 모습에 가슴이 뛰는 걸 느끼게 될 거라고 말하고는 이렇게 적어 놓았다.

여러분도 알다시피 맑은 하늘에는 무지개가 찾아오지 않는다. 무지개는 증기만 빛나게 할 뿐이다. 그래서 내 마음속에 숨어 있는 희미한 의심의 짙은 안개를 뚫고 신성한 직관이 이따금 분출하여, 내 마음속의 그 짙은 안개를 천상의 찬란한 빛으로 태워 버릴 때가 있다. … 지상의 온갖 것에 대한 의심, 천상의 무언가에 대한 직관, 이 두 가지를 겸비한 사람은 신자도 불신자도 되지 않고, 양쪽을 공평한 눈으로 바라보는 사람이 된다.

분수공으로 솟구치는 물줄기에 어린 무지개에서 이런 생

각과 문장을 길어 올린 허먼 멜빌이 꼭 이런 사람이었을 것만 같다. 지석이의 말과 멜빌의 문장을 내가 온전히 이해했는지는 모르겠지만, 어느 것에도 치우치지 않고 '공평한 눈으로' 세상을 바라보는 사람이 되고 싶다.

그리고 좀 전에, 아빠가 내일 나와 지석이에게 점심을 사주고 싶다고 하셨다. 몇 초 망설인 뒤 대답했다. 지석이한테 물어보겠다고. 나는 밤 열한 시가 넘었지만 톡을 보냈다. 잠시 뒤 답톡이 왔다.

- 맛있는 거 사 달라고 하자. 내일 멋있게 하고 나갈게!!

나는 토끼가 으쌰으쌰 방방 뛰는 이모티콘을 보낸 뒤에 먹고 싶은 음식을 동시에 적자고 했다. 나는 어제 바닷가에서 냄새만 맡은 삼겹살이 먹고 싶어서 '삼겹살'을 적어 보냈는데, 지석이도 내 마음과 똑같았다. 우리는 깔깔 웃는 이모티콘을 몇 개 주고받은 뒤 얼른 자기로 하고 톡을 마무리했다.

아빠는 고기가 내키지 않는지 고기도 안 좋아하는 애가 더운 한낮에 웬 삼겹살이냐며 불평하듯 말했지만, 어제 일을 얘기하니 웃으며 고개를 끄덕였다. 아빠가 지석이를 만나고 싶어하다니 놀랍다. 그리고 기쁘기도 하다. 아빠와 내가 서로의 생활을 공유하기 시작한 거니까. 내일이 기다려진다. 얼른 자자.

17장.
D-2

오늘은 정말 중요한 날이다. 전혀 예상하지 못한 일이 생겼다. 새봄이 아버지가 점심을 사 준다고 하셨다. 대충 아침을 먹고 미장원에 갔다. 방학 시작하자마자, 엄마가 머리 좀 자르라고 닦달했지만 그냥 무시했다. 키가 크니 머리가 좀 길면 성인처럼 보일 것 같아서 기르는 중이었다. 하지만 새봄이 아버지에게 깔끔하게 보여야 한다. 엄마가 다니는 동네 미용실에 가니 다행히 문이 열려 있었다. 짧게 자르고 나니 다시 단정한 인상의 고등학생이 되었고, 내 얼굴에는 아직 짧은 머리가 어울린다는 걸 인정할 수밖에 없었다. 아줌마한테 왁스도 발라 달라고 하고 향 나는 스프레이도 뿌려 달라고 했다.

"데이트 가? 이제 멋도 내고, 어른 다 됐네."

아줌마의 말에 아무 말도 못 하고 얼굴만 붉혔다. 집에 오는 길에 도서관에 들러 『바다, 소녀 혹은 키스』를 빌렸다. 몇 편 더 읽어 보고 새봄이한테 선물로 줄지 말지 결정하려고 한다.

시간이 좀 남아서 책을 읽었다. 그런데 책이 눈에 들어오지 않았다. 문장이 톡톡 튀는데, 분명 재미있을 것 같은데, 읽은 문장을 다시 읽고, 앞으로 돌아가 다시 읽고 했다. 내 눈은 글자를 보고 있지만 머릿속에는 새봄이 생각이 가득했다! 어젯밤 불 켜진 새봄이네 아파트를 올려다보면서 미치도록 보고 싶은 마음을 억누르느라 엄청 힘들었다. 그냥 딩동 초인종을 누르고 문이 열리면 '안녕하세요' 인사만 하고 올까, 그럼 아저씨 뒤에 서 있는 새봄이 얼굴이라도 잠깐 볼 거 아냐, 이런 생각까지 했다. 그렇게 했다면 나를 정신 나간 놈으로 알고 다시는 새봄이를 만나지 못하게 했을 것이다. 잘 참은 내가 기특했다. 다시 책을 읽으려는데 마침 새봄이가 도착했다고 톡을 보내왔다.

허겁지겁 뛰어나가니 새봄이와 아저씨가 차 밖에 서 있었다. 나를 보고 놀라는 새봄이에게 눈으로 인사하고 새봄이 아버지한테 다가가 허리 숙여 인사했다.

"안녕하세요, 정지석이라고 합니다."

이 말 외엔 다른 인사말이 생각나지 않았다.

"우리 구면이지? 반갑다."

새봄이 아버지는 마른 편에 키는 크지 않았지만 인상이 좋고 목소리가 부드러웠다. 15분쯤 차를 타고 갔는데, 아무도 입을 열지 않았다. 이렇게 긴장될 줄은 몰랐다. 조수석에 앉은 새봄이가 나에게 톡으로 물었다.

– 오늘 왜 이렇게 차려입고 왔어? 머리도 자르고.

나는 바로 답을 했다.

– 알면서 물어보냐.

새봄이가 답톡은 보내지 않고 큭큭 웃기만 해서 나도 따라 웃었다. 새봄이 아버지가 눈치를 채셨는지 몰래 톡으로 하지 말고 말로 하라고 해서 다 같이 웃었다.

삼겹살 가게는 새봄이 아버지가 몇 번 회식을 한 곳이라고 했다. 바로 고기가 나왔고, 새봄이 아버지는 고기 굽느라 바빴다. 왜냐하면 나와 새봄이가 엄청 먹어 댔기 때문이다. 둘 다 며칠은 굶은 것처럼 먹었다. 오랜만에 먹어서 그런지 엄청 맛있었다. 같이 구운 버섯도, 마늘도, 김치도 다 맛있었다. 한참 먹고 나서야 아저씨가 굽기만 했다는 걸 알았다.

"이제 제가 구울게요. 좀 드세요."

"아니다, 많이 먹어. 너희들 정말 잘 먹는다. 우리 새봄이가 이렇게 많이 먹는 거 처음 봤다. 더구나 고기를……."

"아빠, 미안. 이젠 내가 구울게. 정말 맛있다. 배불러서 더는 못 먹겠어."

새봄이가 말하고 나서 물을 한 모금 마셨다. 남은 고기가 없어서 더 시켰다. 종업원이 와서 주문서에 줄을 하나 그었는데 그 앞에 '바를 정' 자 하나와 몇 줄이 더 있었다. 둘이서 5인분 넘게 먹은 것이다. 내 인생에서 이렇게 고기를 많이 먹은 건 처음이었다. 새봄이는 고기를 굽고 나는 가위로 잘랐다. 새봄이 아버지가 고기를 드시다가 밥이나 냉면 먹겠느냐고 물었다. 나는 시원한 물냉면이 먹고 싶었는데, 새봄이도 똑같았다. 우리는 물냉면을 한 그릇 시켜서 나눠 먹었다. 꽉 찬 배가 소화되면서 시원해졌다.

"새봄아, 이제 나는 집으로 갈까?"

새봄이 아버지가 웃으며 물었는데 내가 냉큼 답을 했다.

"제가 시원한 커피 사 드릴게요. 궁금한 것도 못 물어보셨죠?"

아하! 오늘 내가 한 말 중에 가장 잘한 말이었다. 적당한 말을, 타이밍에 딱 맞춰 말하기가 쉽지 않다는 걸 다들 알고 있지 않은가! 새봄이 아버지는 금세 얼굴이 환해지더니 자리를 옮기자고 했다. 우리는 근처에 있는 쇼핑몰로 걸어갔다.

새봄이 아버지와 나는 아이스커피를, 새봄이는 자몽주스를 주문했다. 정말 내가 사 드릴 생각이었는데 아저씨가 계산을 하셨다. 새봄이 아버지가 이것저것 물어보는 대로 즉각 대답해야겠다고 마음먹고 있었는데, 아저씨는 별달리 묻지 않으셨다.

"새봄이가 점심시간마다 운동장 달릴 때 같이 뛰어 줬다며? 그 얘기 듣고 참 고마웠다."

"예."

나는 쑥스러웠다. 뭐라고 말해야 할지 몰라서 짧게 대답하고 그냥 웃기만 했다.

"너 같은 친구가 있는지 진작 알았으면 제주도 가는 거 고민해 보는 건데, 뒤늦게 후회가 좀 되더라. 나는 새봄이한테 단짝 친구가 있다는 걸 방학하고 나서야 알았거든."

'남자 친구'라고 불러 주셨으면 더 좋았겠지만 '단짝 친구'도 나쁘지 않았다. 새봄이 아버지가 이어 말했다.

"오면서 새봄이한테 전학 가는 거 싫으냐고 물었더니, 반반이라고 하던데, 지석이는 어때?"

"저야 싫죠. 하지만 외국에 가는 것도 아니니까……."

나는 말끝을 흐리다가 옆에 앉은 새봄이를 보았다. 새봄이가 웃을 듯 말 듯 애매한 표정으로 나를 보고는 다시 주스를 마셨다.

"그래. 방학 때 제주도에 놀러 와. 오기만 하면 우리 집에서 재워 줄게. 아, 부모님한테 꼭 허락받고."

"정말요?"

새봄이도, 나도 깜짝 놀랐다.

"약속하시는 거예요!"

나도 모르게 목소리가 크게 나왔다. 새봄이 아버지가 껄껄 껄 웃었다.

"약속할게. 걱정 마."

아저씨가 커피를 한 모금 마시고는 일어나셨다.

"나는 이제 갈게. 새봄아, 이따 데리러 올까?"

새봄이 아버지가 어떤 대답을 들을지 짐작한다는 듯 웃으며 물었다.

"이따 연락할게요. 여기 지하에 있는 서점 구경 좀 하려고. 아마 저녁도 먹고 갈 거야."

새봄이가 말하면서 아저씨와 나를 번갈아 보며 쑥스러운 듯 웃었다.

새봄이 아버지가 가시는 걸 보고 우리는 서점에 갔다. 새봄이는 보고 싶은 책이 있다고 했다.

"어제 책을 정리하다가 『아내를 모자로 착각한 남자』라는 특이한 제목이 눈에 띄었어. 저자가 미국의 신경학 의사야. 엄마가 이 사람 책을 좋아했대. 서점 앱에서 이 사람을 찾아봤는데, 2015년에 죽었고 마지막 책이 2016년에 번역되어 나와 있었어. 그 마지막 책이 궁금해."

"이름이 뭔데?"

"올리버 색스."

"섹스?"

나는 깜짝 놀랐다.

새봄이가 내 등을 한 대 때리며 바로 말했다.

"그게 아니고, 에스, 에이, 씨, 케이, 에스, 색스(Sacks)야."

나는 창피해서 얼굴이 벌겋게 달아올랐다. 들고 있던 커피를 들이켜고 나서 겨우 물었다.

"서점 앱을 깔았어? 가르친 보람이 있네. 근데 내 주위에 서점 앤 간 애는 네가 처음이다."

새봄이는 그저 웃기만 했다. 나는 『모비 딕』 양장본을 찾아서 서점 안에 있는 의자에 앉았다. 마침 옆자리도 비어 있어서 맡아 두었다. 책을 들고 온 새봄이가 메고 있던 가방을 바닥에 내려놓고 앉았다. 새봄이는 늘 가방을 멘 채로 앉았기 때문에 나는 깜짝 놀랐다. 새봄이는 의식하지 못한 듯했다. 정말 기뻤다. 음, 어떻게 표현해야 할까…… 첫 걸음마를 뗀 자식을 바라보는 부모의 심정이라고 하면 과장된 표현일까? 아니다, 과한 표현이 아니다. 정말 새봄이가 대견해서 마구 박수를 쳐 주고 싶었다.

내 마음은커녕 자신의 행동도 눈치채지 못하고 새봄이는 책 표지를 음미하듯 물끄러미 바라보았다. 그 책은 『고맙습니다』라는 책이었다. 아주 얇았다. 영어 제목인 Gratitude에서 마음속 깊은 고마움을 정중하게 전하고픈 저자의 마음이 느껴졌다. 나는 새봄이가 가져온 책을 같이 읽고 싶기도 했는데, 새봄이는 전혀 그럴 마음이 없어 보였다. 아쉬웠지만 나는 나대로 『모비 딕』 양장본을 봤다. 역시 양장본이 멋있었다. 갖고 싶었다. 그런데 책 가격이 거의 오만 원이다. 으흠, 엄마한테 생일 선물로 사 달라고 할까, 책이니까 아무 때나 사 달라고 하면 사 주지 않을까, 이런 생각을 하고 있는데, 새봄이가 갑자기 내 손목을 꽉 잡았다. 깜짝 놀라서 새봄이를 쳐다봤다.

"이 글 진짜 멋져. 같이 읽자."

도서관도 아닌데 새봄이가 귓속말로 얘기했다.

"'나의 생애'라는 짧은 글인데, 자기가 6개월밖에 살지 못할 수도 있다고 들은 뒤에 쓴 거래."

나는, 곧 죽지만 삶은 감사함투성이였다, 이런 내용이겠거니 짐작하며 읽기 시작했다. 이 글을 쓰는 지금은 그 정도밖에 생각하지 못한 내가 아직 어리다는 걸 인정한다. 색스 씨는 질병에 대한 의사의 소견을 들은 뒤, 며칠 동안 자기 삶을 마치 높은 곳에서 내려다보는 것처럼 바라보게 되었다는데, 그때 삶의 모든 부분들이 하나로 이어져 있다는 느낌을 받았다고 했다. 그 문단 밑에 살아 있다는 감각이라는 말이 나왔는데, 나는 이 말에 멈칫했다. 살아 있다는 감각이란 게 대체 뭘까…… 내내 머릿속을 떠나지 않았다. 짧은 에세이의 마지막 쪽에 이르렀다. 나는 고개를 돌려 새봄이를 보았는데, 눈도 깜박이지 않고 골똘히 책을 보고 있었다.

새봄이가 다시 귓속말로 속삭였다.

"마지막 문단 읽었어?"

나는 고개를 젓고는 그 글의 마지막 두 문단을 읽었다. 잠시 뒤 새봄이가 내 손목을 꽉 잡았다.

"마지막 문단 정말 엄청나지? 무엇보다 나는 이 아름다운 행성에서 지각 있는 존재이자 생각하는 동물로 살았다. 그것은 그 자체만으로도 엄청난 특권이자 모험이었다. 정말 멋있는 말이지? 죽음을 앞두고 이런 생각을 할 수 있다니!"

"목소리가 너무 커!"

나도 모르게 이렇게 말하고 나서, 온 얼굴에 빛이 나는 듯한 새봄이의 얼굴을 빤히 쳐다보았다.

"여기 사진 봐 봐."

새봄이가 책 앞에 실린 색스 씨의 사진을 펼쳤다. 머리가 반이상 벗겨진 노인이 지팡이를 짚은 채 앉아 있었다.

"눈빛이 살아 있는 것 같지 않아?"

안경을 낀 데다 흑백 사진이라 눈이 잘 보이지도 않는데, 도대체 얘는 어디에서 눈빛을 본단 말인가.

"완전 빠졌네. 이 사람이 연예인이냐?"

내 말에 새봄이가 멍해지더니 갑자기 깔깔깔 웃었다. 몸집도 작은 애가 웃음소리는 호탕하기 그지없다. 주변 사람들이 다 우리를 쳐다보았다.

"야, 이새봄, 나가자. 이대로는 안 되겠다. 책 꽂아 놓고 서점 입구로 와."

우리는 자리에서 일어섰다.

거리에는 여전히 한낮의 열기가 머무르고 있었다. 집까지 걸으면 족히 한 시간은 걸릴 것 같았지만 버스를 타자고 말하지 않았다. 나는 걷고 싶었다. 새봄이도 그럴 것이었다.

"꼭 아이돌 쳐다보는 여중생 같더라."

내 말에 새봄이가 씨익 웃더니 진지한 목소리로 말했다.

"표지 넘기자마자, 본문 읽기 전에 울 뻔했어."

"진짜? 왜?"

"본문 시작 전에 이런 문장이 쓰여 있었어. 나는 지금 죽음과 마주하고 있습니다. 하지만 나의 삶은 아직 끝나지 않았습니다. 당연히 엄마 생각이 났지. 우리 엄마는 죽음을 준비하지도 못한 채 돌아가셨거든. 사고 나서 바로 수술하고 3주 넘게 의식 없이 누워만 계시다가 돌아가셨으니까. 그게 너무 안타까운 거야."

새봄이의 목소리가 가늘게 떨렸다.

"그냥, 울고 싶을 때는 울어. 참는 것보다 표출하는 게 너한테 좋을 것 같아. 단, 아무 남자 앞에서는 안 되고, 아빠랑 내 앞에서만."

새봄이가 연하게 웃으며 고개를 끄덕이고는 말했다.

"혹시, 그 문장 기억나? 어떤 사람이라도 그와 같은 사람은 없다, 그 부분 말이야. 죽은 사람들은 다른 사람들로 대체될 수 없다. 그들이 남긴 빈자리는 채워지지 않는다. 왜냐하면 저마다 독특한 개인으로 존재하고, 자기만의 길을 찾고, 자기만의 삶을 살고, 자기만의 죽음을 죽는 것이 우리 모든 인간들에게 주어진 유전적, 신경학적 운명이기 때문이다. 이 문장을 읽고 나니까 신기하게도 마음속에서 파도처럼 출렁이던 울음이 잔잔한 물결로 변하는 것 같았어."

내가 사람 보는 안목이 높다는 걸 누누이 말해 왔지만, 한 번 읽은 책의 문장을 줄줄이 말하는 애가 나의 여자 친구이고, 그 애를 알아본 나도 대단한 놈이라는 걸 다시 한번 밝혀둔다. 참고로, 나는 인터넷으로 이 책을 검색해서 어느 블로그에 올라와 있는 글을 보고 적었다.

"갑작스럽게 돌아가셨지만, 우리 엄마도 엄마만의 고유한 삶을 살다가 가셨구나, 생각하게 됐어. 그 글의 마지막 문장까지 읽고 나니까, 가슴속이 마구 흔들렸어. 약간 과장해서 말하면 지진이 일어난 것 같았어. 모든 죽음이 그런 것 같아. 병으로 오래 고생하다가 죽든, 우리 엄마나 세월호 참사로 죽은 사람들처럼 예기치 않게 죽든 각자 고유의 삶을 살다가 간 거구나……."

새봄이의 목소리가 살짝 떨렸다. 울음을 삼키는 게 느껴졌다. 나야말로 새봄이의 말에 감동해서 마치 시원한 바람이 가슴속을 훑고 지나가는 것 같았다.

"처음으로, 죽음을 준비할 수 있다는 게 본인에게는 물론 주변 사람들에게도 축복이라는 생각이 든다. 개인적인 죽음은 그것대로, 사회적인 죽음은 그것대로 고유의 의미가 있겠지. 하지만 사회적인 죽음을 맞은 사람들은, 자기만의 삶을 살다가 자기만의 죽음으로 죽은 게 아니잖아. 그러니까 남은 사람들이 의식을 갖고 더 기억해야 한다고 생각해."

"그래. 그 일을 잊지 말아야 한다고 생각하는 사람들이 더 많아지면 좋겠어. 우선 나부터라도……."

"참, 그건 그렇고! 마음속에 지진이 일어났다니…… 색스 씨가 들으면 참 좋아했겠네. 작가들과 독자들과 교제하는 걸 좋아했다고 적혀 있었잖아."

216

"너, 말투가 좀 비웃는 것 같네? 그리고 뭐, 색스 씨?"

"색스 씨지 뭐, 아니면 색스 님?"

내 말에 우리 둘 다 웃었다.

이제 우리는 미리 말하지 않아도 그늘진 곳으로 가기 위해 길을 척척 건넜다. 횡단보도를 건넌 뒤 새봄이의 손을 잡았다. 가는 길에 작은 공원이 있었다. 목이 말라서 물을 사 들고 공원으로 갔다. 벤치에 앉을 때도 새봄이는 가방을 옆에 두고 앉았다.

"너 알아? 아까 서점에서도 가방을 내려놓고 앉았어."

내 말에 새봄이가 눈을 동그랗게 뜨고 옆에 둔 가방을 보았다.

"진짜네."

나는 활짝 웃으며 더욱 큰 소리로 말했다.

"이새봄, 장하다! 이젠 조금씩 극복되고 있나 봐."

"그럴지도 모르겠어. 아빠한테도 말해 줘야겠다. 음…… 완전히 없어지면 좋겠어."

"지금처럼만 지내면 없어질 거야. 참, 서귀포 학교도 남녀공학이야?"

"아니, 여자고등학교야."

나는 엄청나게 기뻤다.

"진짜 잘됐다. 마음이 확 놓이네."

새봄이가 나를 보며 빙긋 웃었다.

"마음이 통하는 친구를 꼭 만나야 할 텐데…… 너를 알아보는 애가 있을 거야. 그러니까 너는 흔들리지 말고……."

나는 말을 하다가 멈췄다. 한 번도 전학이라는 걸 해 본 적은 없지만, 전학 온 아이들이 적응하느라 꽤 힘들어한다는 건 알고 있기 때문이다.

새봄이가 운동화 앞코로 땅을 콩콩 찧으며 말했다.

"어느새 내일이 마지막이네."

"모레, 내가 공항에 나갈게. 잠깐이라도 보게. 그러면 내일이 아니라 모레가 마지막이야. 모레 몇 시 비행기야?"

새봄이가 좀 머뭇거리다가 말했다.

"그런데…… 아빠랑 나는, 배를 타고 가."

"제주도에, 배를 타고 간다고? 진짜?"

나는 새봄이를 빤히 쳐다보았다. 설명을 들어 보니, 자동차를 가져가야 해서 배를 탈 수밖에 없다고 했다. 새봄이 아빠만 배를 타고 새봄이는 비행기로 가는 방법도 있지만 새봄이가 혼자 비행기 타는 걸 꺼려해서 같이 배를 타기로 했다고 한다. 전 국민이 알다시피, 인천에서 출발하는 배는 이제 없으니까 목포까지 가서 하룻밤을 자고 그다음 날 아침에 제주도에 가는 배를 탄단다.

나는 한동안 아무 말도 할 수 없었다. 다시 그럴 일이 있겠냐만, 그래도 꽤나 걱정이 되었다. 나도 모르게 엄마가 하는 말과 똑같은 말이 입에서 나왔다.

"제주도에 도착하면 문자 보내 줘. 잘 도착했다고. 약속해."

새봄이가 선선히 말했다.

"그럴게. 걱정 마. 어차피 비행기든 배든 나한텐 똑같아. 그렇다면 비행기보다는 배가 나을 거야. 폐쇄 공간이 아니잖아. 갑판이 있으니까."

"그래도 비행기는 금방 가잖아. 한 시간."

"배로 가도 길지 않아. 다섯 시간 정도래."

"생각보다 그렇게 오래 걸리지는 않네. 근데 한편으로는 좀 부러운데? 포경선은 아니지만 여객선도 타 보고. 『모비 딕』 읽고 나서 큰 배 타고 바다에 나가 보고 싶다는 생각, 여러 번 했거든."

"내가 이번에 타 보고 알려 줄게. 괜찮으면 너도 제주도 올 때 배 타고 와."

나는 말없이 웃기만 했다. 내가 배를 탈 수 있을까. 할 수만 있다면 언젠가 꼭 타 보고 싶기는 하다.

집까지 다시 걸었다. 저녁 일곱 시 반이 넘었다. 일몰이 시작되어 아파트와 건물들 위로 노을이 조금씩 번져 있었다. 그저께 본 바다 노을에 비하면 아름답다고 할 수는 없지만, 시멘트 색깔밖에 없는 동네가 운치 있어 보였다. 둘 다 삼겹살을 얼마나 먹었는지 아직도 배가 고프지 않았다.

새봄이가 문득 물었다.

"너는 그 단어 알고 있지? 아까 『고맙습니다』 책의 영어 제목 말이야."

"잘 쓰진 않지만, 알고는 있지. 그런데 왜?"

새봄이가 머뭇거리다가 조심스레 말했다.

"전혀 모르는 낱말이거든. 왜 땡큐가 아니야? 그 단어가 고맙다는 뜻이긴 해?"

내가 아는 선에서 Thank you와 Gratitude의 차이를 설명해 주었다.

"나는, 우선 공부를 좀 해야 할 것 같아. 영어 단어뿐 아니라 모르는 게 너무 많아."

새봄이가 위축될까 봐 최대한 잘 얘기해 주려고 애를 썼다.

"너 그거 알아? 모르는 걸 모른다고 말하고 묻는 애들이 별로 없다는 거. 너는 안 그러니까 걱정하지 마. 그리고, 이제부터 해도 늦지 않아, 정말이야."

"그런데, 왜 모르는 걸 못 물어봐?"

"그거야 모른다고 말하면 혼나기도 하고, 또 창피할까 봐 그러는 거지. 학교나 학원에 오래 다니면 점점 그렇게 되는 것 같아. 질문하는 것도 용기가 필요하더라고."

"너도 그래?"

새봄이의 물음에 나는 바로 대답하지 못하고 좀 망설였다.

"솔직히 말할게. 나도 그렇게 되어 버린 것 같아. 대신 집에 가서 모르는 걸 다시 풀어 보거나 책을 뒤져 보긴 해. 너는 나

처럼 되지 않으면 좋겠다. 모르는 걸 모른다고 말하고, 모르는
걸 찾아보고, 알아냈을 때의 기쁨을 느낄 수 있으면 좋겠어.
넌 분명 그럴 수 있을 거야."

새봄이는 잠시 아무 말이 없다가 갑자기 걸음을 멈추더니
새끼손가락을 내밀며 말했다.

"우리 약속하자. 언제나 스스로에게 떳떳하기로."

새봄이가 무슨 뜻으로 말한 건지 충분히 이해했다. 나는 새
끼손가락을 걸며 그 약속을 지키겠다고 마음속으로 다짐했다.

새봄이를 집으로 들여보내고 방에 불이 켜지는 걸 보고 나
서야 발이 떨어졌다. 돌아올 때는 쓸쓸해서 집까지 달렸다. 처
음 새봄이 곁에서 나란히 뛰던 날이 떠올랐다. 고마워,라고 말
했던 새봄이의 진심 어린 얼굴과 눈빛이 떠올랐다. 그 진심을
고스란히 느낄 수 있는 친구를 제주도에서 만나기를 간절히
바랐다. 단, 당연히 남학생이 아니라 여학생이어야 한다. 이
제, 나는 내일 새봄이에게 선물로 줄 책을 마저 읽을 것이다.

18장.
D-1

엄마에게 다녀왔다.

7월의 마지막 날이고, 오랫동안 산 이 집에서의 마지막 날
이고, 이 도시에서의 마지막 날이고, 지석이와 마지막으로 만
난 날이었다. 하지만 엄마와는 마지막이 아니다. 늘 엄마는 내
기억 속에 있기 때문이다. 두 달 뒤 추석 때 엄마에게 갈 것이
고, 언제든 가고 싶으면 갈 수 있다고 아빠가 말했다. 내가 비
행기를 잘 타게 되면 당일치기로 엄마에게 다녀올 수 있다고
도 했다.

하지만, 엄마 없이 가는 이사라서 한동안 눈물이 흘렀다. 고
래를 보러 이사 간다는 건 아빠의 핑계인지도 모르겠다. 엄마
와 살아 보지 않은 집에서, 엄마와의 추억이 깃들지 않은 곳
에서 살기로 한 결정이 아빠와 나에게 커다란 도전이라는 걸

뒤늦게 깨달았다. 하지만 아빠의 결정을 존중한다. 나는 휴대 전화 카메라로 엄마의 유골함과 사진, 묵주를 찍었다. 그리고 엄마에게 약속했다. 엄마를 보러 올 때마다 웃으면서 오겠다고, 그리고 힘든 일 있으면 엄마에게 다 털어놓겠다고 말이다.

집에 오는 길에 지석이와 만나기로 한 도서관까지 아빠가 데려다주었다. 다행히 아빠는 지석이가 마음에 드는 눈치다. 싹싹해서, 밝아서, 잘 먹어서, 예의가 발라서였다. 나로서는 지석이가 엉뚱해서, 잘생겨서, 이런 이유도 있는데, 아빠에게 말하지 않았다. 아빠가 이런 이유를 좋아할지 판단이 서지 않았기 때문이다.

지석이가 먼저 와서 자리를 잡아 놨다. 열람실 탁자 위에 아이스커피와 자몽주스가 있었다. 내가 말없이 슬쩍 앉자, 지석이가 놀라며 활짝 웃었다. 지석이는 지난번 바닷가 도서관에서 읽던 책을, 나는 지석이의 표현대로, 색스 씨의 책을 읽었다. 어제 서점에서 읽은 두 편의 에세이를 다시 읽었다.

엄마가 왜 색스 씨를 좋아했는지 조금은 알 것 같다. 색스 씨에게는 자기만의 시각이 있다. 그의 글은 예리하지만 날카롭지 않고 깨달음과 힘을 준다. 또 재미있는 분 같다. 글 군데군데 재치와 유머가 있고 희망적인 빛이 있다. 누구와도 비슷하지 않고 견줄 수 없는 색스 씨만의 세계와 시각. 이건 하루아침에 만들어지지 않았을 거다. 그의 다른 책들도 읽어 보고 싶다.

그리고 나도, 나만의 세계를 만들어 가고 싶다. 이새봄이 바라보는 세상과 사람들, 현실과 생명체에 대한 이새봄의 시선과 생각들, 그리고…… 감정들. 수많은 종류의 감정들이 있으니 이제부터라도 그만큼의 감정들을 느끼고 싶다. 새로이 느끼는 감정들로 나를 채워 가고 나만의 시선을 가다듬으며 사람들과 다른 생명체들과 이 지구에서 살아가고 싶다.

아직 더운 오후였지만 지석이와 나란히 걷고 싶었다. 오늘 두 시간 가까이 도서관에 있었다는 게 신기했다. 지석이 말대로 조금씩 나아지고 있는 것 같다.

도서관 밖으로 나오자 지석이가 물었다.

"오늘, 뭐 하고 싶어?"

"그냥 이곳저곳 걸어 다니고 싶어. 더운데 괜찮겠어?"

"당연하지. 더 더운 날도 다녔는데."

"참, 너는 나 만나면 뭐 하고 싶었어?"

내 물음에 지석이가 멈칫하다가 웃으며 말했다.

"실은, 나, 한 가지밖에 없었어. 이 도서관에서 같이 손잡고 책 읽는 거, 하하."

나도 웃음이 나왔다.

"그런데 왜 아까 안 잡았어?"

"맨날 손잡았으니까. 그리고 너 집중해서 책 읽는 데 방해하기 싫더라고."

날 배려하는 지석이가 좋아서 내가 먼저 지석이 손을 잡았

다. 지석이 얼굴이 발개졌지만 그냥 손을 잡은 채로 빨리 걸
었다. 걷다 보니 학교 가는 길이었다.

"학교에 한번 가고 싶었는데 잘됐다."

내 말에 지석이가 말했다.

"그러게. 너랑 같이 등교하는 기분이네. 네가 전학 가지 않
았으면 2학기부터 같이 등교했을지도 몰라."

"정말? 하하."

상상만 해도 기분이 좋았다.

교문을 들어서자 지난 5개월 동안 달린 운동장과 숱하게 오
르내린 계단이 보였다. 가슴이 두근거렸다.

지석이에게 큰 소리로 말했다.

"우리, 뛰자!"

나는 지석이 손을 놓자마자 운동장으로 달려갔다. 지석이가
뒤따라왔다. 서로 엇갈리다가 발이 맞자 우리는 나란히 달렸
다. 마음이 무척 편안했다. 처음 지석이가 내 곁으로 와서 같
이 뛰던 그날이 다시 한번 생각났다. 나는 지석이의 손을 잡
았다. 우리는 깍지를 끼고 운동장을 몇 바퀴 돌았다. 이렇게
가벼운 마음으로 운동장을 달리는 건 처음이었다.

아빠의 복직으로 학교에 다닐 수밖에 없었지만, 막상 학교
에 다닌 지 얼마 되지 않아서부터 잘 적응하고 싶었다. 사람
들이 저마다 생김새가 다르듯 목소리가 다 다르다는 걸 알았
고, 선생님과 아이들이 내는 각기 다른 목소리를 듣는 것이

좋았다. 아이들은 대체로 말을 잘했다. 자기 의견을 말하는 아이들을 볼 때마다 놀랍기도 하고 부럽기도 했다. 물론 알아들을 수 없는 날카롭고 거친 말을 하는 아이들도 꽤나 있었지만, 나에게는 그 소리 또한 생생했다. 내가 살아 있다는 감각을 느끼게 해 주었고 집 안이 아니라 바깥, 내가 속한 사회인 학교에 있다는 현실감을 일깨워 주었다.

어느 순간 걷기 시작하다가 멈추어 섰다. 학교 건물을 바라보았다. 1층 왼쪽 끝에 있는 도서실 유리창이 햇살에 반짝이고 있었다. 저 도서실에서 발견한 『모비 딕』 덕분에 다시 책을 읽게 되었고 도서관을 좋아할 수 있게 되었다. 제주도에 가서 이 도시를 생각하면, 나에게 각별한 여러 장소들 중 학교 도서실도 빛나는 별처럼 떠오를 것이다.

"조금만 더 일찍 왔으면 들어가 볼 수 있었을 텐데, 아쉽지?"

지석이의 물음에 내가 대답했다.

"아냐, 괜찮아. 도서실 곳곳을 내 마음속에 쫙 복사해 놨어. 1학년 5반 교실도."

우리는 천천히 걸어 교문 쪽으로 갔다. 교문을 나서면서 지석이가 말했다.

"이제 나는 학교에 와서 운동장을 볼 때마다 네 생각이 나겠어. 학교를 안 올 수도 없고……."

말끝을 흐리며 지석이가 웃었지만 표정에서 아쉬움이 느껴졌다.

"배고프다. 우리, 좀 일찍 저녁 먹을까? 거기, 쓰리 테이블즈에서. 첫날처럼."

지석이도 좋다고 했다. 저녁을 먹는 중에 지석이가 복지관 카페에 또 가고 싶다고 했다. 같이 앉고 싶은 자리가 있다면서. 저녁을 다 먹고 복지관으로 가는 길에 음료수를 하나씩 샀다. 우리가 카페에 도착했을 때는 일곱 시쯤이었는데 영업을 하지 않고 입구에 출입을 막는 줄만 쳐져 있었다. 아무렇지도 않게 줄을 옆으로 치우고 들어가는 지석이를 따라 나도 과감히 들어갔다.

"기억나? 우리 여기서 처음 만났을 때 이 자리에 앉았었잖아."

지석이가 지나가면서 말했지만 정확히 기억나지는 않았다. 이번에 지석이는 한쪽 면이 온통 유리창인 쪽에 자리를 잡았다. 나는 가방을 내려놓고 앉았다. 지석이가 낮은 테이블을 발 앞으로 당기더니 신발을 벗고 발을 올려 다리를 쭉 뻗었다. 나도 운동화를 벗고 발을 올렸다. 아주 편했다.

"언젠가 이렇게 하고 있는 아저씨를 봤는데 진짜 편해 보이더라고. 그리고 이쪽 방향으로 해가 져. 너랑 꼭 여기에 앉아 보고 싶었어."

지석이의 말에 창밖을 바라보았다. 사실 양옆으로 아파트와 가게들이 길게 줄지어 있어서 직접 일몰을 볼 수는 없었다.

하지만 조각난 하늘이 조금씩 붉게 물들어 가는 것도 은근히 멋있었다. 이렇게 앉아 있으니 내일 이사를 가고 오늘이 지석이와 만나는 마지막 날이라는 생각이 다시 한번 들었다. 편지나 이메일, 전화, 문자, 톡, 그리고 아이들이 하는 SNS가 있어서 마음만 먹으면 매일 연락할 수도 있겠지만…… 과연 우리가 어떤 식으로 이어질지 아직은 잘 모르겠다. 지석이는 어떤 마음일까, 궁금했지만 묻지 않았다. 지석이도 한동안 말이 없었다. 우리는 말없이 창밖이 어두워지고 하나둘씩 불이 켜지고 하늘이 차차 어두워지는 걸 지켜보았다.

지석이가 물었다.

"요즘에도 자주 달려?"

"횟수가 많이 줄었어. 너 만나는 동안 한 번도 뛰쳐나가지 않았잖아. 방학하고도 매일 달리지 않았고, 거의 울지도 않았어."

나는 잠시 멈추었다가 이어 말했다.

"정확히 언제부터인지는 나도 모르겠어. 순간 이동서 쓴 날 달리고 나서부터인 것도 같고, 또 몇 년만에 엄마와 자주 다녔던 어린이도서관에 혼자 갔었거든. 그날 이후부터인 것도 같고. 여하튼 점점 좋아지는 게 느껴져. 그리고 이젠 추억이 깃든 건물도 울지 않고 바라볼 수 있어. 물론 엄마나 너와의 추억이 깃든 곳은 나에게 늘 특별하겠지."

나는 웃으며 지석이를 바라보았다. 지석이가 나직한 목소리로 말했다.

"나도 이젠 회색 콘크리트가 그저 건물 덩어리일 뿐이라고 생각하진 않을 것 같아. 우리가 사는 곳이니까. 우리가 발 딛고 울고 웃으며 사는 곳이니까. 또 누구보다 너와 함께 시간을 보낸 곳들이니까."

지석이가 가방에서 봉투를 꺼내서 나에게 내밀었다.

"어떤 책을 고를까 내내 고민했어."

나는 봉투에서 책을 꺼냈다. 한 권은 『바다, 소녀 혹은 키스』였고, 다른 한 권은 『살아 있어』라는 그림책이었다.

"이 책, 다른 단편들도 읽어 보고 싶었어. 잘 읽을게, 고마워."

『바다, 소녀 혹은 키스』의 표지를 넘기니 지석이가 써 놓은 메모가 있었다. 집에 가서 혼자 읽고 싶어서 그냥 덮었다. 내가 그림책을 들었을 때 지석이가 말했다.

"서점에서 너랑 같이 『고맙습니다』를 읽었을 때 '살아 있다는 감각'이란 말이 나왔잖아. 얼핏, 살아 있다는 감각이란 게 뭘까, 나는 살아 있다는 감각을 느끼며 살아왔고 또 살아가고 있나, 이런 생각이 들더라고. 어쩌면 이 책이 그 해답 중 하나가 될 수도 있겠다 싶어. 실은 이 책, 몇 년 전에 엄마가 동생한테 읽어 주라고 해서 알게 된 책인데, 내 동생은 이 책에 그려진 인물들 표정을 따라 하는 걸 좋아해서 자꾸 읽어 달라고 했었어. 그때는 시시했는데 다시 보니 아니었어. 산다는 게 대

단하고 훌륭한 무언가를 해야만 하는 건 아니구나, 이런 생각
도 들고…….”

나는 그 자리에서 그림책을 천천히 읽어 보았다. 간단명료
한 문장 속에 삶의 모든 게 담겨 있었다. 인간뿐 아니라 숨 쉬
는 다른 생물들도 그려져 있었다. 심지어 조용히 서 있는 나
무 위에 ‘두근두근두근두근’이라는 글자가 쓰여 있는 걸 보고
나는 단박에 이 책이 마음에 들었다. 그림도 재치 있고 익살
스러운 데다 시원스럽게 그려져 있어서 글과 같이 보는 재미
가 있었다.

“아, 이 책은 처음이야. 자기 모습 그대로, 태어난 대로, 생
긴 대로 사는 게 살아 있는 거라고 말하는 것 같아……. 우리
나라에 처음 출판된 게 2008년이네. 꼭 숨어 있는 보석을 발
견한 느낌이다. 고마워. 아마, 기분이 안 좋거나 힘들 때마다
읽게 될 것 같아.”

지석이는 내가 이 그림책을 좋아할 줄 알았다고 했다. 나
도 가방에서 지석이에게 줄 책을 꺼냈다. 바로 올리버 색스의
『고맙습니다』였다. 나는 이번에도 책을 봉투에 넣거나 포장하
지 않았다.

“이건 내 선물.”

내 말에 지석이가 “이번엔 얇아서 좋다.” 하며 웃었다. 그러
고는 도서관에서 빌려서 보려고 했는데 잘됐다고 말하면서
장난스러운 표정으로 물었다.

"그런데, 이새봄. 책 앞에 실린 색스 씨의 사진을 볼 때마다 여전히 질투가 나면 어쩌지?"

"뭐? 아직도? 걱정 마. 올리버 색스 같은 사람은 지구상에 다시는 없으니까. 너는 너고, 그 사람은 그 사람이고. 내가 아무리 그 사람의 문장을 열렬히 좋아한들, 내가 좋아하는, 살아 있는 사람은 정지석이니까."

내가 한 말에 얼굴이 붉어지기는 처음이었다. 지석이도 얼굴이 벌게져서는 나를 똑바로 쳐다보지 못하고 창밖만 봤다. 어느새 밤이 되었고 아파트 집들과 가게들에서 수많은 빛들이 흘러 나오고 있었다. 도시의 흔한 불빛이지만, 마치 은은한 별들이 한가득 모여 있는 것 같았다.

문득 지석이가 말했다. 목소리가 아주 차분했다.

"아침마다 네 집 앞에 가서 네가 내려오길 기다릴 것만 같아. 그냥 이렇게 우리가 만난 하루하루가 쭉 이어질 것만 같아."

지석이가 주저하다가 다시 말했다.

"자주 연락하면 좋겠어. 아마 나는, 톡 하나 보내는데도 열 번 넘게 망설이게 될 거야. 원래 내가 소극적이기도 하고……."

나는 깜짝 놀라서 물었다.

"네가 소극적이라고? 나는 한 번도 그렇게 생각한 적 없는데?"

지석이가 얼굴이 좀 붉어지더니 더듬더듬 말했다.

"아니, 원래는, 내가 그렇다는 거야…… 이제 같은 학교에 다니지도 않고, 서귀포 생활도 모르니까…….

그냥 편히 연락하라고 말하려던 참이었는데 갑자기 뒤에서 누가 큰 소리로 말했다.

"15분 후면 건물 문 닫습니다!"

우리는 깜짝 놀라 동시에 벌떡 일어섰다. 나쁜 일도 하지 않았는데, 영업이 끝난 카페에 허락 없이 앉아 있어서 그런가 마음이 확 쪼그라들었다. 가방을 들었을 때 지석이가 사진을 찍자고 했다. 지석이는 의자 옆에 서 있는 나를 찍은 다음, 내 옆으로 와서 같이 사진을 찍었다. 이번에도 지석이는 내 키와 비슷하게 무릎을 낮춰 주었다. 나는 몇 걸음 걸어 나오다가 휴대전화 카메라로 우리가 앉은 자리를 찍었다.

밖으로 나와 길을 건넜다. 3층 도서관 유리창에만 불이 켜져 있어서 복지관 건물이 마치 긴 띠를 두른 우주선처럼 보였다. 한동안 우리는 그 자리에 서서 그 건물을 올려다보았다. 그러다가 어느 순간 불이 꺼졌다.

"꼭 너하고 우주선을 타고 먼 곳을 여행하다가 막 지구로 돌아온 느낌이다."

내 말에 지석이가 내 손을 잡고 걷기 시작했다.

"그런 셈이네. 다시 각자의 현실로 돌아가잖아."

나는 말없이 고개만 끄덕였다.

지석이가 다시 물었다.

"너, 톡으로 사진이나 파일 주고받을 수 있는 건 알지?"

"아, 몰랐어. 이모티콘은 보낼 수 있는데."

"어휴, 그럼 그렇지. 내가 집에 가서 그동안 찍은 사진 보내 줄게."

제주도에서 찍은 사진을 보내고 싶다고 생각했는데 지석이 가 똑같은 말을 했다. 나는 웃으며 고개를 끄덕였다.

집 앞에서 지석이가 말했다.

"실은, 어젯밤부터 그리고 오늘 하루 종일, 어떻게 헤어져야 멋있을까 얼마나 많이 생각했는지 몰라. 오래도록 기억에 남 는 말을 하고 싶은데 말이야."

아무 말을 하지 않아도, 어떤 멋있는 말을 하지 않아도 괜찮 다고, 이대로 좋다고 말하고 싶었는데 지석이가 이어 말했다.

"그러다가 아까 생각이 났어, 네가 우주선 얘기했을 때. 우 리는 이제 각자의 현실로 돌아가지만, 지구에서 서로에게 의 미 있는 존재가 하나씩 더 생긴 거야. 이 수많은 생명체들 중 에서 말이야. 그러니 이전의 현실과는 다를 거야."

지석이는 꼭 울 것 같은 표정이었다.

"그렇네. 인생의 상전이까지는 아니더라도…… 아니, 어쩌 면 서로에게 인생의 상전이가 될지도 모르지."

내 말에 지석이가 눈을 동그랗게 뜨며 말했다.

"뭐, 상전이?"

지석이가 큰 소리로 웃었다. 나도 따라 웃으며 말했다.

"웃으니까 좋다. 헤어지는 게 아니잖아. 예전처럼 만나지는 못하지만, 이 도시든 제주도에서든 다시 볼 수 있을 거야. 그리고…… 고맙다는 말을 다시 하고 싶어. 내 곁으로 달려와 줘서 진짜 고마웠어."

그때 지석이가 한 팔로 내 머리를 안고 와락 당겼다. 나는 지석이의 품에 기댄 채 엉거주춤하게 서 있었다. 그러다가 지석이가 벌벌 떠는 게 느껴졌는데, 잠시 뒤 내 머리 정수리 부근이 뜨듯해졌다. 뭐지, 왜 머리가 따뜻하지? 궁금해하던 찰나, 지석이가 내 정수리에 입을 맞추었다는 걸 알았다. 나도 모르게 한껏 까치발을 들어서 지석이의 볼에 입을 맞추고 집으로 뛰어갔다.

1층 현관 앞에 다다랐을 때 지석이가 소리쳤다.

"내일 아침에 올게! 잠깐이라도 얼굴 보게!"

지석이는 웃을 듯 말 듯한 얼굴로, 내가 스치듯 입을 맞춘 볼에 손을 댄 채로 서 있었다. 나는 웃으며 팔을 한껏 펴서 흔들었다.

어떤 작별 인사도 아름다울 수 없다는 걸 안다. 어떤 작별 인사도 떨어져 지내는 이들의 마음을 달랠 수 없다는 걸 안다. 그래서 나는 담담할 수 있었던 것 같다.

좀 전에, 지석이가 책에 남긴 메모를 읽었다.

이새봄,

234

너를 알게 되어서 기뻐.

우리가 서로를 알아봐서 기뻐.

떨어져 지내게 되었지만 걱정하지 않을 거야.

보고 싶고 아주 많이 그립겠지만

나에겐 너와 보낸 시간이 있으니까.

우리가 함께 바라본 고인돌과 바다, 함께 걸은 길,

함께 이야기 나눈 장소들, 함께한 많은 것들이 있으니까.

그리고 이 지구에는 우리 말고도 수많은 생명들이

함께 숨 쉬고 살아가고 있으니까.

무엇보다 우리 앞에 놓인 앞으로의 시간이 있으니까.

네가 그곳에서 잘 적응하길,

분명 힘든 일이 있겠지만 현명하게 잘 이겨 내길 응원할게.

네가 언젠가 달리기를 멈출 수 있기를,

어느 곳에 있든 너를 둘러싼 공기와 바람과 햇살이

너를 편안하게 해 주기를,

다음에 만날 때 웃으며 볼 수 있기를 간절히 바란다!

           - 너를 많이, 아주 많이 아끼는 지석이가

 마음이 벅차오른다. 4년 만에 돌아간 학교에서 이 아이를 만난 건 정말 행운이었다. 나도 간절히 바란다. 다음에 지석이를 만날 때 웃으며 볼 수 있기를……

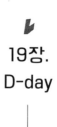

19장.
D-day

오늘 하루가 어떻게 지나갔는지 모르겠다.

오후 내내 잤고 저녁밥을 엄청나게 먹는 나를 보며 엄마가 무척 좋아했다.

방에 들어와서 새봄이가 『고맙습니다』 책에 남긴 메모를 읽고 또 읽었다. 작고 동글동글한 글씨가 꼭 새봄이 같았다.

이 도시를 생각하면 엄마와 네가 떠오를 거야.

잊지 못할 여름이었어.

내가 더는 고맙다고 말하지 않게 될 날이 오기를…….

지금쯤 목포에 도착하고도 남을 시간이다. 잘 도착했다고 문자라도 보내 주면 좋으련만, 아무런 연락이 없다. 제주도에 도착하면 알려 달라고 했으니까, 내일은 연락이 오겠지.

아침 여덟 시 반쯤 새봄이네 집에 갔을 때는 벌써 이삿짐이 사다리차로 내려오고 있었다. 새봄이도, 새봄이 아버지도 보이지 않았다. 나는 사다리차를 처음 보는 사람처럼 짐 상자가 내려오는 걸 계속 지켜보았다. 한 시간도 채 지나지 않았는데, 더는 내려오는 짐 상자가 없었다. 나는 깜짝 놀라서 새봄이네 집으로 올라가려고 뛰었다. 다행히 엘리베이터 앞에서 새봄이를 만났다. 새봄이와 슈퍼에 가서 큰 쓰레기봉투를 샀고 새봄이는 다시 집으로 올라갔다. 새봄이가 따로 볼 시간이 없을 것 같다고 했을 때, 이렇게 얼굴 봤으니 괜찮다고 말했지만, 속으로는 그렇지 않았다. 5분만이라도 벤치에 같이 앉아 있고 싶었다.

이삿짐 트럭이 떠나고 30여 분 뒤 새봄이와 새봄이 아버지가 밖으로 나왔다. 나는 새봄이 아버지에게 허리 숙여 인사했다.

"그래, 시간이 별로 없네. 고마웠고…… 또 보자. 놀러 오너라."

새봄이 아버지는 나를 보고 말한 다음, 새봄이에게 인사하고 오라고 한 뒤 먼저 차에 올랐다.

새봄이를 보았다. 운 것 같았다. 눈이 빨갰다.

"울었어?"

내 말에 새봄이가 고개를 끄덕였다.

"아버지도?"

이번에도 새봄이가 말없이 고개를 끄덕였다. 무슨 말을 해야 할지 몰라서 머뭇거리고 있는데 새봄이가 말했다.

"이젠 내 차례인 것 같아. 내가 아빠를 지켜볼 차례."

나는 이해가 되었다.

"너한테 그럴 만한 힘이 생긴 것 같아. 그렇지?"

내 물음에 새봄이가 고개를 끄덕하며 순하게 웃었다.

나는 울지 않으려고 애를 쓰며 말했다.

"악수하자. 왜 내가 악수하자고 하는지 알지?"

새봄이가 손을 내밀며 고개를 숙였다. 우리는 손을 잡았다. 잠시 뒤 내 손등 위로 새봄이 눈물이 뚝뚝 떨어졌다. 새봄이가 다른 손으로 급하게 눈물을 닦으며 말했다.

"안 울 거야."

다시 손등 위로 눈물이 후드득 떨어졌다. 이번엔 내 눈물이었다. 얼마 만에 우는 건지 모르겠다. 나도 서둘러 다른 손으로 눈물을 닦으며 말했다.

"너는, 힘들면 힘들다고, 짜증 나면 짜증 난다고 누구에게라도 말해야 돼. 알지?"

새봄이가 간신히 울음을 참는 게 느껴졌다.

"……그럴게. 잘 지낼 거야. 정말 그러고 싶어……. 너도 울지 마."

나는 고개를 끄덕이며 맞잡은 손에 힘을 한 번 꽉 준 뒤 손을 놓았다.

"아버지 기다리신다. 얼른 가."

"잘 지내. 연락할게."

새봄이가 짧게 인사하고 돌아섰다. 나는 차 문을 막 열려고 하는 새봄이를 급하게 불렀다.

"새봄아, 나는 그대로 여기 있어. 그러니까 언제든……."

울음이 터질 것 같아서 끝까지 말할 수가 없었다.

새봄이가 고개를 한 번 끄덕이고는 웃을 듯 말 듯한 얼굴로 손을 흔들었다.

새봄이네 차가 출발했다. 나도 뛰어가, 차가 아파트를 벗어나 차도로 진입하는 것을 지켜보았다. 곧은길만 길게 이어지면 좋으련만, 차도는 왼쪽으로 꺾였고 새봄이네 차도 더는 보이지 않았다.

발이 땅에 붙은 듯 움직여지지 않아서 한동안 서 있었다. 마음에 커다란 구멍이 뚫린 것 같았다. 그 구멍으로 바람이 마구 불어닥쳤다. 어디로 가야 할지 몰라서 그냥 뛰었다. 뛰다 보니 학교에 닿았고 어제처럼 운동장을 몇 바퀴 돌았다. 집에 가서 눕고 싶었다. 하지만 잠시 뒤 나는 마을버스에 올라탔고 고인돌이 있는 곳으로 갔다. 고인돌은 아무 일 없는 듯 그대로 있었다. 새봄이에게 시킨 것처럼 나도 손을 쫙 펴서 고인돌에 얹었다. 손바닥이 서늘해졌다.

"새봄이가 묻은 기억도 잘 지켜 주고, 우리 둘의 기억도 잘 지켜 줘."

고인돌은 말없이 그대로 있었다. 오히려 그 점이 좋았다. 변하지 않고 늘 그 자리에, 그 모습으로 있으니, 흔들릴 때마다 힘들 때마다 찾아오면 되겠구나 싶었다.

다시 마을버스를 탔다. 이 마을버스는 여러 아파트 단지를 돌고 돌아 인근 지하철역으로 간다. 복지관이 보여서 내릴까 하다가 그대로 앉아 있었다. 몇 정거장을 지나 우리 집 근처였지만 그냥 지나쳤고, 십여 분이 흐른 뒤 새봄이네 집에 닿았다. 나는 아까 새봄이네 차를 지켜보며 서 있었던 그 자리를 버스 안에서 바라보았다. 다시 몇 정거장 지나 우리가 저녁을 먹은 레몬색 음식점이 보였다. 나는 내리지 않고 계속 마을버스를 타고 동네를 돌았다. 지하철역을 몇 번이나 오갔는지 모르겠다. 마침내, 다시 새봄이네 집이 보였을 때 나는 버스에서 내릴 수 있었다.

새봄이네 집 앞, 내가 종종 서 있던 그 자리로 가서 새봄이네 집을 올려다보았다. 가슴속 이새봄 심실이 나지막하게 뛰고 있었다. 뜨거운 여름 태양이 새봄이네 집을 비추고 있었다. 새봄이가 집에만 있던 4년 동안 태양은 끊임없이 새봄이를 비춰 주었다. 그리고 앞으로도 그럴 것이다. 새봄이가 이사 간 집에서도, 전학 간 학교에서도. 어디에 있든 새봄이를 비춰 줄 것이다. 이런 생각이 들자 마음이 좀 편안해졌다. 나는 새봄이에게 문자 메시지를 보냈다.

240

— 이 우주에서 이새봄 별이 늘 반짝이길…….

나는 다시 한번 새봄이의 집을 올려다보았다.

잠시 뒤 새봄이에게서 문자가 왔다.

— 이 우주에서 정지석 별이 늘 반짝이길, 지구와 달처럼 이새봄 별과 정지석 별이 가장 가까운 친구이길…….

가슴속 심실들이 다시 힘차게 뛰기 시작했다.

지구의 모든 생명체를 살게 하는 태양이 어김없이 나를 비추었다. 머리가 어질어질할 정도로 강하게 내리쬐고 있었다. 언젠가 지구의 모든 것들은 고향을 떠나 태양과 함께 우주 사방으로 퍼져서 새로운 별로 태어날 것이다. 하지만 그건 상상할 수도 없는 50억 년 뒤의 일이다. 그러니, 살아 있는 한 이 고마운 태양은 나와 이새봄을, 그리고 우리 모두를 변함없이 비출 것이다. 지구는 자전하면서 태양 주위를 공전하니까. 변함없는 이 사실에 다시 힘이 났다.

나는 웃을 수 있었다. 혼자 있지만 진정 혼자가 아니기에.

나는 걷기 시작했다. 웃으며 걸을 수 있었다.

작가의 말

내가 기억하는 첫 죽음은 초등학교 6학년 때 외할아버지의 죽음이다. 위로와 탄식, 고성이 오가는 가운데 어른들이 번갈아 울었고 많은 친척들이 다녀갔다. 나는 어디에 있어야 할지 몰라서 대문 밖에 마련된 상여 앞에 자주 가 있었다. 상여에 장식된 은은한 빛깔의 종이꽃들이 햇살에 반짝여서 눈이 부실 정도였다. 그 고운 상여를 보고 있으면 더는 할아버지를 볼 수 없다는 생각을 잠깐씩 잊을 수 있었다.

삼십 대로 접어들면서 좀 더 자주 죽음을 겪게 되었다. 첫째를 낳기 한 달 여 전에 외할머니가 돌아가셨고, 둘째를 낳기 몇 달 전에 이모부가 돌아가셨다. 누구나 태어나서 한 생(生)을 살다가 죽는다. 하지만 지인들의 죽음이 하나하나 쌓이면서 이 평범한 진리를 있는 그대로 인정하지 못했다. 그러는 중에 세월호 참사가 일어났다. 나는 이 사건을 어떻게 받아들여야 할지 알 수 없었다. 그저 내가 어른이라는 게 너무나 부끄러

242

웠다. 어린 아이들과 학생들의 눈을 마주치기가 두려웠다.

제대로 밝혀진 게 없는 채로 시간이 흘렀고 그 후로도 여러 지인들이 지구에서의 삶을 마감했다. 그러면서 동전의 양면이라 할 수 있는 인간의 삶과 죽음에 대해 좀 더 적극적으로, 구체적으로 생각하게 되었다.

이제 세월호 참사는 우리나라 현대사의 한 대목이 되었다. 개인의 하루하루가 쌓여 그 사람의 삶이 되듯이, 우리나라의 하루하루가 쌓여 대한민국의 역사가 된다. 그래서 나는, 일상이 역사라고 생각하게 되었다. 그 일상 속에는 찬란함도 괴로움도 부끄러움도 있고, 거창한 사건도 소소한 사건도 있다. 특별한 날보다 그날이 그날 같은 그저 그런 날이 더 많다. 그렇기에 누군가가 기억하는 일상이 사람들의 가슴에 남고, 결국 역사가 된다.

그동안 많은 책에서 위로와 힘을 얻었다. 특히 몇 년 간 『모비 딕』은 나의 나침반이자 등대였다. 『모비 딕』에는 단 한 명의 주인공은 없다. 이슈메일과 퀴퀘그, 스타벅, 에이해브 등 여러 등장인물들 모두 『모비 딕』이라는 거대 서사에서 주변 인물이었다. 하지만 각자의 삶을 끝까지 자기답게 살아냈다. 그런 의미에서 모두들 진정한 주인공이라 할 수 있다. 우리

삶에서도 마찬가지다. 우리는 각자의 삶에서 모두 주인공이다. 이 깨달음도 『모비 딕』을 읽고 나서 얻게 된 수확 중 하나였다.

원고를 쓰면서 여러 분들에게서 영감과 도움을 받았다.

이 책에 인용된 네 작품은 좋아하고 아끼는 책들이다. 『모비 딕』, 『바다, 소녀 혹은 키스』, 『중요한 사실』, 『고맙습니다』의 작가와 번역가 분들께 감사드린다. 내 글과 삶에 진심 어린 격려와 영감을 주는 '작은새' 동인 세 분께 깊은 감사의 마음을 전한다. 그리고 이 원고를 섬세한 촉수와 뜨거운 열정으로 안아 준 편집자 김태희 님께 정말 감사드린다. 마지막으로 한 배를 타고 항해하고 있는 가족들에게 더 즐겁게 노를 저어 가자고 말하고 싶다.

나는 이제 새봄이와 지석이가 여행 가방을 싸는 걸 지켜본다. 내 품에서 세상으로 떠날 채비를 하는 것이다. 새봄이와 지석이에게 『모비 딕』 읽기가 도전이었듯이, 특히 새봄이가 『모비 딕』을 읽으며 죽음을 극복하고 싶어 했듯이, 나 또한 『모비 딕』을 읽으며 글을 쓰는 것이 큰 도전이었다. 이 두 아이가 있었기에 가능했다는 걸 원고를 쓰고 나서야 알았다. 두 아이와 함께 호흡하며 걷고 달리고 항해했던 낮과 밤을 잊지 못할 것이다.

누구라도 새봄이와 지석이를 만나게 되면, 이 두 사람의 눈빛을 외면하지 말고 함께 손잡고 파도를 헤쳐 나가길 바란다. 그리고 새봄이와 지석이가 마음의 밀월을 나눈 '인생 책'『모비 딕』을 만났듯이, 여러분들도 그런 책을 꼭 만나게 되기를 간절히 바란다. 이 책이 그런 책 가운데 한 권이 된다면 더할 나위 없는 영광일 것이다.

2020년 새봄에,
김민경

◆ 도움받은 책

1. 인용한 책

『모비 딕』, 허먼 멜빌 지음, 김석희 옮김, 작가정신, 2011

어쩌면, 내 책을 읽고 난 뒤 『모비 딕』을 다 읽은 것만 같은 생각이 들지도 모르겠다. 만약 그렇다면 100퍼센트 착각이라고 자신 있게 말할 수 있다. 『모비 딕』의 속살이 조금이라도 궁금하다면 일단 바로 『모비 딕』을 구입해도 된다. 느긋하고 평화로운 장면들은 시적이고 아름답게, 거칠고 빠른 장면들은 속도감 있게 번역되어 예상보다 책장이 잘 넘어갈 것이다. 이 작품에 모든 걸 쏟아 부은 허먼 멜빌의 목소리를 곳곳에서 만날 수 있는 것도 흥미로울 것이다. 복잡하고 체계가 없고 게다가 19세기 영어로 쓰였으니, 만약 내가 영어권 나라에서 태어났다면 아마 평생 『모비 딕』을 끝까지 읽지 못했을 것이다. '중도에 포기할 생각도 여러 번' 하셨다는데 끝까지 실타래를 놓지 않으신 번역자께 정말 감사드린다. 그러니 마음을 뗴게 하고 뒤통수를 마구 때리는 『모비 딕』의 빛나는 문장들을 발견하는 기쁨과 완독의 환희를 꼭 누려 보길 바란다!

『바다, 소녀 혹은 키스』, 최상희 지음, 사계절출판사, 2017

도서관에서 지석이가 되어 읽을 책을 고르기 위해 책등의 제목들을 살펴보다가 이 책을 발견했을 때 얼마나 반가웠는지 모른다. 감각적인 제목만큼이나 단편소설들이 다 세련되고 수려해서 같은 일을 하는 사람으로서 부럽기 그지없었다. 하지만 책을 읽을 때만은 나도 온전한 독자. 여덟 편의 단편을 읽으며 내 현실을 완전히 잊고 책 속을 깊이 돌아다녔다. 어떤 작품은 환한 웃음이, 어떤 작품은 오묘함이, 어떤 작품은 안타까움이 마음을 흔들었다. 친구 두세 명과 같이 읽는다면 마음에 드는 단편이 다 다를 것이다. 한 사람이 두세 번 읽어도 그때마다 끌리는 단편이 다를 것이다.

『중요한 사실』, 마거릿 와이즈 브라운 글, 최재은 그림, 최재숙 옮김, 보림, 2005

매년 아이들 생일 때 다른 선물과 함께 책 한 권을 준다. 큰아이의 열 살 생일 때는 '10'이라는 숫자에 너무 의미를 둬서 고르기가 쉽지 않았다. 글 작가는 오래전에 세상을 떠났지만 쉽고 간결하면서도 아름다운 그녀의 글 은 세대를 아우르며 사랑받고 있다. 이미 우리나라에도 여러 글이 그림책 으로 출간되었는데, 왜 이 책을 몰랐을까 싶다. 1949년에 미국에서 처음 그림책으로 소개된 이 글은 현대를 사는 우리들에게도 큰 울림을 준다. 너 무나 많은 것에 노출될 수밖에 없는 요즘 사람들이 있는 그대로의 자신을 오롯이, 온전하게 인식하고 지켜가며 살아간다는 게 얼마나 중요한 일인 지 일깨워 준다. 우리나라 그림 작가가 그린 담백하면서도 신비로운 그림 도 글과 잘 어우러지고, 맨 마지막에 자신의 얼굴을 만날 수 있는 것도 글 의 의미를 한층 더 효과적으로 느끼게 해 준다. 정성 들여 포장한 선물처 럼 표지를 장정한 것도 멋진 아이디어 같다.

『고맙습니다』, 올리버 색스 지음, 김명남 옮김, 알마, 2016

아마도 올리버 색스의 책을 한 권이라도 정독한다면 누구에게나 잊을 수 없는 작가가 될 것이다. 그가 죽기 몇 달 전에 쓴 에세이를 모은 이 책이 출간된 걸 알면서도 정신없이 사느라 읽지 못했다. 그러다가 동인들과 떠 난 여행에서 각자 가지고 온 책을 이야기하던 중에 한 분이 이 책을 보여 주었다. 아무 내색도 하지 않았지만 가슴이 뛰었다. 여행 마지막 날 다시 짐을 싸면서, 빌려서 비행기 안에서 읽을까, 생각하다가 접었다. 그의 마 지막 글이니 최상의 컨디션으로 읽고 싶었다. 내가 그의 책을 처음 읽은 것은 2008년이다. 10여 년 동안 그의 글은 삶의 여러 순간에 나를 찾아왔다. 이 책을 읽을 즈음도 또다시 만난 삶의 고비였다. 비록 이제 그는 '이 아름다운 행성'에 없지만, 읽지 못한 그의 책이 여러 권 있기에 참으로 든든하다.

2. 영감과 용기를 얻은 책

『사악한 책, 모비 딕』, 너새니얼 필브릭 지음, 홍한별 옮김, 저녁의책, 2017

『모비 딕』은 언젠가 꼭 읽어야겠다고 생각하고 있었지만 두꺼워서 주저하던 책이었다. 세월호 참사 후에는 어쩌면 평생 읽지 못할 수도 있겠다고 생각했다. 하지만 이 책 덕분에 용기가 불쑥 솟았다. 작고 얇은 책이 700쪽이 넘는 『모비 딕』을 읽게 만들다니! 『모비 딕』을 여남은 번이나 읽었다는 저자는 『모비 딕』과 허먼 멜빌에 대한 깊은 애정을 바탕으로, 현대를 사는 우리가 왜 『모비 딕』을 읽어야 하는지 건조하면서도 단단한 문장으로 설득력 있게 말하고 있다. 하루 만에 이 책을 읽고 나서 『모비 딕』을 너무 읽고 싶어 가슴이 뛰던 그 순간이 아직도 생생하게 기억난다. 출판사에 최종 원고를 넘기고 나서 다시 읽어 보니, 내가 반한 『모비 딕』의 문장과 저자가 반한 문장이 겹치는 것도 있고 다른 것도 있었다. 또 같은 문장인데도 다르게 생각한 부분들도 있었다. 이 모든 과정이 무척 흥미로웠다.

『떨림과 울림』, 김상욱 지음, 동아시아, 2018

나이가 들어서야 지구가 속한 우주가 진정 궁금했다. 그래서 물리학 책을 조금씩 읽기 시작했다. 원래 유명인사의 책에는 선뜻 손이 가지 않는데, 왠지 이 책은 달랐다. 감성적인 제목이 좋기도 했지만, 프롤로그를 읽으며 인간은 서로에게 울림이자 떨림이라는 저자의 문장들에 확 끌렸다. 어려운 대목도 있다. 하지만 저자는 나 같은 일반 독자에게 낯설지만 새로운 물리학의 언어로 인간이 살아온 지구의 역사를 친절하면서도 흥미롭게 이야기해 준다. 그렇게 읽어 나가다 보면 나를 둘러싼 시공간이 색다르게 느껴지면서 시야가 확 트이고 확장되는 순간들을 만나게 된다. 이 책 덕분에 내가 발 딛고 사는 세상을 새로이 바라볼 수 있었다. 또한 물리학자로서 애정과 관심을 가지고 사람과 세상을 바라본다는 게 어떤 것인지 느낄 수 있어서 참 좋았다. 무엇보다 빛에서 시작해 가늠할 수 없는 시공간을 영위해 온 이 우주에 다시 한 번 경이로움을 느꼈다.

『모든 것은 빛난다』, 휴버트 드레이퍼스·션 켈리 지음, 김동규 옮김, 사월의책, 2013

『모비 딕』을 읽으며 느끼는 대로 글을 쓰면서 내가 이 방대하고 심오한 작품을 제대로 파악하고 있는지 가끔 염려가 되었다. 그때마다 원고를 쓰기 전에 『모비 딕』에 대한 책이나 연구논문들을 찾아봤어야 했나 후회했는데, 너무 읽고 싶고 쓰고 싶어서 멈출 수가 없었다. 다만 읽고 써 나가는 속도를 조금 늦추었다. 이 책을 알게 되었을 때 '아! 찾아볼걸…… 이미 원고는 넘겼는데, 『모비 딕』을 잘못 읽은 거면 어쩌지…….' 하는 걱정에 며칠 망설이다가 책을 읽었다. 이 책은 서양 고전 일곱 작품을 통해 현대를 사는 우리가 어떤 삶의 의미를 찾을 수 있는지 분석해 놓았는데, 다행히도 내가 엉뚱하거나 이상한 방향으로 『모비 딕』을 읽은 게 아니어서 마음이 놓였다. 그리고 읽는 이에 따라 『모비 딕』은 다른 여러 측면에서 영감을 주는 작품이라는 걸 다시 한번 느꼈다. 『모비 딕』은 진정 우주적인 책이다.

◆ 『지구 행성에서 너와 내가』를 먼저 읽은 독자들의 한마디

'세월호 세대'라는 신조어가 있다. 그만큼 세월호 사건은 우리에게 많은 변화를 주었다. 세월호 세대들의 아픔은 쉽게 아물 것 같지 않다. "마음의 밀월"을 나눌 누구를 찾기 힘들기 때문에 더욱 그럴 것이다. 이 책은 특별하진 않지만 서서히 쌓이면서 상처를 감싸 주는 책 같다. 굳이 밀월을 같이 나눌 상대가 사람일 필요는 없다. 내 밀월의 상대를 책으로 골라 보는 것도 좋은 경험인 것 같다.

- 고유민 · 무원고등학교 3학년

이 책을 읽고 머릿속에 떠오른 키워드는 죽음이 아니라 삶이었다. 그것을 먼저 발견한 건 책 속 주인공 새봄이다. 이 책은 '인생을 거대한 배라고 가정한다면 삶을 살아가는 것은 항해와도 같다'고 말한다. 인생의 위기를 맞을 때 지석이와 새봄이처럼 고인돌 앞에 가 보고 싶다. 그 앞에서 나도 마음껏 감정을 표출하며 '아픈 기억 묻기'를 해 보고 싶다. 아픈 기억을 묻는다는 것은 그 기억을 잊어버리는 것이 아니라 자신의 삶을 온전히 살기 위해서인 것 같다. 나의 배를 타고 수평선을 보며 당당히 바다를 가로질러 항해하는 삶을 살고 싶다.

- 김수린 · 주엽고등학교 1학년

세상은 넓고, 바다는 끝없는데 지석이, 새봄이 그리고 우리가 겪는 수많은 이별과 만남은 얼마나 작은 것인가. 내가 이 책을 읽으면서 그랬던 것처럼, 지석이와 새봄이, 특히 새봄이는 『모비 딕』을 읽으면서 그런 중요한 가치를 깨닫게 되었으니, 이제 둘이 이별한다 한들 전과 다르게 금방 극복해 낼 수 있을 것이다!

- 김예린 · 서울예원학교 3학년

주인공 새봄이와 지석이가, 시기는 각각 다르지만 『모비 딕』을 읽으며 느끼는 감정과 생각을 풀어 나가며 진행되는 이야기 방식이 인상 깊었다. 지석이와 새봄이의 시점이 장마다 번갈아 가며 이야기가 진행돼 더 흥미롭게 읽을 수 있었다. 『모비 딕』이라는 책에 대해서 처음 알게 되었는데, 이 책을 다 읽고 나니 『모비 딕』을 함께 읽은 것 같은 기분이 들었다.

- 박서현 · 양평고등학교 3학년

진짜 있을 법한 주인공과 스토리로 다른 책보다 더 공감하고 몰입할 수 있었고, 지루하지 않게 끝까지 읽을 수 있었다. 주인공이 좋아하는 사람 때문에 책을 읽기 시작한다는 내용이 다른 책에서 볼 수 없던 거여서, 새로운 느낌이 든 책이었다.

- 박승이 · 경기영상과학고등학교 1학년

다시 한 번 책에 대하여, 주변 사람들에 대하여 생각해 볼 수 있었던 것 같다. 책을 보는 관점은 사람마다 다르지만, 그 책 속에서 무엇을 얻고 느낄지는 본인의 선택이다. 나는 작가를 만나 본 적이 없다. 그 사람이 이 책을 통해 무엇을 전달하고 싶었는지, 작가의 생각은 어떤지 알지 못한다. 그저 내 방식대로 받아들일 뿐이다. 이 책은 내 마음 한구석에 남아 있을 것이다. 내가 책에 대해서 생각하게 만든 책이니까. 작가를 직접 만나 보고 싶다. 만나서 물어보고 싶다 "당신에게 이 책은 어떻게 다가왔나요?" 하고 말이다.

– 성은령 · 행신고등학교 2학년

『모비 딕』이라는 책으로 줄거리를 풀어 나가며 그것을 세월호 참사와 연결시킨 참신한 책이다. 사람들의 기억 속에 잊혀지는 세월호 참사를 환기시켜 기억하는 것의 중요성을 느끼게 한다. 이 책을 읽으며 나 또한 그것을 잊지는 않았는지 반성할 수 있었다.

– 윤0훈 · 동화고등학교 1학년

나도 소중한 친구와 헤어진 경험이 있다. 다시는 만나지도 못하고, 기억도 안 날 것 같던 친구가 이 책을 읽으면서 생각이 났다. 친구와 헤어져 지금은 둘 다 혼자가 되었지만 지금 그 친구도 나를 생각하고 있을 것 같다는 생각이 들었다. 나도 새봄이와 지석이처럼 마음속으로 그 친구의 별이 늘 반짝이길, 내 별과 친구의 별이 가장 가까운 친구이길 바라야겠다.

- 이세라 · 서울예술고등학교 2학년

진정한 위로는 진심이라고 생각한다. 지석이가 새봄이에게 진심을 다해 해 주는 말과 행동을 보며 아주아주 건강한 남학생이라는 생각이 들었다. 새봄이가 용감해지고 밝아지고 변화하는 모습이 참 보기가 좋았다. 새봄이가 제주도 바다에서 진짜로 커다란 고래를 만났으면 좋겠다.

- 이수민 · 서울동명여자중학교 3학년

새봄이의 상처인 어머니의 죽음은 현재까지도 명확히 진실 규명이 되지 않은 세월호 참사와 날짜상 연관을 지니고 있다. 두 사건을 번갈아 생각하는 새봄이의 시각이 개인의 상처와 사회 전체의 상처를 적나라하고도 가슴 아프게 그려내고 있어 많은 생각을 할 수 있었다. 독특하고 흥미로운 전개 방식에, 새봄이가 아픔을 딛고 지석이와 함께 훈훈하게 책을 마무리해 좋았다.

- 임지우 · 서정고등학교 1학년

재미있게 읽었다. 덕분에 『모비 딕』이라는 책의 존재를 알게 되었고 또 읽어 보고 싶다는 생각도 들었다. 사실 나는 고전 읽기를 힘들어하는데 이 책의 스토리가 흥미진진하게 전개되어서 읽기 어렵지만은 않았던 것 같다. 마지막 장을 넘길 때까지 나에게 전달하는 메시지가 너무 많아서 체크하던 색연필을 몇 번이나 다시 깎았다. 내가 가장 되새기며 보았던 문장이 있다면 새봄이가 상전이에 대해 생각하던 부분이다. 무언가를 왜 기억해야만 하는지 알지 못했던 나를 이 책이 알게 해 주었다. 이 책은 생각이 머릿속에 가득하지만, 아직 답을 찾지 못한 사람들에게 추천해 주고 싶다.

— 정인상 · 고양자유학교 12학년

지석이와 새봄이는 내가 지금까지 책에서 본 인물 중 가장 따뜻한 인물들이었다. 두 인물이 주고받는 한 문장, 한 문장이 너무 순수하고 아름다워서 읽을수록 마음에 따뜻함이 번졌다.
이 책을 읽고 기억에 남는 표현이 두 가지 있는데, "마음의 밀월"과 "상전이"다. 새봄이 담임 선생님이 해 주신 '상전이'에 관한 말씀을 나는 꼭 기억할 것이다. 앞으로 살면서 크고 작은 좌절과 마주할 때마다 이 말을 떠올리며 이겨낼 것이다.

— 조화영 · 도래울고등학교 3학년

중2, 4월 16일, 그날도, 그다음날도 우리는 똑같이 학교에 갔다. 그날 학교 수업이 끝나고 농구장 바깥쪽에 전교생이 나와 노란 리본을 묶었던 기억이 난다. 그때보다 대학생이 된 지금, 세월호 안에 있던 사람들을 생각하면 마음이 더 저릿하다. 지석이가 어떤 일이든 한쪽으로만 생각하지 않도록, 다양한 관점을 가지려 노력하자고 새봄이에게 했던 말이 가장 기억에 남는다. 책 속에서 새봄이와 지석이가 고민했듯이 삶과 죽음에 대한 고민은 계속될 것이다. 새봄이와 지석이처럼 씩씩하고 지혜롭게 헤쳐 나가고 싶다.

— 대학생 · 한국외국어대학교 2학년

지구 행성에서 너와 내가

2020년 4월 16일 1판 1쇄
2022년 10월 20일 1판 3쇄

지은이 김민경

편집 김태희 장슬기 김아름 이효진 **디자인** Studio Marzan 김성미
제작 박흥기 **마케팅** 이병규 양현범 이장열 **홍보** 조민희 강효원

인쇄 천일문화사 **제책** J&D바인텍

펴낸이 강맑실
펴낸곳 (주)사계절출판사 **등록** 제406-2003-034호
주소 (우)10881 경기도 파주시 회동길 252
전화 031)955-8588, 8558 **전송** 마케팅부 031)955-8595 편집부 031)955-8596
홈페이지 www.sakyejul.net **전자우편** literature@sakyejul.com
블로그 blog.naver.com/skjmail **페이스북** facebook.com/sakyejul

값은 뒤표지에 적혀 있습니다. 잘못 만든 책은 구입하신 서점에서 바꾸어 드립니다.
사계절출판사는 성장의 의미를 생각합니다.
사계절출판사는 독자 여러분의 의견에 늘 귀 기울이고 있습니다.

ISBN 979-11-6094-657-4 44810
ISBN 978-11-5828-473-4 (세트)

ⓒ 김민경 2020

* 이 도서는 2019년도 아르코문학창작기금 지원사업에 선정되어 발간된 작품입니다.